U0527087

嫂娘

韩继普 著

花山文艺出版社

图书在版编目（CIP）数据

嫂娘 / 韩继普著. —石家庄：花山文艺出版社，2019.6
ISBN 978-7-5511-4628-9

Ⅰ.①嫂… Ⅱ.①韩… Ⅲ.①长篇小说－中国－当代 Ⅳ.①I247.5

中国版本图书馆CIP数据核字(2019)第088526号

书　　名：	嫂　娘
著　　者：	韩继普
封面题签：	寇学臣
绘　　画：	韩秀强
责任编辑：	梁东方　林艳辉
责任校对：	贺　进
装帧设计：	陈　淼
美术编辑：	胡彤亮
出版发行：	花山文艺出版社（邮政编码：050061）
	（河北省石家庄市友谊北大街330号）
销售热线：	0311-88643221/29/31/32/26
传　　真：	0311-88643225
印　　刷：	石家庄燕赵创新印刷有限公司
经　　销：	新华书店
开　　本：	880×1230　1/32
印　　张：	11
字　　数：	220千字
版　　次：	2019年7月第1版
	2019年7月第1次印刷
书　　号：	ISBN 978-7-5511-4628-9
定　　价：	58.00元

（版权所有　翻印必究·印装有误　负责调换）

掬一捧眼泪奉献给读者

这是一个真实的故事。
　　　　　　——作者题记

一

正在结婚的老郝家,新郎找不到了。

消息,就像山里的风一样,快速地,传遍了这个不大的小山村。

村里的亲戚、朋友,当然也包括那些想看热闹的村民们,蜂拥而至,投入到了寻找新郎的行列之中。眼看到了夕阳西下、倦鸟归巢时分,可新郎还是音讯全无。操持婚礼的老支书便找来婚礼上帮忙的人,逐个询问他们见到新郎的最后时间和地点。当查问到一个在外面帮忙请亲朋赴席的亲戚时,他吞吞吐吐地说好像看见新郎往供销社的方向去了,但因距离太远,不敢十分确定。

老支书一听,马上派新郎的家族长辈二大爷去供销社打探消息。时间不长,二大爷回来说,供销社主任确认郝文英搭乘县汽车队送货的汽车去县城了,同行的好像还有本村的赤脚医生,一个叫李芳的姑娘。

听到这个消息,文英的母亲就像遭到了五雷轰顶,眼前一

嫂 娘

黑晕倒在了地上。

　　这个病入膏肓的老人，被亲戚朋友抬到了炕上，进行着最简单的急救，掐人中的掐人中，灌水的灌水，还有人大声地呼喊着老人的名字。过了好一会儿，老人才苏醒过来，却又开始了号啕大哭，嘴里还不停地念叨："我这是造的什么孽呀！这、这怎么对得起人家雨燕啊！"

　　听到老人的这句话，在场的亲戚朋友们面面相觑，没有一个人敢接话。他们大都知道这段姻缘的始末，郝文英和李芳，原本是一起长大、青梅竹马的玩伴和同学，两个人相好也已经不是一天两天了，一年前还到了谈婚论嫁的程度。只因李芳的妈妈嫌弃老郝家太穷，不愿意女儿嫁给郝家，张口要了天文数字的彩礼，老郝家无论如何拿不出这样一大笔钱置办彩礼，所以这门婚事就算黄了。

　　其实，老郝家原来家境还算不错，只是一年前文英的父亲因病去世，家中的顶梁柱一倒等于天塌一角，而且为治病欠下了大笔的债务；文英的妈妈由于过度的操劳和忧虑，也很快病倒，连治疗的医药费用都是向亲戚朋友挪借的。老郝家因病致贫，哪里还能拿出这样一大笔彩礼钱呢！

　　村里人也都明白，李芳妈狮子大张口，不是嫌弃文英，主要还是因为老郝家太穷，根本就不想把女儿嫁到那个火坑里去。

　　而文英的妈妈，感觉到自己的身体越来越差，担心自己撑不住几天，就下决心舍弃了李芳家这门亲事，想给自己的儿子再找一个门当户对的穷媳妇，也好帮助自己料理这个破败的家。

　　恰好此时有人过来给郝文英介绍金雨燕。雨燕当时已经

嫂 娘

25岁，因受父母牵连被遣返回乡务农，始终没有找到对象。她不要彩礼只图人好，所以痛快地答应了这门亲事。

而文英则坚决不同意，找出了许多理由拒绝，最大的理由就是雨燕比自己大三岁。但是架不住亲朋好友的劝说，什么女大三抱金砖！找个大媳妇，一辈子幸福等等。

最后还是母亲出面，比长道短，说明了自己家庭的困难，再拖下去，怕是没有人家闺女肯嫁过来，而且语重心长地说道："我没几天活头了，就希望看着你结了婚，你的这些弟弟妹妹们有了依靠，我就可以撒手西去了。"

话说到此，文英虽然满心的不乐意，但看着母亲上气不接下气地喘息着，软语跟自己分说，也就摇头不算点头算地接受了。

原本确定的是秋收忙过后再结婚，可母亲感觉自己一天不如一天，担心撑不到儿子结婚的那一天。于是，就找来亲朋帮忙，做文英的工作，商量早一点结婚。亲戚朋友们也希望通过文英的结婚，用喜气冲一冲晦气，促使母亲的病情好起来，于是就把婚期定在了农历四月初二。

哪承想文英这孩子是个闷头驴，嘴上不说心里有自己的主意。这不，到了结婚这天就玩儿了个失踪。此时在场的亲戚朋友们，虽然都不敢说出来，但心里想的却都是一个概念：文英和李芳，八成是逃婚私奔了。

郝家本就已经乱成一团，却又突然听见大门口传来撕心裂肺的哭声和指名道姓的大骂声。原来是李芳的妈妈听说自己唯一的宝贝女儿和文英一起跑了，怒不可遏，边哭边骂找上门来。

郝家的亲戚们赶紧迎上去，将李芳妈堵在了大门口外，一边劝说一边往外推搡。怕的是李芳妈的骂声，激怒了文英的妈妈，这个奄奄一息的老人，实在是经受不住这种冲击了。

这边屋里屋外闹得沸反盈天，洞房里哭坏了新娘雨燕。

听到新郎抛下自己逃婚而去，又联想起1968年自己的父母因被打成反革命而在一夜之间含冤去世，自己不得不一个人形单影孤、孑然一身返回乡下投奔年迈的奶奶，而年老体弱的奶奶，经受不住一夜间失去儿子媳妇的打击，一病不起，不久就撒手归西。自己原本满心希望投奔奶奶后有个依靠，此时只剩下自己孤苦无依，不得已只有参加生产队的劳动挣工分养家糊口，十八岁的年纪，本是一个花季的少女，却成为孤儿，独自扛起了全家的苦难。

越想越悲，悲从心来，便放声大哭起来。身边一直陪着的文英家二大妈和大姑，不禁也伤心落泪，边陪着哭泣，边絮絮叨叨地劝解着。

雨燕哭过一阵，心思渐渐清明起来，边小声啜泣，边竖起耳朵听着外面的动静，当听到婆婆直到现在还在昏迷不醒，在场的亲戚朋友们乱成一团无人支应，大门口外吵骂声、扭打声搅在一起。雨燕再也顾不上伤心和痛苦，更顾不上自己新娘的身份，呼地起身下炕，直奔婆婆居住的西屋而去，唬得二大妈和大姑一愣，两人一对眼色也急忙起身下炕，直追雨燕而去，此时此刻二人心思一致，一定要帮着弟媳看好这个儿媳妇。

各位亲戚朋友一看新娘子过来，马上让开了一条通道，同

嫂 娘

时迅速沉寂下来,再也无人吱声,屋里静得能够清晰地听到文英妈上气不接下气的喘息声。

雨燕走到婆婆跟前,轻轻地喊了两声:"娘、娘。"

看到婆婆紧闭双眼,毫无声息,雨燕便转过身来,定了定心,转圈看了看站在一起的亲戚朋友们,当她看到老支书也站在这里时,眼前一亮。在这个村里,她跟别的亲戚朋友还不熟悉,但老支书她是熟识的,也知道按照村里的辈分应该叫他大爷。她马上走到老支书跟前,声音不高,但十分清晰地说:"大爷你看,家里闹成这样一锅粥,没办法了,麻烦你给支应一下吧。"

没等老支书接话,雨燕紧接着又说:"请你派个了解我娘病情的人,去公社卫生院请大夫来家里给看看,要把病情说给人家听,带上应急的药品,免得来回跑路。"

说这些话的时候,雨燕的声音清爽干脆,没有丝毫的惊慌失措,众亲朋不禁错愕起来,屋里显得更加寂静了。

只听雨燕接着说道:"再派两个人去供销社详细打听一下,文英到底去了哪里?什么时间走的?坐的哪里的车?如果有可能,打个电话问一问,去了什么地方?不管怎样,只要人没事儿就好了。"

老支书还没听完,就拨开众人,边往外走边说:"好、好,我马上找人去办。"

雨燕转过身去照看婆婆。背后传来了七大姑八大姨的啧啧评论声:"你瞧人家,不愧是从大城市里来的,有主见,几句话就把事情分派清楚了。"

这时传来了老支书在大门口外的怒吼声:"你别在这里闹了行不行?你这样闹是要出人命的。"

"我不管,我不管,你们还我的闺女,不还我闺女,今个儿谁也别想出这个门儿。"这显然是李芳妈在声嘶力竭地哭喊着。

屋里的雨燕实在听不下去,起身就向屋外走去,屋里的人也就一窝蜂地跟着出来,婆婆的身边只剩下几个亲近的人在那里照应。

大门外,李芳的妈妈哭喊着,抓着老支书的衣服死死不放,坚决不让老支书离开,其他几个人,有拉拉扯扯地往外拽李芳妈的,也有拉着老支书不让走拉偏架的,哭喊打骂乱成一团。

雨燕来到大门口,冲着李芳妈连喊了两声:"大姨、大姨。"

无奈声音太小,没人理会,雨燕不由得气恨交加,心中火起,大喊了一声:"住手。"声音之大,把自己也吓了一跳。周边的人心中一震,扭打的人们也马上放开了手,眼睛齐刷刷地盯着一身新娘子打扮的雨燕。

雨燕向前一步,走到李芳妈的跟前说道:"大姨,你女儿找不到了你不急着找人,反倒是在这里胡闹,有你这样当妈的吗?再者说了,你怎么确定你女儿就一定是和文英跑了呢?今天是文英的新婚大喜之日,就是他们两个真的一起跑了,也是你女儿勾引的文英,照理说应该是我找你要新郎才对,你却倒打一耙,来我们家胡闹,你还要脸不要?"

雨燕一顿夹枪带棒的数落,根本没有给李芳妈说话的机会,再加上旁边看热闹的人边看边在一旁起哄,这个说:"人家说得在理,你女儿勾走了人家新郎,该找你们家要人才对。"另一个说:"你咋知道你女儿和人家新郎跑了?你这不是胡闹吗?"还有的说:"在这儿废话胡闹都没用,赶紧想法子找人吧!"

听着周边的人都在编排自己的不是,李芳妈转圈看了看身边的人,几乎全是新郎家的亲戚朋友,来喝喜酒的;再一寻思,自己原本满盘是理,怎么转眼间就变成了一无是处?气急攻心,嘴唇哆嗦着就是说不出话来,索性一屁股坐在地上,腿脚乱蹬,双手在空中乱舞,号啕大哭起来。

老支书见此,忙对李芳妈身后的几个小年轻人说:"还愣着干什么?还不赶快把你婶子搀回家去。"

李芳妈也不再反抗,任由几个年轻人搀扶着向自己家走去。不过,雨燕的一顿数落,让她心中憋了一口恶气没有发作出来,心中便恨恨地记住了雨燕,此后便生出了无数的事端。

雨燕的言行举止,镇惊了在场的亲戚朋友和邻里乡亲,因为他们还从来没有见过哪个女孩子,能像雨燕这样镇定、有主见,说话音调不高,而且条理清楚、思维敏捷、切中要害、自带威严,背后夸赞的、说风凉话的、抱不平的、为之叹息的均有。

掌灯时分,老支书派出的人马陆续回来。

先是公社卫生院的陆大夫到了,他早先了解文英妈的病情,做了检查后,马上打了一针,然后开了个药方派人去抓药,对在身旁照顾的人说:"这种肺病最怕生气,这次犯病再加上急火攻心,这病恐怕不好。先把药取回来吃上,明天我再过来看看，如果还不见好，恐怕就得转到县医院去做进一步的检查和治疗。"说完，一边收拾药箱一边嘱咐药品的服用方法，收拾完背上药箱走了。

过了不大一会儿，去供销社打听消息的人也回来了。老支书把他拉到雨燕住的东屋，怕的是让文英妈听见更添烦恼。此人做事稳健，打听的消息非常详尽，他转述供销社主任的话说："先是李芳来找他，说要去县城进一批药品，想搭给供销社送货的货车，他痛快地答应了。过了一会儿，郝文英也找他说要去县里参加拖拉机手培训，也想搭车，他一看驾驶室里除了司机没有别人，能够坐得下，就答应了。"

老支书急忙问道："那他们到底去了哪里？"

打听消息的人接着说道："来送货的车是县运输公司汽车五队的车辆，供销社主任给五队打了电话，找到了那个司机，听司机说，他们两个是在县城的长途汽车站附近下的车，之后就不知道他们去哪里了。"

这个消息明确地验证了人们原来的猜测，两个人逃婚私奔已确定无疑。在场的亲朋好友们不禁面面相觑，既不知道该如何接话，更不知道如何劝解眼前的新娘子雨燕。

这个洞房花烛之夜，雨燕是注定要无眠了！

二

农历四月初的天气，乍暖还寒，尤其是到了夜里，穿着夹衣还有些寒意。来贺喜的亲戚朋友大部分都已经走了，留下几

嫂娘

个近亲在照顾着婆婆。

临近午夜时分，雨燕看婆婆喘息略定，昏沉沉地睡了过去，便回到自己的新房和衣而卧，二大妈和大姑怕雨燕害怕，也担心她想不开有个三长两短，便执意要陪雨燕一起住。两位老人辛苦一天，头沾上枕头便睡着了。雨燕点着灯，两眼紧盯着用旧报纸糊成的顶棚，没有丝毫的睡意，情不自禁地回想起了自己不长但却跌宕起伏的人生。

雨燕的爸爸，就出生在离这个村五里路的水泉村，这两个村自古就是长城一线连通关里关外的兵家必争之地。1947年林、罗、刘率领的东北解放军从这里秘密进关直扑北平和天津时，她爸爸就从军进关了。天津解放后，她爸爸转为留守人员，因为家境富裕，自小读书，写算才能出众，在当时的工农队伍中算是知识分子，所以就进入了刚刚组建的行署财政科工作。由于头脑清晰，算盘打得精，文笔又好，再加上肯干，不到两年就当上了财政科长。而雨燕的妈妈，当时在行署秘书处工作，两人年龄相仿，又都喜欢读书写字，所以很快就熟悉起来。两人属于新派人物自由恋爱，不久向组织申请结婚获得批准，1950年生下了雨燕。

刚出生时，孩子的名字叫海燕。这个名字，取自于苏联著名作家高尔基的名作《海燕》，父母当时希望这个小精灵能够像海燕一样不惧风雨，勇往直前。

由于新中国刚刚成立，百废待兴，全国人民建设国家的热情几乎可以用拼命来形容。为了更好地工作，在海燕生下来刚满百天，就送回老家由爷爷奶奶抚养，一直长到6岁，准备上学了才被父母接回天津，所以对农村的生活，海燕并不陌生。海燕传承了父母的基因，自识字起就喜欢读书看报，而且涉猎极广，尤其喜欢文学作品，四大名著、唐诗宋词不知看过几遍，就连国外的一些名著也看了不少。小时候独立生活的经历，家学渊源的熏陶，博览群书的阅历，使海燕自小就养成了擅思考、有主见、敢承担的性格。那时，海燕的目标是要考上南开大学的中文系。

谁知天不遂人愿，风云突起的"文化大革命"，把海燕的父母抛进了狂涛骇浪之中。起因只是造反派发现，海燕的父母与新中国成立之初的大贪污犯刘青山、张子善一起工作过。造反派认为，刘青山、张子善贪污了那么多的公款，如果没有海燕的父亲这个财政科长帮忙，钱从何来？海燕的母亲又是当时的秘书，一定给两个大贪污犯保过密，知情不报罪加一等。如此重罪，自然是死有余辜。只是海燕的父母抵死也不承认，造反派就动用了专政的铁拳，没过几天时间，海燕就得到造反派的通知说，他的父母自绝于社会、自绝于人民了。

从此，海燕被勒令离开了学校，造反派说海燕这个名字玷污了伟大的作家高尔基，限时改名，海燕只好把名字改成了雨燕。

在天津孤苦无依的雨燕，只得投奔奶奶，回到了乡下老家靠务农为生，这一晃就过去了七年的时光，七年，雨燕把自己从头到脚变成了一个彻彻底底的农民。

由于父母背负的恶名，雨燕直到25岁还没有人敢提亲。这时有人提亲，把郝文英介绍给她，她是乐意的。因为文英是

嫂 娘

全公社有名的拖拉机手，不但闻名，而且也是见过两面的，只是没有说过话而已。她也知道文英心灵手巧，又长着一米八的大个子，白净面皮，文文静静的，的确是雨燕心里喜欢的那种小伙子。所以介绍人一提，她也就痛快地答应了。只是担心自己比文英大三岁，怕文英不乐意。后来听说文英也同意了，她还暗暗高兴了一阵子，以为自己终身有靠了，哪料到文英的背后会有这么多的故事？

她看了一眼昏暗的灯光。是她执意不让灭灯的，她还想着，如果文英回来，一看见灯光就会知道，他的新娘还在等着他。

在雨燕的内心深处，还在期盼着文英能够回心转意。

第二天一天文英毫无讯息，转眼也就过去了。雨燕和一众亲朋们一样，是在忙着照顾病重的婆婆中度过的。

第三天一大早，天还没亮，就听见嗵嗵的敲大门声，雨燕一轱辘爬起身来，趿拉上布鞋，向大门跑去，她多么希望是文英站在大门外呀！

打开大门一看是村里的民兵连长，手里拿着一张纸，焦急地站在门外，他一看见雨燕，一把抓住雨燕的胳膊，急切地说："雨燕，出事儿了、出事儿了！"

雨燕用力甩开他抓着胳膊的手，往后退了一步，定了定心思，问道："出什么事儿了？"

民兵连长本想抬腿进门，一看雨燕挡着大门，没有让进门的意思，就在原地顿了顿，把手里拿着的纸递给了雨燕说："你自己看吧！"

雨燕接过一看，原来是一封电报，上面的收件人是县公安局转金銮山公社金銮山大队，下面的正文写着：请查你队是否有李芳其人，此人与一男性在我辖区非正常死亡，请通知家属前来处理。

此时，雨燕只觉得天旋地转，浑身无力，摇摇晃晃，几乎要跌倒，民兵连长跨前一步，伸手想要扶住，却见雨燕伸出右手扶住了院墙，他只得缩回伸出的脚和手，双手搓了搓，没有言声。他知道，因为自己是靠造反起家当上的民兵连长和在男女关系上的名声不好，村里的女人们都和他保持距离，想必是雨燕也早已听说，所以才如此的警觉。

这时给雨燕做伴儿的二大妈也披着外衣，走了过来，边揉眼睛边问："怎么啦？是文英有消息了吗？"

雨燕有气无力地把电报递给二大妈，她却不知道二大妈是个文盲，大字不识几个，这时自然不会伸手去接有字的纸张。只听民兵连长说道："李芳和一个男的在沈阳死了，当地公安局拍来电报，查问是不是有这个人？如果有，让家属前去收尸。"

二大妈一听，两眼一翻双手一拍大腿，放声大哭："我的那个天哪！这日子可……"

雨燕一激灵，一把捂住二大妈的嘴，低声喝道："小声，别让我娘听见。"

二大妈吃了一惊，立即住声，大张着嘴却不敢说话，眼睫毛上还悬挂着一颗大大的泪珠。

经二大妈一搅，雨燕的心思清明起来，转身对民兵连长问道："你怎么知道那个男的是文英？"

嫂娘

民兵连长吧嗒吧嗒嘴，嘴唇又向左撇了一下，慢吞吞地开口说话，一看就知道是在琢磨着怎么来解释这件事情。他说："其实吧！我们谁也不知道那个男的就是文英。我们猜吧！文英和李芳好过一阵儿来着，前天又一起找不着了。八成吧！他们两个是在一起。这不呢，支书让我通知了李芳家里，也顺带过来吧，给你们看一看电报，你们要是不信呢，就，就当我没来。"说完扭头就要走。

"我们信。你说吧，队上是怎么打算的？"雨燕问道。

"支书让我带个头，你们两家一家出个人儿，一起去沈阳处理后事。"民兵连长紧接着又对雨燕说道，"你去吧，有我照应，保证没事。"

二大妈嘴一撇，张口就想对民兵连长说什么，雨燕马上用手制止，接口说道："我们商量一下，什么时候走？"

"头6点，在街心集合，公社拖拉机送我们到县城，再转车去沈阳，太晚了，就没有去沈阳的车了。"

"谢谢你，我们一准会到。"

民兵连长张口还想说什么，但看到雨燕已经扶着二大妈转身回屋，只得摇了摇头，走了。

三

等待是一种煎熬。

三天以后，去沈阳的四个人回来了，他们是代表大队的民兵连长，郝文英的家人二大爷和他的弟弟郝文龙，还有李芳的爸爸李亮。他们带回来两个骨灰盒，文英的骨灰盒由弟弟文龙捧着！而李芳的骨灰盒则由她的父亲抱着。两家都不愿张扬，一到村里，就各回各家，去办理后事。

因为事先接到了文龙的电报，确认了文英和李芳的死讯，所以两家都提前准备了灵堂。郝文英和李芳属于客死他乡，按当地风俗，骨灰盒不能进家门，两家就在自家大门外的街上摆设灵堂。两家原本就是街坊，斜对门住着，李芳家在路南，文英家在路北，灵堂也就摆得相距不远。当地风俗，死人为大，因此两家的亲友，在祭奠自家亲戚的同时，也就顺便给对方烧些纸钱，因为离得近，倒也方便。

文龙和二大爷一起回到家里，向妈妈、雨燕以及在场的亲戚朋友们报告在沈阳的情况。经过几天的治疗，妈妈病情有所好转，但得知文英去世，整天哭啼不止。此刻见文龙回来，强撑着病体斜靠在被服卷上，听文龙介绍一行四人到沈阳后去公安局办手续、去殡仪馆认尸体、按照要求就地火化等必不可少的程序和细节。其中的核心点是，文英和李芳到沈阳后，当晚10点多住进一家小招待所，第二天早晨8点多，服务员打扫卫生时敲门没有人答应，打开房门后发现客人死亡，随即报警。据公安局判断，死亡的时间应该是在深夜两点左右，死亡的原因是每人服用了100片的安眠药，因为在现场发现了两个空药瓶。两个人没有留下遗言，但从李芳身上发现了大队开的去县医药公司进药的介绍信，因此知道了李芳的身份和所在县及大队。

文龙年龄虽小，但口齿清晰，把事情的来龙去脉讲得清楚明白。说完，文龙从兜里掏出几张纸递给了雨燕，雨燕抹了一

嫂娘

下泪水婆婆的双眼，接过一看，原来是公安局出具的非正常死亡证明、尸检结果，以及刑事鉴定结论。在看尸检结果时，有两句话深深地刺痛了雨燕的心。一句是，二人胃内无可消化物，排除食物中毒死亡可能；另一句是，女方仍为处女，排除性侵害死亡可能。刑事鉴定结论为，自杀。看到这里，雨燕把几份材料往二大爷手里一塞，转身向自己的东屋跑去，扑倒在被子上，把头深深地埋在被子里，痛哭起来。

此时此刻，雨燕的心里五味杂陈，根本说不清到底是苦是恨还是怨，她只是隐隐地觉得文英死得不值。雨燕在内心里呼唤着文英的名字，好像希望文英能听到她说的话。她很坚决地说，你不应该这样，你应该把实情告诉我，那样我会退出，让你们有情人终成眷属。这样想着，雨燕的心里渐渐升起了一股难以名状的歉意和一股说不出道不明的对李芳的嫉妒，她觉得李芳是获得了真爱的，在她的内心里，她是多么的希望得到真爱啊，哪怕就那么的一丝丝、一毫毫。

雨燕边哭边思忖着，内心里逐渐理出了一个头绪：两个人同时离家出走，说明两个人是提前商量好的；马不停蹄地赶到沈阳，一天连饭都没有吃一口，当晚便服药自杀，二人是抱了必死的决心的；李芳到死仍是处女，证明两个人是发自内心的纯真相爱，不是蝇营狗苟之徒；跑到沈阳去自杀，大概是不希望别人知道他们两人的身份，更有可能是不希望死后分开，这也许就是古人经常讲的"虽生不能同衾，唯愿死后同穴"的意思吧！雨燕想到这里，越发感觉自己的猜测没有错，她的头脑里不断地萦绕着一个念头："他们不愿意分开，他们不愿意分开。"

她慢慢地坐起身来，用手擦了擦泪眼，看了看站在炕沿前的亲戚们，她们站在那里，手足无措地在看着她，既不知道劝解，也不知道安慰，甚或是根本就无话可说。雨燕转圈儿看了她们一眼轻声说道："我没事儿。"

不知谁轻轻地长叹了一声："唉！"这一声叹息却让紧张的气氛缓和了一些，亲戚们也不像先前那样的紧张了，但仍然目不转睛地盯着雨燕，一句话也不说。

还是雨燕打破了这沉闷的气氛，她对站在跟前的二大妈说："二大爷还在吗？"

只听西屋里传来了二大爷的声音："我在这儿呢！"

紧接着听到了二大爷掀起门帘向东屋走来的声音，雨燕一听赶紧下炕，刚在炕沿前站好，二大爷已经掀着门帘来到了眼前。雨燕轻声对二大爷说："二大爷，我想跟你商量个事儿。"

"孩子，有什么事儿你就直说吧！"二大爷觉得雨燕要说的事十分重大，他的脑海里甚至闪过了雨燕要悔婚的念头，而在他的内心深处，他就一直觉得，这是一个再自然不过的事情，就在见到文英尸体的那一刻起他就想到过。

"我想请你去一趟李芳家，跟她父母商量一下，让文英和李芳合葬在一起。"雨燕的声音很低却十分清晰。

"什么？你说什么？"二大爷好像没有听清，或者是根本就不相信自己的耳朵。

雨燕于是就把自己的想法原原本本地向在场的亲人们说了一遍，最后她哽咽着说道："他们跑了那么老远去自杀，就是希望死后不分开，能够合葬在一起，难道他们这一点愿望都不能实现么？"

只见二大爷大张着嘴，愣愣地盯着雨燕，好像不认识这个人，又好像从这一刻开始忽然认识了这个人一样，一句话也说不出来。屋内死一般的沉寂，过了一会儿，二大爷使劲地咽了一下唾沫，伴随着喉结的大幅度动作，同时听到了嗓子里咕噜一声，好像下了很大的决心一样，大声地说："我去，我去。我叫上支书一起找他们说去。"

商议文英和李芳的合葬没有费多大的口舌。主要是按照当地几百年传下来的老规矩，两个人没有结婚，而且又是横死（非正常死亡），文英家族的长辈明确表态，文英骨灰不能进祖坟埋葬。而李芳是姑娘家，李家的祖坟压根就没有她的位置。大队上老支书出面说和又主动指定了一个荒山岗，让两个人合葬，这是给足了面子，没有反驳的理由。人已经死了，李芳妈也就没有太多的讲究了，她内心里想着，让两个孩子做个伴，也免得在阴间寂寞，自然也就无话可说了。

文英和李芳的葬礼办得异常简单。第二天一大早，两家的亲戚、邻居一起把两个骨灰盒送到了墓地，说是墓地，其实就是一个荒山岗，埋小小的骨灰盒也不用挖多大的坑，所以没一会儿就埋葬好了。

雨燕让文英与李芳合葬这个举动很快在村子里传开了，自然是咸话、淡话说什么的都有。过后却是众口一词的赞佩，这样的心胸，这样的处世为人，在当地还是头一回出现，人们那是打心坎里头佩服。佩服过后，又不禁为这一家人今后的生计担忧，也为雨燕今后的去留而瞩目。

四

文英妈的病越来越重了。

一开始是喘不上气来，脸憋得就像紫茄子，后来就开始吐血，气息也是越来越弱，来看望的亲朋好友们嘴上不说，心里都在想着，恐怕要不久于人世了。

雨燕忙里忙外，一边找亲戚朋友借钱，一边忙着请大夫诊治。无奈文英妈是久病之身，再经历这些突发事件的打击，特别是文英的逃婚和突然离世，白发人送黑发人，对她是毁灭性的打击。

她病情虽重，心里却十分的清明，知道自己已经快油干灯灭，心血和气息均已耗尽，即将撒手人寰了。于是在打过针后，自己感觉好了一些，就让文龙叫来了一众亲朋好友，明摆着是要留遗言了。

她让雨燕坐在自己身边，用自己的左手拉着雨燕的右手，雨燕就将自己的左手也顺势搭在婆婆的手上，慢慢地摩挲着她的手背。婆婆的手毫无血色，就像干柴一样，没有温度，没有弹性。一众亲朋好友或坐或立围在一旁，婆婆让文龙叫弟弟妹妹们在炕沿前一溜站好，转过头来对坐在身边的雨燕说道："孩子！我们老郝家对不住你。"话语坚定有力，根本不像是一个病入膏肓即将撒手而去的老人的声音。

雨燕一直在思忖婆婆会跟她说些什么？却没想到婆婆会突

嫂 娘

然冒出来这样一句话,她眼含热泪,赶紧说道:"娘,你千万别这么说,还是我的命苦,怨不得别人。"

婆婆喘息略定,眼睛眯缝起来,眼神越过在场的亲朋好友,好像看到了很远很远的地方,话语缓慢而又清晰地说:"这也许是我前世造的孽,到此时来报吧!……只是拖累了孩子你,让我死也心有不甘。"

周边传来了一阵轻轻的啜泣声,雨燕则已经是泪流满面。"是我们家文英对不起你,你们有婚姻之名,而无婚姻之实。从现在开始,你自己的事情任由你自己安排,回家、改嫁均由你自便,各位亲戚朋友都不得干涉……娘喜欢你这个儿媳妇,是我没有福分,不能和你做伴,帮你几年。"婆婆停下来,略作喘息。

雨燕轻声地叫了一声:"娘!"声音哽住,泣不成声,再也无话可说,赶紧用左手自上而下地轻抚婆婆的胸口,帮助她调整气息。

"我死之后,唯一放心不下的就是这几个孩子,他们太小,又不懂事,这么一个穷家,他们自己养活不了自己。天啊!这可如何是好?"说完放声大哭,"啊——呵呵——啊……我这是作的什么孽呀?让我的孩子们受苦,我死不瞑目啊!"

此时的雨燕已经是涕泪如泉涌,打湿了衣衫,起身跪在婆婆身边,左手搀扶着婆婆的胳膊,用右手拍着婆婆的后背,边哽咽边说:"娘,你别说了,别说了,天无绝人之路,我们还没到那一步,你千万保重身子。"周围的亲朋哭成一片,却谁也搭不上话来。

过了一会儿,婆婆略微平息一些,用毛巾擤了擤鼻涕,把目光转向文龙,带着浓浓的哭腔说道:"儿啊,如今你是家中老大,你一定要照顾好弟弟妹妹。如果,如果实在过不下去,就让你二大爷二大妈帮忙,找个好点人家,把你弟弟妹妹送人好了……千万、千万别让他们饿死啊!"

此时几个孩子全部爬到炕上,跪在妈妈的身边,高声地呼喊着妈妈,放声大哭,最小的妹妹刚刚5岁,搂着妈妈的脖子,边哭边喊:"娘,你别不要我们,别不要我们,我们听话,我们再也不惹你生气了,你别把我们送人啊,娘……"

听着这稚嫩的童音在拼命地哭喊,在场的人无不心如刀绞,肝肠寸断,泪如倾盆,痛哭失声,切身体会着那种生离死别的凄惨和哀痛!

女儿的哭喊,痛失儿子的打击,妈妈的心彻底碎了,她用仅有的一点力气紧紧地搂着女儿,将挂满泪水的脸与女儿的小脸紧紧地贴在一起,哭喊着说:"我苦命的孩子啊!娘也不想这样啊!可娘实在是没有办法呀!"

"娘,你别说了。"雨燕的声音很大。

亲人们眼含热泪怔怔地看着雨燕,只见雨燕已经下炕,站在了炕沿前,一边用手掌擦泪眼,一边大声说道:"娘,你别说了,打今儿个起,只要我金雨燕还有一口气在,就绝不能让这个家散了!弟弟妹妹一个都不能送人,这个家我来当!"

二大爷鼻子壅塞着,瓮声瓮气地说道:"孩子,这个家可不好当啊!你可要想好了,苦头可在后面哪!"

二大爷的本意是为雨燕好,是想让雨燕仔细想明白,这个家面临的困难太大，她现在撒手不管谁也说不出什么来。可不曾想，话一出口，却被倔强的雨燕误理解为不相信她能管好这个家，她的自尊心一下子就被激发出来，她昂起头，一字一顿地说："我说话算话，我哪也不去，这就是我的家，这些弟妹就是我的亲弟妹，在场的亲朋给做个见证，如果有一天我金雨燕对弟妹们不好，就让我天打五雷轰！"此番话干脆利落，掷地有声，一声声地砸在了人们的心坎上。

"孩子啊，娘给你磕头了，你是……观世音……转世。我活着帮不了你，来世……我做牛做马……也要报答你啊！"婆婆断断续续地说道。又转过头来，对围在身边的几个孩子说道："我死后，你们一定要听嫂子的话，啊！"说完，把抱在身边的小女儿推到了雨燕的面前。

雨燕抱住小妹，看着另外的几个弟弟，霎时间觉得千斤的重担一下子压在了自己的肩上。因为，这几个孩子实在是太小了。

二弟文龙 17 岁。

三弟文虎 13 岁。

四弟文豹 11 岁。

五弟文彪 8 岁。

小妹文凤只有 5 岁。

五

料理完婆婆的后事，雨燕面临的第一个难题就是一大堆的债务。

多年来给公公治病和办丧事借的钱，给婆婆治病借的钱，筹办文英和她的婚礼借的钱，去沈阳处理文英后事借的钱，给婆婆办理丧事借的钱，拢总算下来大约欠亲戚朋友们三千多块钱，这几乎就是个天文数字，相当于一个普通公社干部十来年的工资，这沉重的债务负担压得雨燕喘不过气来。

雨燕让文龙买来一个小本子，把借亲朋好友的钱数一一登录在册，为的是保证老人走了账不能烂掉。此后一见到这些欠钱的亲朋，雨燕就要郑重地告诉人家尚欠多少钱，请求宽容些日子再归还，并表示深深的谢意。此举虽小却让亲朋好友们心里暖和，觉得这是一个有人心、懂感恩的人，帮这样的人家值得，自然对雨燕更增添了一份好感。文龙在旁边看着，不知不觉中也学到了做人的道理，其他弟弟妹妹有样学样，内心里不由自主地增添了一份责任感。

从那一刻起，孩子们变得成熟了许多，但毕竟还是孩子，他们还不知道这份担子到底有多重。

更为糟心的是，办婚礼、办丧事，那么多的亲朋好友来帮忙，把家里的粮食用光了不说，还把雨燕从自己家里取来的那份口粮也吃光了，还没到端午节，家里已经无米下锅。五个孩子正是长身体的时候，一顿不吃也受不了啊，更何况老话讲的，半大小子吃死老子。弟弟们正是能吃的时候。

20世纪70年代，是以生产队为主体的集体经济，耕作方式原始，粮食产量低，再加上造反派大搞割资本主义尾巴，根本没有副食做补充，所以谁家的粮食也没有多余的。劳力多、挣工分多的家庭，秋天分的粮食多一些，但也只是确保粮食不

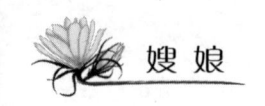

断顿而已,像文英家这样孩子多、劳力少的家庭,是一定要搞"瓜菜代"的,一天三顿都吃粮食基本不可能。眼下正是农历四月底五月初青黄不接的时候,家家的日子都过得艰难,怎么好开口向邻居家借粮食呢,不向邻居借,又上哪里去找粮食呢?

几天来雨燕愁眉不展。思来想去,觉得自家的难处还是得自家解决,眼下正是初春时节,山区里多的是野菜和树叶,采摘回来就能糊口。但自己参加生产队劳动捆得很紧,分不开身去挖野菜采树叶,所以就想叫弟弟们早晨早点起来帮帮忙。

早晨,雨燕醒来见窗户纸已经发亮,自己麻利地穿衣下炕,然后叫几个弟弟们起床,文龙立即答声,然后就听见窸窸窣窣的穿衣声,可其他三个弟弟还在呼呼大睡。文龙边穿衣边捅鼓睡在身旁的文虎,文虎不耐烦地一甩手嘟囔道:"别碰我,困着哪!"文龙又用手捅了一下文虎的胳肢窝,文虎愤怒起来,吼道,"讨厌,别理我,滚蛋!"文龙一看再叫下去也是浪费时间,只得自己下炕,拿上工具去挖野菜。

文龙已经走了一阵子,雨燕连叫几遍还是不见三个弟弟答声,不由得心头火起,往灶膛里添上一把柴火,转身掀开门帘大声吼道:"一群懒猪,都叫几遍了还不起来,你们想睡死啊!"

文豹听见声音抬起头来,睡眼惺忪地看了一眼嫂子,头往下一耷拉迷迷糊糊地还想睡过去。却听文虎眯着眼睛大声还嘴道:"你说谁是懒猪哪!我就不起来。"

雨燕一听火攻头顶,进屋抓住被子的一角用力一拉随手一甩,被子到了炕脚底下,文虎光溜溜的一个激灵,身子马上蜷在了一起双手抱膝,嘴里却也不停:"不用你管,你以为你是谁呀，你少管我们，你不是我们家人，少赖在我们家，滚回你自己家去，滚，滚！"

一听此话雨燕一下子僵立在当场，只觉得一股寒气从头顶直贯脚底，心里就像打翻了五味瓶一样不知是何滋味，眼前一黑便觉得天旋地转，心道：罢罢罢，我这是何苦来？一股委屈、哀怨的泪水夺目而出，她咬牙对文虎说道："是你让我滚的，好，我马上滚。"

说罢转身到堂屋，从水缸里舀出一瓢水泼进灶膛灭了明火，匆匆出门来到了大街之上。

清晨的大街上阒无一人，只有早起人家的烟囱里冒着袅袅炊烟，一丝薄雾在空中飘荡，一只黎鸡鸟躲在大槐树上起劲地鸣叫着，听声音很像是在喊："起来、起来、起来榜地去！"如此更添雨燕心中烦恼，一咬牙抬脚就想走，又一转念：让我滚回家，我的家什全都搬到这里了，家中空空如也，我哪还有家啊！想到自己为老郝家倾尽一切，有的弟弟却不理解，只觉得心灰意冷，大滴的泪水顺脸颊流到了嘴边，凉凉的，她索性不再思考，漫无目的地往村外而去。

懵懵懂懂中不知不觉就走到了文英和李芳的合葬墓地，她索性一屁股坐在地上，再也忍不住心中悲苦，嘤嘤地哭泣起来，边哭嘴里边唠叨着，恨、苦、难、恼、烦一起涌现出来："郝文英啊郝文英，我跟你前世无仇今世无冤，你却为何这样害我。你不喜欢我为何要和我结婚？结了婚你又为何一言不发就将我抛弃？如今你和你心爱的姑娘一起心满意足地到地下省心去了，却把一群孩子扔下给我！到如今，要吃没吃要穿没穿，你让我如何是好？你个狠心的王八蛋、你个丧了良心的瘪犊子，你这不是存心害我吗……"说到恨处，她用手使劲拍打着坟墓，恨不得把郝文英挖出来当面质问。

哭过一阵，心里觉得敞亮了许多，呆坐在坟前长长地出了一口气。本想就这样多坐一会儿，无奈胃里打架，咕噜噜地响，感觉前心要贴后心一般。腹中的饥饿冲淡了内心的不快，用手按住肚子以减少胃里的不舒服，轰然想起，文龙劳累一大早晨，应该比自己还饿，小弟弟小妹妹没准都已经饿哭了。转念又一想，文虎本就是一个二百五的性子不知深浅，我跟一个13岁的孩子置什么气呀，自己如果真的就此一走了之，那全村的人又如何看待自己？自己起誓承诺的话岂不如放屁一般？今后自己如何在人前立足？一想到自己会被全村人看不起，走到哪里都会有人在背后指指点点，视名誉如生命的雨燕倏然而惊，强撑着已经麻木的双腿站起身来……

雨燕摔门而去，一下子惊醒了半梦半醒的文豹，他一看嫂子真的走了，立马想到妈妈临终前说的孩子送人的话，立刻害怕起来，不觉得就哭出了声，一边穿衣一边摇醒老五文彪，告诉他说嫂子走了，回自己家了，再也不回来了，老五一听也哭了起来。还在光着屁股怄气的文虎也意识到了问题的严重性，抻过裤子就胡乱往里蹬，不想越急越穿不进去，只得脱下来重新穿。

文豹穿好衣服跳下炕，跑到院子里犄角旮旯都看了一遍，不见嫂子踪影，翻身跑进屋子对文虎说道："你干的好事，把嫂子气跑了！"又对文彪说道，"你快穿，在家给小妹穿衣服看家，我和三哥出去找找。"说完也不等文虎答话，夺门而出，跑向街里。

三条街跑了个遍也没见到嫂子的踪影，正没奈何时猛然想起了二大妈。跑到正在烧火的二大妈跟前，文豹已经是上气不接下气嗓子冒烟，直接走到水缸前舀出一瓢凉水喝了两大口才觉得松快一些，二大妈正坐在灶膛前烧火做早饭，看见文豹跑进来就一直用眼盯着，到此时才开口说话："小兔崽子，你这是干什么哪？急三火四地是火上房了吗？"

"我嫂子走了，回自己家不回来了！"文豹说完哭了起来。

"到底怎么回事？"二大妈听完一愣，急急地问道。

文豹简短地把早晨发生的事向二大妈学说了一遍，二大妈没等听完，把露在外面的柴火塞进灶膛，转身就往外走，连手里拿着的烧火棍都忘记放下。

一进大门就见文虎坐在门槛上发呆，一旁的月台上文彪和文凤在一起玩耍。二大妈放开喉咙喊道："雨燕，雨燕。"一听没有答声，就知道雨燕真的走了没有回来。

二大妈顿时火起，快步走到门口，抓住文虎的衣领就把他拉到了月台上，举起手中的烧火棍照着屁股就是一顿狂揍，边打边恶狠狠地喊："我让你偷懒，我让你气人，我让你骂你嫂子，我……"瞬间文虎的屁股上已经挨了好几棍子，打得文虎跳脚乱蹦，放声大哭，边躲避边哭喊："大妈我错了，你别打了，我错了！"文豹、文彪、文凤也一起哭了起来。

挖野菜回来的文龙一走到胡同口就听见家里鬼哭狼嚎，撒

嫂娘

丫子就往家跑，冲进大门一看，二大妈正在狠揍文虎。文龙甩下背篓，一把拉住二大妈拿着烧火棍的右手，嘴里连忙软语劝解："大妈，大妈，你这是怎么了？动么大肝火，你消消气，我替你打他。"见二大妈松开了抓着衣领的左手，文龙用手一推文虎，意思是让他快跑。偏偏这文虎是个倔种，僵立当地纹丝不动，只是不停地用衣袖抹眼泪。

文龙夺下二大妈手里的烧火棍，提过一个小板凳扶二大妈坐在月台上，方才看着文豹问个究竟。听文豹说完，文龙瞪着文虎，照着文虎的屁股就是一脚，恨恨地说道："你就作妖吧！你把嫂子气走了，看谁来养活你。"这一脚正踢在痛处，文虎一咧嘴又哭出了声。

二大妈吼叫着数落道："你还有脸哭，你以为你们老郝家是什么好人家，不说你们家穷得底掉，就你哥把人家甩了私奔一件事，你们就一辈子对不起人家，人家主动留下来给你们几个小兔崽子做牛做马，你们还顶撞人家，让人家滚蛋，你们还有点良心没有？你们的良心都让狗吃了，还是让猪油蒙了心，鬼迷心窍……"

正骂之间，一抬头看见雨燕进了大门，二大妈就像装了弹簧一般，一下子蹦了起来，三步并作两步跑到雨燕面前，一把拉住雨燕的胳臂，使劲地摇晃着，脸上溢满了笑容说道："我说嘛！我们雨燕大人大量，怎么会和一群傻小子一般见识……"一看雨燕满脸泪痕，眼睛红肿，立马改口道，"我已经替你教训过这几个不知好歹的兔崽子了，看在大妈面上，你就别生气了，啊？"温语相求溢于言表。

雨燕一听二大妈的话，大滴大滴的眼泪掉落在衣襟上，她用手背擦了一下泪眼，低头直奔堂屋，蹲在灶膛前划着火柴点燃了柴火。站在院子里的二大妈长出了一口气，给文龙使了一个眼色。

文龙拉着文虎，又摆手叫过弟弟妹妹们在堂屋门口前站成一排，满含内疚轻声说道："嫂子，对不起，从今以后我们再也不惹你生气了，你别跟我们一般见识啊！"说完用手在背后捅了一下文虎，文虎带着哭腔说道："嫂子，是我错了，以后我再也不让你生气了，你，你原谅我吧！"说完呜呜地哭出了声。二大妈看到此，轻轻地叹息一声，转身悄无声息地消失在了大门外……

经过这样一场风波，眼看着嫂子愁眉不展，文龙又是难过又是恨自己无能，不能帮助嫂子渡过眼前的难关。万般无奈，一咬牙一跺脚，下狠心放弃自己喜欢的学业，私自找生产队长要求下地干活挣工分。

开始生产队长不要他，一是知道他还在上学，二来也是看他长得既单薄又瘦弱，怕他干不了农活。

无奈之下，文龙就把家里的窘迫状况讲了，而且明确地说，全家人靠嫂子一个人挣工分根本养活不了。文龙家的情况生产队长是清楚的，但绝没有想到已经到了无米下锅的境地，在场的社员们也都帮着文龙说好话，求队长收下文龙干点活也好帮衬家里，队长暗暗地叹了口气，给文龙安排了轻省一点的活，让他边学边干。

嫂 娘

消息传到雨燕耳朵里,她是又急又恨又感动,着急的是怕文龙耽误了功课,恨的是自己想不出办法摆脱困局,感动的是文龙一下子长大了并且知道心疼人了。她立马放下手里的活计,跑到文龙干活的地块,拉住文龙的手就往家里走,可文龙死活不走。雨燕就找到生产队长让他帮着劝文龙继续上学,队长是个善心人,一方面理解文龙的家境,另一方面也觉得文龙放弃学业可惜,三是这一段时间雨燕的做法和为人也真的让他佩服,因此愿意帮助雨燕。所以,也就板起面孔说文龙干不了农活,撵着文龙回家。

好说歹说地把文龙劝回了家,可文龙闷着头不说话,也坚决不去上学,这个牛脾气,还真的和雨燕犟上了。

雨燕左思右想,这样下去可不行。于是就在晚饭之后,把弟弟妹妹们叫到一起,开了一个家庭会议。

雨燕毫无保留地把家里已经断粮的现状告诉了弟弟妹妹们,孩子们听完嫂子的话,除了二弟文龙,全都惊呆了,小妹文凤更是撇嘴要哭,雨燕把文凤搂在怀里,边给妹妹梳理头发边说:"别怕,就是砸锅卖铁,嫂子也要养活你们。"

文龙嗫嚅着咬了一下嘴唇,说道:"嫂子,养活弟妹是娘交给我的任务,我不能让你一个人受累,我想好了,下地干活挣工分。"

三弟文虎别看只有13岁,可长得虎虎实实的,个头比文龙矮不了多少,看上去比文龙还壮实些,家里属他能吃,此刻也在炕上站起来,大声说:"我也能干活,我也下地,挣工分。"

四弟文豹机灵无比,只要是醒着,眼睛就不停地骨碌碌乱转，人不大可鬼点子不少，平常走路也不安生，总是左看右看，只要觉得家里有用的，即便是一个柴火棍也不空手，随手就往家里拾掇。而且和文虎是天生的文武配，只要他们两个在一起，绝对是文豹出主意文虎出力气，打架如此，干坏事如此，干活更是如此！此时家里讨论大事，他就像早就想好了一样，轻快地说："嫂子，你找人赊俩猪羔子，我和老五割草养着，到年底卖了，除去还赊猪崽的钱，剩下的钱买返销粮。"

雨燕被老四的话给镇住了，一下子怔住没有反应过来，她怎么也没有想到一个11岁的孩子能够想得这么深。而文豹却以为嫂子不信任他，赶紧抢着解释，语速比刚才快了一倍："嫂子你别不信，我大前年就开始割草养猪了，今年要不是哥结婚把两个猪仔给卖了，现在也有大几十斤了呢！"他又回过头来，看着坐在身后的老五文彪说，"老五你说是吧！"

老五文彪只有8岁，性子慢但却是个调皮鬼，不显山不露水的，却说不定在哪里给你惹出点祸来。此刻见四哥看着自己等待回答，也不说话，只是使劲地点了点头，表示确实如老四所言，绝无虚妄，如假包换。

文龙见嫂子不说话，只是挨个地看着这些弟弟妹妹们，眼里流露出温柔的目光，嘴角挂着浅浅的笑意，怕弟弟们的话让雨燕不高兴，就耍起当哥哥的架势，威严地说："别瞎扯，撒泡尿和泥瞎掺和，这儿说正事呢！"

"你说谁瞎掺和呢？狗抓耗子，我们说话关你什么事。"老三原本就站在炕上，居高临下，声音又大，小手一叉腰，上来就是一副吵架的架势。

"别吵了，别吵了！就会吵架，烦死了。"稚嫩的童音清脆响亮，却是坐在雨燕怀里的小妹文凤在抢白两个哥哥。

说也奇怪，文凤一出声，文龙、文虎谁也不吱声了。雨燕早就发现，这个家里出奇地娇惯这个小妹妹，只要是文凤要的东西，几个哥哥没有不答应的，而文凤是个懂事的小姑娘，和几个哥哥处得都好，人不大嘴又甜，确实招人喜爱。

看着这几个不大的孩子，雨燕感慨万千。在城里，像他们这么大的孩子，正是在安乐窝里享受的时候，而他们几个却备尝生离死别和生活的酸甜苦辣。现实生活的窘迫，让孩子们过早地成熟起来，小小的年纪就知道了生活的艰辛；再加上家里孩子多，大人顾不上照看，从小就养成了独立的性格，他们能够有主见地作出自己的抉择。

"好了，好了！不要吵了，都听嫂子说啊！"几个孩子不多的几句话，一下子给了雨燕战胜眼前困难的力量和信心！

她坚定地说："你们放心，嫂子一定会想出办法渡过难关的，但你们必须得听我的话，按照我要求的去做，你们能不能做到啊？"

"能！"声音整齐而响亮。

"可是，我们家怎么这么倒霉，什么闹心的事都赶到我们家了。"文龙小声地嘟囔着。

雨燕觉得该给孩子们讲些道理了，否则的话，心里疏解不开，心情影响行动，他们就会在抱怨和不满中度过一生。她想了想，慢慢地说：

"老话说'人生不如意十之八九'，正因为有这样多的不如意，所以人们才不断地奋斗，就是想通过自己的努力改变现状，这也是人们不断进取，勇往直前的动力，如果遇到一点困难就投降，那还会有成功吗？"她看了看弟弟妹妹们，他们都在仰着头认真地听着，就连原来站在炕上的老三文虎，也已经坐下，以手托腮乖乖地听着。她很满意，接着说："困难的不只是我们家，只是因为我们家最近出了一些事情，而且集中在了一起，所以困难显得大一些。其实遇到困难并不可怕，可怕的是见到困难就打退堂鼓，不愿面对，那样的人就是胆小鬼了，就是一个没有出息的人，那样的人一辈子也做不成事情。相反，把困难当作挑战自己的机会，迎难而上的人，才能最终战胜困难，取得最后的胜利。你们课本上的'世上无难事，只要肯登攀'也正是这个道理。"她故意不去看弟弟们，把眼光转向小妹文凤问道："我们是要做逃避困难的人呢，还是做战胜困难的人？"

"战胜困难的人！"几个孩子异口同声地回答。

"很棒！那我们就从现在做起，一起战胜困难。"雨燕稍稍停顿了一下，继续说道："不过呢，跟困难战斗也要讲究方式方法。"

老四眼睛骨碌碌地转着打断雨燕的话，说道："嫂子你说吧，有什么好办法都使出来，我们一准都听你的。"

"你们保证全都听我的吗？"雨燕故意拉长了声音问。

"保证""保准听""听你的"。孩子们声音高低不一地回答着。唯独文龙嘴唇动了一下，却没有出声。

雨燕睁大两眼，紧盯着文龙，目光里散发着坚毅和威严，

嫂 娘

一字一顿地说:"文龙,你呢?"

文龙使劲地点了点头说:"嫂子,我肯定听你的,不过……"

"好,这就对了!"雨燕立即接过话茬,不让文龙继续说下去。同时换上笑脸,逐个地看着弟弟妹妹们说:

"下面我可要安排活计了,谁也不许打岔啊!"

"老二、老三、老四、老五,你们哥四个从明天起必须按时上下学……""嫂子……"文龙着急地想抢着说话,雨燕朝他摆了摆手,示意他不要打岔,接着说:"但是,老二老三每天要做两件事,一是早晨我叫你们起来就必须起来,现在正是春天,地里的野菜和树上能吃的树芽树叶,每天早晨各采一篮子回来;二是下午放学不能在外面玩耍,要立即回家,背上背篓割柴火,每人一背篓,保证家里的柴火够烧。老四老五现在跟哥哥们一起干,等我赊来猪崽儿,你们两个负责割草喂猪,要保证猪草不断顿。小妹负责看家,还要管喂鸡,捡鸡蛋,可不能把鸡给看丢喽。"雨燕抬高了声音,冲着小妹挤了挤眼睛。

"好哦,好哦!"小妹拍着小手欢快地说。

"晚上么……"雨燕故意拉长了声调,用手挨个点着弟弟们的鼻子说:"你们一起写作业,你们要是写得好,我就给你们讲故事,要是在学校不好好学习,晚上不好好写作业,那就罚他第二天的活计加倍完成,你们说好不好?"

"好,好。"孩子们都高兴起来。

雨燕接着说道:"当然了,谁先写完作业谁就可以出去玩儿。不过哪!可不许出去惹事淘气打架。"

文龙也高兴起来。这样一来,他既可继续上学,又可帮衬家务，两全其美，脸上挂满笑意地对着嫂子说："嫂子，你放一百个心吧，我们一定能完成任务。"

"那就这样说定了。我呢，首先把院子里的自留地伺候好，园子边上全种上葫芦和倭瓜，文龙帮我搭起架子来减少占地，里面种各种菜，要产量高的那种，保证一夏天够吃；同时呢，我还要努力劳动，多挣工分，多分粮食，给我的小妹妹吃。"雨燕边说边捏住文凤的小鼻子左右轻轻地摇晃着，惹得小妹咯咯地笑个不停。

这边一放松，那边老四就开始用手捅鼓老五的胳肢窝，老五边躲边笑个不停。老三也要胳肢老二，文龙用手挡着不让，老三向前一扑把文龙扑倒在炕上，兄弟几个瞬间笑闹成一团。

这时，就听见院子里传来脚步声，边走还有人边说着："还是孩子心里不盛事，眼看都揭不开锅了还有心思闹哄！"

雨燕一听赶紧下炕，趿拉着鞋就迎了出去，刚到门口就看见二大妈、队长媳妇、胖丫和慧慧两个小姐妹一起走了进来，手里还都拿着什么东西，只是院子里黑暗，看不出是什么东西。

雨燕赶紧把她们让进屋里，几个弟弟也已经下炕，跟来人打着招呼，只有小妹文凤光着小脚丫坐在炕上没动，雨燕赶紧对文凤说："叫大妈、婶子、姐姐，文凤要有礼貌噢！"文凤轻快地叫着"二大妈、四婶、姐姐，快炕上坐呀！"清脆的童音煞是好听。

二大妈放下手里的袋子，一把抱起文凤亲了一口小脸说道："瞧，我们凤丫头多会说话呀，长大呀一定是个拢人的小蜜罐。"这边雨燕奇怪地看着队长媳妇和两个小姐妹诧异地问道："这么晚了你们怎么过来了呀？黑灯瞎火地串门子吗？"

二大妈边摇晃着怀里的文凤边用下巴点着队长媳妇说："你四婶子听你四叔说你们家快要断顿了，吃完晚饭就找我，说是给你们凑点粮食一起送过来，恰巧让胖丫她妈和慧慧她妈听到了，也回家凑了点，让两个孩子送过来。你收了吧，她们都说了，粮食不多，一点心意而已，是送给你们的，不用还，你们先凑合吃着，打个短，过段时间再慢慢想办法。"

没等二大妈说完，眼泪就已经溢满了雨燕的眼眶，她强忍着不想让它流出来，但终究没有抑制住，扑簌簌地顺着脸颊流了下来，此刻她深切地感受到了雪中送炭的含义，内心里感激的不得了，可就是一句话也说不出来。

屋里的人看着雨燕，也觉得无话可说，其实邻居们是发自内心里佩服雨燕的，不忍心让她一个人背负着如此沉重的负担。因此，尽管各自家里也不富裕，还是尽最大的可能帮助这个多灾多难的家庭。

"你们家里也不富裕，吃了上顿愁下顿的，我怎么好收你们的粮食啊！"雨燕推脱着说道。

胖丫是个大嗓门，边搂着雨燕边说道："有难同当，有福同享，你别磨叽了，赶紧收下吧！"

四婶紧接着说："雨燕你别外道了，我们怎么着也比你们家强点，不至于揭不开锅。粮食不多，你们先对付几天再说吧！"

慧慧说话声音弱弱的，和胖丫形成鲜明的对比，可偏偏两个人是形影不离的好姐妹。她拉着雨燕的胳膊说道："我妈说，过几天去辽宁的建昌找亲戚借点粮食，顺便多借点匀给你们家一些，凑合着把这个夏天度过去，进了秋天就好了！"

几个人又说又劝地要雨燕把粮食留下。雨燕不是不想留，只是知道家家都不富裕，这是几家人从牙缝里节省下来的口粮，这样的恩情她不知道今后该如何补报才好。

二大妈好像看透了雨燕的心思，快言快语地说："别想别的了，感恩也不在这一会儿，你先收起来，兑些野菜混混顿，你看看这些孩子，没一点粮食，不吃饭能行吗？再说了，这个家还指着你哪，你可得挺住喽！"

雨燕的眼泪又一次不争气地流了下来，她没有再说什么，使劲地点了点头表示听明白了。

六

在这个世界上，有爱就有恨，有黑就有白，有好就有坏，有人雪中送炭也就有人落井下石。这不，刚听说老郝家粮食快断顿儿要揭不开锅了，就有人主动找上门来，要求收养孩子。

最先上门的，是本村南街的六姑。此人一辈子专司保媒拉纤，天生的一张好嘴，用乡邻们评价她的话说，她能把死人说活，把活人说死。因此整天走街串巷，东家长李家短，村里的事儿，她是无所不知，无所不晓。

一听说老郝家落入了困境，她感觉到施展本领的机会来了。所以太阳还没落山，就到了雨燕家。此时雨燕下地干活还没回来，其他几个弟弟们都出去割柴的割柴、剜野菜的剜野菜，忙活自己的事情，只有小妹文凤在家看家。

嫂 娘

这个村子不大，村里的人相互都熟识，文凤认识六姑，就非常懂事儿地找了一个小板凳，让六姑坐在房门前的月台上。自己拿着个小木棍在地上写写画画地玩着，一边有一搭没一搭地回答着六姑的问话。小孩子家没有那么多的心机，在六姑这种老狐狸的套问下，就把家里的现状毫无保留地告诉了她。六姑听罢不觉乐在心头喜上眉梢，心里边盘算着，介绍成这票生意自己能从中落下些什么，得意之间情不自禁地哼起了当地流行的皮影戏词。

不知不觉间天已经黑下来。此时鸡已上架倦鸟归巢，喧嚣已撤宁静回归，雨燕和几个弟弟带着各自的收获也相继回家。雨燕见六姑在家，一边赶忙打了个招呼，一边拖着一天的疲惫，点燃里外屋的油灯，赶紧点火张罗晚饭。二弟文龙帮着烧火，其他几个孩子好不容易聚到一起，十分开心，叽叽喳喳地到里屋玩去了。

六姑看雨燕手脚麻利地淘米、洗野菜，准备做野菜粥，说是野菜粥，其实高粱米只有一小把，野菜倒有一大篮子，米在这里的作用只是有一点味道而已。看着这样的晚饭，六姑更加觉得来对了，这家人太需要她的帮助了。

雨燕紧忙乎着顾不上说话，六姑站在一边讪讪地觉得没着没落的，因为她是外场上的人，是不屑做家务的，她家这些家务活计都是婆婆在干，所以在家里基本不会做饭。她看着雨燕几分钟就打点齐整，不禁暗暗佩服雨燕的干净利落。雨燕盖上锅盖，看了正在烧火的文龙一眼，示意他看好锅，这才边擦手边笑着问六姑的来意。

六姑马上挤出一副笑脸，摆出救世主的架势，清了清嗓子，这是她的老习惯，一是为提醒人们的注意，二来也是为自己壮声威。她边琢磨着词句边说道："你们家呀，真是倒了血霉了，什么闹心事全赶上了，我一直挺惦记的，昨个儿又听说你们家里断顿了，急得我呀昨晚上一宿没睡好。谁让我是天生的好心眼呢，我就琢磨着赶紧帮你一把。这不，我今儿个天还没擦黑就来了，等着跟你商量个事。"说完拿眼瞟着雨燕，看雨燕是如何反应的。

雨燕对六姑的营生略知一二，刚一见面就觉得不大对劲，只是劳累一天，再加上惦记弟弟妹妹们腹中饥饿，忙着做饭，也就没有细思量，听六姑如此开场，才意识到事情不简单，也就打起精神应对。

"六姑，有事你就直说吧！"雨燕快言快语，不愿与她兜圈子。

"好，村里人都说你办事爽快，果不其然，我就喜欢跟你这样的爽快人打交道，那我就直说了。"她瞅了瞅雨燕，见雨燕没有接话的意思，就接着说道：

"辽宁凌源有一户人家，两口子都是吃官饭的，家里挺趁钱，日子过得富裕，就是四十好几了也没生出一儿半女，想抱养个孩子。男孩最好，女孩也不嫌弃，两样都有更称心，我看你们家这些个孩子，都快养不起了，就想帮你匀兑出两个，也好给你减轻些负担。"边说边看里屋在炕上玩耍的孩子，好像在挑选哪个更合适一些。

正在烧火的文龙一听此话气冲牛斗，一下子冲到六姑面前，

嫂娘

用手里拿的冒着火苗的烧火棍点着六姑的鼻子大喊大叫:"你给我滚,滚出我们家,滚!"

棍子乱点,火星迸裂,吓得六姑哆嗦着往后退,一不小心绊在了身后的门槛上,一下子从堂屋摔到了里屋门里头,几个在炕上玩耍的孩子听到了她的话,也大声地叫骂起来。

六姑在地上滚了两个滚才定下神来,一手撑地,另一只手去理散乱遮住眼的头发。看到她这个狼狈样,又想到文龙刚才大喊让她滚她还真的在地上滚了起来,孩子们又情不自禁地大笑起来。

雨燕目睹此情此景也是又好气又好笑。原本气得火冒三丈,只是耐着她是村里的长辈顾及脸面才隐忍着没有立马发作。不承想文龙提刀跃马打了先锋,而且是一战大胜,六姑这个走南闯北的老江湖已经是溃不成军一败涂地了。雨燕赶紧从堂屋进到里屋,搀起六姑扶她坐在炕沿上,并找来笤帚给她扫衣服上粘的灰土。六姑是连吓带气,差点背过气去,脸色煞白,两手乱抖,嘴唇哆嗦,就是说不出话来。

雨燕看着她返过点神来,板起面孔说道:"六姑,这就是你的不对了,我早就说过就是砸锅卖铁也不会让人领养孩子,你知道我们现在困难还要做这样的事,你这不是落井下石吗?你这像个长辈样吗?"

说完也不等六姑吱声,用力搀起六姑就往外送。六姑此刻才长出了一口气,边往外走边就坡下驴地说:"这可真是'狗咬吕洞宾,不识好人心',我这何苦来着,还不是为你们好。"话越说越连贯,"过了这个村可就没了这个店了,你们可别后悔，人家可是要出两百块养育费的，这些钱可是够你们两三年花销的，到时候再求我我可是不答应了……"

雨燕连扶带送甚至有点往外推的意思，一直把六姑送到了大门外，撒开手正色正言地对六姑说道："您老人家不用再操心我们家了，以后也绝不许再提这件事情，六姑您慢走，我就不远送了！"说完没等六姑答话转身就往回走。

刚走几步，就听六姑在胡同里自言自语："今儿个这跟头算是栽到家了！"长叹了一口气后又说道，"哭吧，这么大岁数了；不哭吧，还真疼！"

雨燕听到这里再也忍耐不住，竟然毫无顾忌地哈哈大笑起来……

七

转眼就到了端午节。

五月端午节和八月中秋节、正月春节一样是个大节令。节日当天社员们放假，家里富裕一些或养猪多的户会杀猪过节。一般是把猪肉卖掉，留下猪头和猪下水自家改善生活。即便困难一些的家庭也要炒几个菜，用黏黄米和粽叶包上一锅粽子，粽子出锅的时候家家户户都飘出节日的甜香。

当地还有端午节走百病的习俗，还要采桃枝、割艾蒿、剪窗花、挂红纸葫芦，真的是"千门万户曈曈日，总把新桃换旧符"。人们扶老携幼，纷纷走出家门，放飞自己的心情，享受一年的春光，整个村子沐浴在节日的欢乐气氛之中。

嫂 娘

可雨燕家里整天吃的是野菜粥，连一顿正经的饭都吃不上，到哪里去改善生活、享受节日的快乐呢！

雨燕思来想去，人穷不能志短，不能窝在家里哀叹自己的命运。于是端午节一大早就宣布："今天过节，吃过早饭嫂子带你们登山赏景玩去啊！"

孩子们兴高采烈，纷纷应和。玩耍是孩子们的天性，可这几个孩子受家庭状况的拖累，整天在劳累中度过，哪有时间玩耍呢！更别提全家一起出动了，那是自打出生以来不曾想过的事情。现在一听嫂子说要带领全家人出去玩，自然觉得比吃粽子还香甜。

出发前，懂事的文龙自己背上背篓拿上镰刀，还让老三文虎拿上篮子和手镐（一种很小的农具），老四文豹一见也主动拿起一个小篮子和一把小铲子跟在后头。

雨燕看在眼里喜在心头。她并不在乎弟弟们干些什么，而是从这些很小的举动中看出弟弟们开始懂得过日子，知道该为家里生活的改善而共同努力。这些儿时留下的生活记忆，或许会影响到他们的一生。有这样的生活意识和经历，今后他们无论遇到什么样的困难，都会坦然地去面对、去征服，而绝不会屈服或怨天尤人。

与别人家出游不同，雨燕带着弟弟妹妹们专往没人去的地方走，为的是避开欢乐的人群，尽量不让弟妹们感觉到自己家的不幸和别人的同情。

正应了古人所说"人间四月芳菲尽，山寺桃花始盛开"。

SAO NIANG

嫂 娘

在这燕山深处的小山村里,五月端午正是风暖鸟声脆、百花斗芳菲的时节,到处是鹅黄柳绿、小草青青、莺歌燕舞、小溪欢唱的景象。

她们边走边玩,雨燕和文豹、文彪带着文凤边走边剜野菜。因为知道要走好远,所以他们专拣好吃一些而且不太苦的野菜采,什么羊犄角、婆婆丁、猪毛哼、杏芽菜、落力菜等,采满一小篮子就倒进文龙背的背篓里,时候不大就采了小半篓。文龙和文虎则不时地停下来用手镐刨药材,他们找的药材雨燕大部分认识,但也有一些根本叫不上名字,文龙不时地给雨燕讲解药材叫什么名字、大致有什么药效、大概值多少钱一斤等。因为年龄小,文虎以下的弟弟们此前从没有采过药材,所以也没有认真注意过,这次边听文龙讲解、边认识、边寻找,兴致盎然,高兴得不得了,一路走着竟然采了满满一篮子的中药材。其中,柴胡是红色的根,黄芩则是黄色的根,知母长得像细长的小萝卜,远志长得像黄色的大蚯蚓,放在一个篮子里红黄相间煞是好看。山上的药材原本无数,可文龙只采有限的几样,只因这些药材只有在春天采收药效才好,而且这些药材是当地特产,比较值钱。

他们越走越远,从村北的家里出门后绕着村子的外缘一直走到了村子的正南面,并从阳面的缓坡爬上了南山。此山很像是孩子睡觉时伸出被窝的一只调皮的小脚丫,从东南方向斜插进村子中央。北坡面向村子的一面立陡无比,山脚下是一条不大不小的河流,自村子的正东方向流入,擦着村子的南侧而过向西南方向流去,绕过一个山湾汇入青龙河,此河常年水流不断,冬季水小,可一到夏季发起洪水来轰隆作响,十分骇人,村民们都叫它南河。临河陡峭的山坡上面长满了荆棘和松树,由于河流阻隔再加上坡陡无路可上,从来没有人从北坡上来过。而南坡又离村子路程较远,所以也很少有人上来,也只有像雨燕这样故意要走远道避开人群的人才会爬上这样的山头。他们几个边走边玩,一路向山顶攀爬,就连小妹文凤也一路自己走,无论如何不让嫂子和哥哥们背,只有遇到不好走的地段,让嫂子和哥哥拉一把,小小年纪就显出了一股不服输的劲头。

他们终于爬上了山顶,哪承想在山脚下往上看山头是奇陡无比,似无立锥之地,而到了顶上才发现,上面是一块有屋炕一般大小的巨石,表面很是平坦,除南侧她们上来的一面外,其余三面却是如刀削斧劈一样的断崖,断崖高出山顶大约一米多,其根部就像从山顶的土中长出来的一样紧紧地连在一起,巨石的周边长满了荆棘,把断崖遮盖住,从下面看根本不可能发现这块巨石,从西侧断崖的根部长出一棵巨大的松树,受巨石的影响,松树从根部起就斜向西方生长,长到中途又弯曲树干直直地向上而生,其树冠巨大如伞盖,长得浑圆深厚,整棵树就像一个巨人伸出胳臂擎着大伞,给这块巨石遮风挡雨。

农历五月初的天气已经有些热了,再加上他们一路走来,而且还穿着夹衣,已经有些气喘吁吁、汗流浃背。他们斩开荆条爬上巨石,坐在树荫之下,举目远眺,浏览四周,此时天高云淡,蓝天碧水尽收眼底,沐浴和暖的春风,听身畔松涛阵阵,闻着轻风送来的松树和花草的香气,顿觉宠辱皆忘,波澜不惊,真个是心胸大开……

嫂娘

雨燕和弟妹们是第一次站在高处看全村面貌，感觉既熟悉又陌生，更觉得新奇。特别是文虎，他自打一会跑就在村子里乱窜，这里的山山水水是再熟悉不过的了，几乎蒙上眼睛都能找到他想去的地方，却唯独没有上过南山，没想到从这里看全村面貌竟然是如此的不一样，这让他非常吃惊，也就更加仔细地环顾起周边的环境来。

在他们所在的南山正对面，也就是村子的北面，有一架山峰横空出世，坡陡山高，上面长满了荆棘和正在开花的野杏树，山脊平如刀裁一般，只有几个很小的突出部，东西两侧与其他山峰并不相连，恰如大户人家大门里的影壁墙。说起此山可是大大的有名，此山原名金銮山。因此，山下的村子也就叫金銮山村。相传大清国圣祖康熙皇帝去沈阳拜谒先祖陵寝，返程时曾打此路过，听到此山叫金銮山，与皇宫的金銮殿同名，再看此山雄奇无比，确实不同凡响，就下旨将此山列为关外七十二景之一，赐名"影壁横峰"。山村里居住的人家大多数是满族正蓝旗后裔。

"影壁横峰"的西侧正对着一座孤零零的山峰，此山更为奇特，形似一只金雕蹲坐在地，头向上高高地昂起，嘴微张着，上下两喙清晰可见，中间荆棘丛生，远看就好似长出的舌头一般，因此人们又将此山叫做"鹰嘴山"。

"鹰嘴山"和"影壁横峰"两山之间是一个巨大的缺口，一条大河就从这个缺口蜿蜒而出，历经千年不息。相传远古时期，鹰嘴山上曾住着一条大青龙，此龙脾气极坏，不时地兴风作浪为害乡里，终于触怒玉皇大帝，将其幻化成一条大河，因此此河名为青龙河。青龙河的东岸是一条不高的小山峦，村民们都叫它西山，它与东西走向的影壁横峰相连接且南北走向，恰好形成天然堤坝，阻挡住夏季暴发的汹涌青龙河水，使金銮山村免遭洪水的侵害。

"影壁横峰"的东南方向也有一座山，山峰连绵向南向西将金銮山村环抱，雨燕他们所在的南山就是这条山脉的余脉了，此山主峰高过影壁横峰，形似一个放在托盘上的大寿桃，故此山叫"寿桃山"。

在鹰嘴山、影壁横峰、寿桃山的环抱之中，靠近村子的地方又有几个连在一起的小山脉，被村民们叫作西山、北山、东山，再加上雨燕他们现在所处的南山，恰好形成四面环绕的形状，奇妙的是，在这东西南北四座小山的高绝处，均生长着几棵百年老松树，似蟠龙、似伞盖、似飞鸟、似龙爪，被村民们视为神树妥为呵护，历经几百年风雨而愈发翠翠苍苍。

金銮山村就坐落在这样一个风光独特的小盆地里，此村北高南低，坐落在北山半山腰的最后一排房子就是雨燕他们的家了。村中有南街、中街、北街三条小街东西横列，街道两旁坐北朝南地盖着整齐的民房，民房是用山石垒砌作墙壁，木质结构的房顶起脊，上面覆盖着用黄土烧成的青瓦。整个村子不大，却也整洁利落。今天过节，家家户户的烟囱里冒着袅袅的青烟，仿佛将整个村子笼罩在一层薄纱之中，恍然间似在仙境一般，不知不觉间让人颇有飘然欲仙之感。

正在陶醉之中，忽然听到小妹清脆的童音传来："这是什么花呀？真香！"

嫂娘

雨燕转过头来，看见小妹文凤两只小手间捧着一大捧鲜花朝她走来，花呈奶白色，花朵很小却香气袭人，雨燕认得是野丁香，此时正是此花开得最艳丽的时候。待文凤走到跟前，雨燕抱住文凤，让她坐在自己的腿上，文凤手捧的鲜花恰好举在雨燕的胸前，雨燕不由自主地把头低下，闻着这扑鼻的清香，深深地吸了一口气！

"香吗？"再一次听到这童音，她才从梦幻中清醒过来，情不自禁地在文凤红扑扑的小脸上亲了一口，"香，真香！"

这时环顾四周她才发现，大石上只有她和小妹文凤，四个弟弟都已经离开大石散在四周，文龙和文虎在刨药材，文豹和文彪正在采野菜和各种野花，想必小妹拿的鲜花就是他俩的成果了。

雨燕不觉哑然失笑，自己竟被眼前的景色所迷，恍然间不知自己身在何处了！

她高兴地呼唤几个弟弟，让他们回来休息一下。看看天色不早，也该回家了，弟妹们还都饿着肚子呢。可弟弟妹妹们流连忘返，早把吃饭忘到九霄云外去了，这是因为一路上说说笑笑玩得开心，没人去想吃饭的事情，另一方面他们边采野菜边将可口的往嘴里塞，走一路吃一路，到此时确实也没有感觉到饿。这就是山区的好处了，平原地区一闹灾荒几乎赤地千里寸草不生，而山区因为植物种类繁多，这样不长那样长，总可以有下肚的东西吃，实在不行还有树皮树叶可吃，比方说榆树皮就不难吃，更别提榆树叶和榆钱了，杨树叶、柳树叶、杏树叶、苹果树叶都可以吃，但前提是要用草木灰水泡上两天祛除苦涩味道，不好吃那是肯定的，但不至于大面积的饿死人。

雨燕从巨石上站起身来准备回家，说实话此刻她真的不想回家去面对那一大堆难题，因此恋恋不舍地又仔细看了一圈眼前的美丽景色。

当她将身子转向东北方向时，突然细眯起了眼睛，仔细地打量着离金銮山村不远的一个小村子，那就是她和奶奶生活过的水泉村啊！此前光顾着看风景，没有注意到这个小村子，此刻的发现让她欣喜异常，她不由得仔细观察起这个在自己走投无路时收留了自己的小村子。咦，那不是自己和奶奶曾经住过的房子吗！一想到房子，她的心里突然灵光一闪，感觉最近一直困扰着自己的天大难题顿时有解了。

雨燕高兴极了，大声地招呼着弟弟妹妹们回家。

回程比他们去时走得快多了。路上文龙在南河岸边停下来割了一大捆艾蒿绑在背篓的顶上，他说，到夏天的晚上点上干艾蒿熏着就不怕蚊虫叮咬了。

今天他们可是满载而归，一背篓外加文豹拿的一篮子野菜足够他们吃几天的了，文虎挎着一篮子的药材，再加上艾蒿，真的是丰收的一天。

往回走文凤就再也走不动了，雨燕把她背在背上，不一会儿小丫头在嫂子的后背上就睡着了！

回到家里，推开虚掩着的大门，文彪紧跑几步到房门前，摘下挂在门扣上的并没有锁上的门锁。文彪让开身子，让背着文凤的嫂子进里屋把文凤放下，兄弟四个就在院子的月台上整理野菜、晾晒药材和艾蒿。突然，机灵的文豹好似闻到了什么，使劲吸了一下鼻子,起身向堂屋跑去,随即大声叫了起来,高兴劲溢于言表:"嫂子、嫂子,你快来,你快来看啊!"

雨燕赶紧从里屋出来,另三个兄弟也从外面窜了进来,只见堂屋的灶台上摆放着三只大海碗,碗的大小颜色不一,其中的两个上面用同样的碗扣着,看不出里面是什么,另一个里面却是满满当当地码放着粽子。

雨燕上前打开第一只碗,里面是秫米干饭,打开第二只碗,里面却是一大碗猪肉炖粉条,香气扑鼻。这时院子里传来二大妈的声音:"你们几个小兔崽子跑哪儿野去了?等你们半天也不见回来。"

雨燕赶紧把二大妈迎进屋里,指着三只碗说:"二大妈您这是?您怎么把家里的东西全搬这里来了。"

二大妈把手一摆说道:"不是,这饭是西院你三叔家的,这肉是南街你大姑奶家的,这粽子才是我包的。他们有事,放下东西就走了,我等你们老长时间不见回来,就回家看看。刚听到你们这里有动静,才知道你们回来了。你们这是跑哪里钻沙去了,死活不见人,急死我了!"顿了顿又说:"赶紧吃吧,看看凉了没有?凉了赶紧加把火热热,孩子们一准儿都饿瘪了。"说着就张罗着点火热饭。

雨燕和孩子们站在那里没有接话,二大妈诧异地看着他们,这才发现雨燕已经是泪流满面了。

二大妈用手擦了擦自己的眼睛,说道:"你瞅瞅,你瞅瞅,这么一小会儿就把你们馋哭了,还不快点热饭,赶紧吃。"

雨燕也擦了一把泪眼,麻利地张罗着热饭。她把饭和粽子放在一个锅里蒸着,让文龙烧火,刷了另一个大锅点着火热菜。二大妈看着雨燕洗干净刚采来的野菜放在锅底上,然后认真地从盛肉的碗里夹出了五块肉和一些粉条放在野菜上面,并往锅里倒进一些肉汤,剩下的肉和粉条倒到自家的一个带盖的小砂锅里单放起来留到以后再吃,不由自主地叹了一口气,说道:"你们吃饭吧,我先走了,我的碗我拿走了,别人家的你们吃完饭给人家送过去。"

雨燕赶忙洗好了碗,并装上满满的一篮子野菜给二大妈拿上,二大妈看了看背篓里还有好多,也就没说什么,接过篮子回家去了。

这一顿饭吃得香甜。期间文龙非要把自己的那块肉给嫂子,弟弟妹妹一看也纷纷让嫂子吃,雨燕死活不干,非说自己吃肉胃痛,会闹肚子,双方僵持不下,最后还是雨燕板起面孔假装生气,弟妹们才狼吞虎咽地吃了起来。

吃完饭,雨燕收拾碗筷,同时吩咐文龙、文虎,让他们拿上新采的野菜和艾蒿并把大海碗给送回去。文龙答应一声就去准备东西,文虎却不乐意了,嘟囔着说:"这破野菜谁家没有啊,还好意思给人家送。"雨燕走到屋门口,一手扶着门框明知故问地说:"文虎,你说什么?"

文虎犯起倔劲来了,大声说:"我说破野菜……"

"老三你闭嘴!"文龙施展起当哥的威严想制止文虎。文虎梗起脖颈还要反驳,却听文凤清脆的童音喊:"三哥你快去。"

文虎不再吱声,拿上盛野菜的篮子和两个海碗悻悻地走了。文龙赶紧跟了出去。

看着远去的背影，雨燕陷入了沉思。

文龙和文虎送完东西回到家里已经是太阳快要下山时分，人回来了，事情办了，可文虎的心情并没有好转，闷着头在月台上收拾采回来的药材不进屋，雨燕连续叫了两次都不吱声，最后还是文凤出去用两只小手拉着文虎的右手才把他拉进屋来。雨燕看着乖巧的文凤，投来了赞许的目光。她想了想，问道："今天玩得高兴不高兴啊？"

文凤首先响应，拍着小手跳着说："高兴、高兴。"

"高兴就好，那我们今天就来个更高兴的，今天晚上你们不用写作业了，嫂子陪你们一块玩儿，好不好？"雨燕问道。

"好！""好！"真的是"小孩子的脸三月的天，说变就变"，刚才还嘟着个嘴的文虎，也咧开了嘴，高兴地附和着。

"那你们告诉我，今天是谁采的一大把鲜花啊！"

"是我！"文豹举手应道。

"那你知道这花叫什么名字吗？"雨燕问道。

"知道，是野丁香。"文豹答道。

"山上那么多的鲜花，你为什么只采野丁香呢？"雨燕俏皮地问。

"因为它特别特别香啊！"文豹回答。这时，文凤想了想问道："我的花呢？""在外面的月台上。"文彪答道。文凤一下子跑了出去。

"那你能告诉我，它为什么特别香吗？"

文豹挠了挠脑袋，想了想，又摇了摇头，说道："不知道。"

这时文凤已经拿着那束野丁香回来了。

雨燕看了看其他的弟弟们问道:"有谁知道啊?"

弟弟们都摇了摇头,表示不知道答案。

雨燕伸出手,从文凤的手里接过了花束,放在鼻子下面闻了闻,"啊,好香!"

雨燕从一大把花束里抽出来一支用右手拿着,左手把花束放在一边,右手的花枝又放在鼻子底下闻了闻,香气一下子淡了许多,她仔细地看着这枝野丁香,花呈奶白色,花朵很小似米粒,单个看并没有什么奇特的地方,但是好多很小的花朵聚集在一起,形成了一个火炬一样的大花朵就很壮观。雨燕用手在花枝上摘下一朵小花,举到文彪的鼻子底下,问道:"你再闻一下,还香不香?"文彪使劲吸了一下鼻子,摇了摇头说道:"味道很淡,不那么香了。"

雨燕让弟弟妹妹们挨个都闻了闻,他们都有同感。雨燕等弟弟妹妹们静下来,才慢慢地说道:"同样是花,单独一朵小花就不香,聚在一起就香气很浓,这说明一朵花的香气是有限的。就好比我们一家人,如果今天只有我一个人,那我无论如何也做不到既采野菜,又刨药材,还割一大捆艾蒿背回来,这说明团结起来共同做事情才会有强大的力量。咱们家的状况你们是知道的,如果没有村里亲戚朋友的帮助,单靠我们自己也许早就饿扁了。"

雨燕用眼扫了一眼弟弟妹妹们,看到他们全都在认真地听着,她很满意,清了清嗓子继续说道:"老话讲'受人滴水之恩当以涌泉相报'。人,不管年龄大小都应该有感恩之心,而

嫂娘

这也是人与动物的区别,这些你们上学肯定也都学过。现在我们家里穷,日子过得困难,亲戚朋友是知道的,人穷但我们志气不能短,所以我今天带你们上山去玩,就是不愿意让你们待在家里哀叹自己的贫穷,等待着别人的施舍。可亲戚朋友没有忘记我们,他们宁可自己不吃也要把好吃的东西送给我们,这是天大的恩情啊!我们一定要一生一世记住他们的情、感他们的恩,我们还要用实际行动报答他们。所以,我让文龙和文虎送一些野菜和艾蒿给他们。我也知道这些东西不值钱,他们家里也许会有,可我觉得我们送的是一片感恩的心意,不在乎东西的多少,而在于我们记得他们的恩情,这些东西传递的是我们的心意啊!"

文虎越听头越往下耷拉,老四文豹听到这里,用手捅鼓文虎,文虎越发得不好意思,扭捏着身体躲闪着。文龙赶紧拉住文豹不让他捣乱。

雨燕看着文虎的表情,觉得达到了目的,就把话锋一转,轻快地说:"这一段时间我们干得好,事实证明,我们靠自己的力量也能够活下去。文龙、文虎受累了,文豹、文彪表现也不错,小妹也很乖,不过我们还要加油哦!"

这样一表扬,孩子们立刻高兴起来,竟然嘿嘿地笑出了声。却谁都没有接话,屋里寂寂的、静静的、弥漫着欢乐和沉思、友爱和满足的气氛,如果仔细听都能听到文虎粗重的呼吸声……

天,已经全黑下来了!

他们坐在炕上,彼此只能模模糊糊地感觉出对方的轮廓。

他们没有张罗点灯，这不仅仅是为了节省灯油，他们是在享受这黑暗，享受一家人坐在一起的时光。

人在暗夜里精神更容易集中，就连他们的眼睛也都显得亮晶晶的。文龙他们知道的故事绝大多数都是在夏夜里乘凉时听大人们讲的。不过现在还不到热的时候，山区的夜里，在农历五月初还是有一些凉意的，所以孩子们有意无意地往一起挤着，不知道是因为暗夜里的害怕还是要凑在一起抵御寒意。

"嫂子。"听出是文龙在小声地叫着。"嗯？"雨燕轻轻地答应着。

"你能给我们说说你自己吗？"文龙仍然小声地说。

"什么？"雨燕似乎没有听清楚，其实她是在下意识地回应着。

"说说你自己。"文龙顿了顿接着说道，"你的家人、你的过去、你的理想？有人说你的爹娘是大坏蛋，畏罪自杀了，是这样么？"

"你们还听到了什么？"雨燕轻声地问了一句。

"没，没，没听到什么！"文龙有点结结巴巴。

"是不是还有人说我们家是大地主，专门剥削穷人，是吃人不吐骨头的大坏蛋？"

"是。"

"你们记着，在这个世界上，你亲耳听到的、亲眼看到的也未必是真的，所以你们以后遇到任何事情，不但要听、要看，还要用心去体会、去分析，这样才不会上当受骗。"

雨燕长出了一口气，接着说道："听我奶奶说，我的太爷

嫂 娘

爷，也就是我爷爷的父亲，是一个体格健壮、非常勤劳的人，一生务农，还会漏红薯粉条和做豆腐，他的手艺是方圆几十里内最好的，所以家里就开了粉坊和豆腐坊，兴旺的时候家里请了四个长工帮忙，日子过得很红火。家里收入不错，照理说应该吃穿不愁，可我们家里吃的还是比不上别人家，一年里很少吃肉，最好的饭也许就是水豆腐。我太爷爷把挣来的钱全攒起来，到一定数目了就去买地，他总是说，农民啊，土地是命根子。地多了自己种不过来，就租出去交给别人种。我太爷爷是个脾气很古怪的人，他收的地租是村子里最低的，而且丰收了不加租、遇灾了却要减租，他自己说这是在给后世积阴德，所以村子里有的人家遇到困难了，就把地卖给他，然后再从他的手里租出来种，就这样三十几年里他买了近百亩地。

他自己没上过学，但很聪明，靠自学学会了写字和算账，但写信这样的事情还是搞不好，于是他就坚决地让他的儿子也就是我的爷爷读书，可就在我爷爷快高小毕业的时候，我太爷爷突然得肺结核病去世了，我爷爷是三代单传，到我爹这辈儿也是单传，家大业大没有男丁是不行的，所以，我爷爷就辍学回家继承祖业。可是，他自小就没有负过苦力，又没有经营的经验，家里请来的伙计们欺负他不懂就偷工减料，做出的粉条和豆腐越来越差，当然也就越来越不好卖，最后实在经营不下去了。于是伙计们就带着学到的手艺回家自己开粉坊和豆腐坊去了，我爷爷只好关门不干，再加上不会种地，没有生活来源，只得一点一点地往外卖地维持生活，慢慢家道就衰落了。不过我爷爷继承了我太爷爷的性子，不管家里怎样也要我爹读书，所以我爹自小就经受了良好的教育，初中和高中是在沈阳的一所学校里读的书，但没有读到高中毕业就赶上小日本投降，奶奶怕沈阳打仗太乱，就把我爹给叫回来了。在沈阳上学期间，我爹曾接受过一些新思想，对共产党有一些了解，后来东北解放军进关时在我们家宿营，一个大干部看上了我爹，就劝我爷爷让我爹当兵，我爹也软磨硬泡，我爷爷也就同意了，这样我爹就随东北解放军进关参加了攻打天津的战役，后来就留下来参加了天津的建设工作。我爹会写文章而且写得一手好字，小的时候帮家里记账算账，又打得一手好算盘，他是很聪明又很能干的一个人，所以很快就当上了领导。可是天有不测风云，有人写大字报说天津的大贪污犯刘青山和张子善贪污的钱都是我爹给送的公款，这可是跳进黄河也洗不清了。我爹我妈预感到情况不好，就嘱咐我说，如果他们出了什么事情，让我回乡下找奶奶，当时我还是半信半疑的，可就在当天晚上，他们就被一伙人抓走了，从此下落不明。过了几天，这伙人找到我说：'你爹妈是花岗岩脑袋，死不认罪，最终畏罪自杀，自绝于人民了。'打死我都不相信我爹妈会有罪，真的，到现在我也不信。当时我哭喊着和他们拼，跟他们要我爹妈，他们就打我，用脚踢我，我打不过他们，就张嘴咬了一个人的胳膊。"说到这里，雨燕嘿嘿地笑了起来，黑暗中看不清她是什么表情，但是能够感觉得出，她对自己的行为并没有感到后悔，而是在狡黠中透着自豪。

"该咬。"文虎恶狠狠地说。

"那时我还小，人被逼急了，什么事都能干出来，要让我现在去咬我还真下不了口。"雨燕说完又笑了起来，孩子们也小声地笑了，气氛不像刚才那样凝重了。

"就因为我咬人，造反派说我和我爹妈一样顽固，是花岗岩脑袋死不改悔，第二天就收回了我们住的房子，把我撵了出来，也不让我上学了，勒令叫我改名字，从那时起我就不叫海燕改叫雨燕了，他们更不让我找我爹妈，所以至今，我仍然不知道我爹妈的尸骨在何处。"说到这里，雨燕的声音哽咽了。

她想起了离家那天，她是那样的无助，是那样的孤单，这个世界上最爱她的父母一夜之间就与她阴阳两隔。天地虽大，何处是自己的安身之所？芸芸众生，又有谁是她的立命依靠？她哭天天不应，哭地地不灵。而身后传来的却是逼她离开的催促声，万般无奈之中，想起了爹妈被抓走前让她回老家找奶奶的嘱咐，便趴在十字路口磕了三个响头算是给爹妈的告别，从此返回老家与奶奶相依为命。可怜年迈的奶奶，白发人送黑发人，思念自己的独子和儿媳，常常以泪洗面，最后竟一病不起，不到一年就与世长辞了！由于她家是几代单传，在村子里没有近亲，再加上坏分子子女的身份更没有人敢搭理，从此雨燕就成了一个孤儿，自己打柴，自己挣工分儿分粮食养活自己，一切的一切全靠自己，有时甚至连一个说话的人都没有，那时的她不是在过日子，而是在熬岁月。此刻，再看看身边坐着的几个弟弟妹妹们，日子过得虽然苦，但家里有亲情、有笑声、有快乐、有希望，比自己孤苦无依地熬日子强多了。想到这里，雨燕已经是泪流满面，泣不成声了。几个孩子虽然没有雨燕那样的刻骨铭心的苦痛，却也是经历过人生的生离死别，他们有着和雨燕一样的感受。此刻他们都沉默着,文凤搂着雨燕的脖子,用小手给她擦抹着眼泪。

过了一会儿,雨燕慢慢地平静下来,她抱着文凤,让她坐在自己的腿上,用手攥着她的小手摩挲着,继续说道:"所以呢!现在能够和你们在一起我很知足。你们给我做伴、陪我说话、帮我干活。我觉得老天待我不薄,我应该感谢老天才对。"

雨燕停顿了一下,又一字一顿地说:"文龙刚才问我的理想是什么,上学的时候哪!我的理想是考上南开大学中文系,毕业后当一个作家。可我们家人就这命,我爷爷读书高小没有毕业,我爹高中没有毕业,我一样高中也没有毕业,同样也是三代单传。现在哪!我的理想就是要把你们带大,供你们读书,送你们上大学,然后让你们替我当作家。"听到这里,机灵的文豹嘿嘿嘿地笑出了声。

憨憨的文虎此刻发出了感叹声:"唉,我是没戏了,我这辈子只能上家里蹲大学,修理地球系,刨土坷垃专业喽!"文虎的学习成绩一直比较一般,这不是因为他笨,而是因为他太贪玩儿。一说玩儿的事儿,如捉鸡摸狗、上树掏鸟、下河捞鱼、进山打猎,他就精神百倍;一说学习,他就浑身难受。但他偏偏就有一项本事,过目不忘,平常根本见不到他学习,只是在考试前一两天把书翻一遍上去就考,分数不会最高,但也绝不会中等以下。现在雨燕看管得严,每天晚上吃过晚饭必须做作业,成绩虽有所提高,但他却觉得太过拘束,因此发出感叹,传递出一个信号,想就此撂挑子不干。

雨燕还不明白他那点小心眼,哪里会给他这样的机会?十分

嫂 娘

严肃地说："老三，我看你是屁股痒痒找挨揍，你上不上学我说了算，你要再敢给我调皮捣蛋不好好学习，看我怎么收拾你。"

吓得文虎没敢吱声，一旁的文彪说话了："三哥你麻爪了吧？有本事你还闹腾啊！"

"去去去，一边凉快去，小屁孩子没你说话的地儿。"文虎不耐烦地说。

一直倾听着的文龙又说话了："嫂子，你小的时候家里管你管得严吗？"

"我爹妈管我不严。"雨燕停顿一下又说，"但我小时候是在老家和爷爷奶奶一起生活的，上小学的时候爹妈才把我接到天津，那时候爷爷还在世，他可是个严厉的老头儿，家教可严了，规矩也特别多。"

"都什么规矩呀？嫂子你给我们说说呗！"老四文豹调皮地说。

"你们真的想听吗？"雨燕问道。

"想听。"

"那好，今天我就把老家底儿全倒给你们。"

"我很小的时候，我爷爷就要求我的行站坐卧走，耳鼻眼手口都要有规矩，稍大一点就让我背他制订的家训，而且要照着去做。"

"家训？什么是家训啊？干什么用的啊？"文虎问道。

雨燕清了清嗓子说道："家训哪！就是过去大户人家里约束家里人的规矩，也是家族子弟们的行动指南、做事的标准。"

"你们家是什么规矩呀？"文豹接着问道。

"我爷爷定的家训是四个字,叫:孝、贤、诚、笃。笃,是一个竹字头下面一个马字,是做事做人一心一意的意思。听我爷爷说,这四个字可是大有学问,如果一个人能够把这四个字做到了,那就是一个了不起的人。"雨燕稍加解释,又继续说道:

"孝,是指孝顺、尊敬,听爷爷说,孝,不仅是在家里孝顺老人,还包含着孝敬师长、尊敬周边所有的人。

"贤,是指做好人、善良的人,不做坏事不做坏人。

"诚,是指做人一辈子要诚信,本分、谦虚。

"笃,就是做人做事要专一,坚持、有韧性。"

"嫂子,那你现在做的这些事情是受这个家训的影响吗?"机灵的文豹随口问道。

"小鬼头,你倒是挺会联想。"雨燕带着赞赏的口吻嗔道。她停顿了一下继续说道,"应该说有这方面的关系。不过呢我也不太清楚,因为我做事情之前没有专门去想过这些。现在想来可能是有关系的,因为一个人小时候接受的教育,会潜移默化地融入你的行为举止之中,就好比你会一项技术,到需要的时候会自然而然地使用出来,而不用事先去想一样。"

"有道理!"文豹小声地说。

雨燕接着说道:"现在呢,我们是一家人了,那我的家训也就是我们的家训了,你们自打今天起也必须要遵守!怎么样?有没有信心遵守?"

"这个,这个……"文虎拖着长音抢先回答。

而其他的兄弟和小妹文凤却异口同声地回答:"有信心!"

"怎么样文虎?要不单独给你整一个家训?"雨燕笑呵呵

地问道。

"别别，别价！我投降，我遵守还不行吗？"文虎也乐呵呵地回答着。

"那就好！"雨燕紧接着说道，"天已经不早了，今天走了一天大伙儿都累了，明天还要早起，我们睡觉吧！还有，天已经不冷了，从明天起我和小妹住这屋，你们四个搬到西屋去住啊！"

原来，为了节省柴草，少烧一铺炕，雨燕在自己住的东屋炕上用被单挂出一个隔帘，安排弟弟们睡在炕头暖和的地方，自己和小妹文凤睡在隔帘外的炕梢上。现在天气转热，男孩子们睡觉不太讲究，分开住比较方便一些。

一家人其乐融融地准备睡觉，却谁也没有立即入睡，就连原来头一挨枕头就能睡着的文虎也没有马上入睡，他们的脑海里盘旋着今天一天发生的事情，品味着雨燕讲的那些故事，记忆着刚刚学到的家训。说来也怪，孩子的成长有时候好像就是一夜之间的事情。这不，经历了今天的孩子们好像一下子就长大了许多、懂事了许多！

静夜里，一个个小眼睛就像亮晶晶的小星星，在一眨一眨地闪烁着……

八

第二天，雨燕只说自己有事要办，向生产队长请了一天假，把文凤托付给二大妈照应，就回自己的老家水泉村去了。

这次回娘家的打算是在南山上看到自己家房子的那一刻就定下来的。

这段时间家里断粮，全靠邻居和亲戚朋友的接济，在对付一天算一天地凑合着过。可这不是一个根本的办法呀！孩子们正是长身体的关键时期，整天靠野菜充饥怎么行呢？雨燕思来想去也想不出一个好办法。因此，她嘴上不说，心里却暗暗地着急上火。直到看到自己娘家房子的时候，她才豁然开朗起来。现在想来不觉暗自好笑，这真是当局者迷，早前怎么就没有想到这一招呢！

她边走边寻思着，自己四月初二嫁到老郝家，到如今满打满算也就一个月零四天，也许自己一直就没有融进这个家庭，也许自己还没有把孩子们当做自己的孩子看待。否则，任何一个母亲都不会忽略帮孩子解决困难的任何一点希望和线索。

想到这里，她暗自问自己，在这个家庭里，我的身份仅仅是一个嫂子吗？我将以什么样的身份支撑起这个家？我该不该以一个母亲的身份来照顾这些孩子？那么我是一个好母亲吗？一想到这些，她的心情郁闷起来。我凭什么做一个好母亲？现在我和孩子们在一起是快乐的，但我只想到了自己摆脱了寂寞、沉闷、无助、凄冷，却没有像一个母亲那样，视孩子为生命，为了孩子宁肯牺牲自己的一切。

想到此，雨燕的眼前浮现出婆婆临终前瞪大双眼盯视着自己的孩子迟迟不肯咽下那丝气息的一幕，那是一个母亲留给自己孩子的最后牵挂。即便如婆婆般贫病交加一无所有，可母亲留给儿女的牵挂和不舍，那不是孩子们可享用终生的财富吗？

继而想到自己的奶奶，在临终的那一刻，她老人家已经不能说话，但她的心里是清明的，她用尽最后一点力气把头转向门口的方向直视着，直到咽气也没有合上眼睛，那是企盼着自己的独子和儿媳啊！这才是母亲，在弥留之际还在牵挂着自己的孩子而不是自己的人。

想必自己的母亲也是如此吧！在含冤而去的最后时刻，她也一定记挂着自己这个唯一的女儿。

母亲啊，这是一个多么神圣而又伟大的称谓啊！

边走边想着这些，雨燕不觉间已经泪流满面。此刻，她才真正地体会到，要做一个伟大的母亲是多么的不容易，获得这个称谓的那一刻起，就意味着为了儿女需要付出巨大的牺牲，那将包含着自己的一切乃至生命！

此时此刻，作为一个女性特有的、发自灵魂深处的那缕母性的光辉和博爱在她的体内盘旋着、升腾着、萦绕着，最后凝聚成一个信念——我就是这几个孩子的母亲，为了让孩子们吃饱饭，为了自己不再失去家，我卖掉爷爷奶奶传下来的房子是值得的！

下定了决心，雨燕的身上好像一下子注入了无穷的力量，脚步也变得异常轻快起来，娘家的那栋老屋离她越来越近……

九

雨燕娘家的房子卖了1000块钱。

本来可以价格更高一点，可因为雨燕急着用钱，一看有人出价马上就痛快地答应了,彼此乡里乡亲的,多点少点的,以雨燕的豪爽性格也压根没想到去计较。

真正拿到这笔钱,已经是十天以后了,看到一下子有了这么多的钱,雨燕高兴坏了。

回到家里已是正午时分,弟弟们已经下学回家,雨燕顾不上烧火做饭,打点好锅灶叫文豹和文彪准备午饭。自己叫上文龙和文虎,拿了两个口袋,推上手推车一起去粮站买粮食。

原本以为能够买到便宜一些的返销粮,但一问才知道,他们不符合买返销粮的标准,只得买高价粮。雨燕反复盘算才决定买 40 斤高粱米、160 斤玉米楂子。她估算着,如果把粥做得稍稀一些再兑上些瓜菜,可以吃两个月左右,凑合着度过苦夏,离秋天也就不远了,等到秋天新粮食下来再买也许会便宜些。

正准备交钱,忽然想起半个月前二大妈和胖丫、慧慧给送过来的粮食不能就这么白吃了,是要还给人家的,所以一咬牙又买了 10 斤小米。

文龙、文虎不明就里,疑惑地用眼睛瞟着嫂子,不知道她是从哪里变出来的钱来买粮食,最后还是忍不住问起雨燕,雨燕只说是又借到钱了,借口催他俩装车岔开了话题。

到了晚上,雨燕让小妹文凤陪着哥哥们写作业,单独把文龙叫到自己住的东屋,问文龙家里欠账的小本子在哪里,文龙找出本子递给嫂子,一脸迷惑不解地问道:"嫂子,你找这个干吗?"

雨燕轻快地说:"我今天找人借到了一笔钱,我想我们欠亲戚朋友的钱已经好长时间了,想倒倒手,把欠时间长的钱还一还。"

文龙叹了一口气:"唉,没办法,我们欠人家的太多了,这债什么时候才能还清啊!"

"一下子都还,我们做不到,但我们可以有一点还一点啊!只要我们努力干,就一定有还清的那一天。"雨燕接着说道,"来,咱俩先排排队,那些借的时间长的、家里比较困难的,还有家里有事急着用钱的排在前头。另外,钱数少的争取一次清了,剩下的也要多少还上一些,这样我们才能对得起帮过我们的人哪!"

文龙侧脸眯缝着眼看着嫂子问道:"这个还法,得需要多少钱哪?你到底借了多少啊?"

雨燕笑着说:"我借了800块呢!"她藏了个心眼,怕都拿出来还债,今后遇到着急打忙的时候措手不及,更何况一家六口人预想不到的用钱的地方还多着哪!

文龙一听吓了一大跳,大声地说:"你,你这是从哪里借来的呀?谁会一下子借给你这么多呀?"

雨燕嘘了一声,示意文龙小声,听听西屋没有动静,才说道:"我有富亲戚呀,她不怕我还不上,还是主动借给我的呢!"

文龙将信将疑,总觉得不可思议,可又说不出什么来。只得帮着雨燕逐笔地安排还钱的次序和数额,头还不停地摇晃着,颇像旧社会里的账房先生。雨燕在一旁看着不觉暗暗好笑,只是怕文龙分心,所以才强忍着没有笑出声来。

家里欠账虽多,好在文龙全部知情,没多大工夫就安排妥当了。结果是欠30元以下的有17户,一次还清共需196元,欠30元以上的区分轻重缓急,多少也都还上一部分,欠得特别多的都是至亲,也安排还上一些。

此刻,文龙已经完全理解了嫂子的良苦用心,那就是——老郝家欠别人的每一分钱早晚是要还上的。

十

第二天上午恰好是农村的大集。雨燕想起了文豹的话,为了让两个小弟弟也有事情干,专门跑到集市上买了两头小猪崽。为了省钱,她专门挑体型较小的选,最后选定了一大一小两头一窝出生的小猪崽,两只小猪通体黝黑,毛色油光发亮,浑身圆滚滚的煞是可爱,也不怕人,围绕着雨燕转圈,腿上拴着的细麻绳把雨燕都绕在了里头。随后雨燕又买了十只小鸡雏,想想家里还有两只大公鸡、一只老母鸡,让文凤照顾着应该够了,孩子太小,养多了怕她养不好,反倒白浪费钱。

雨燕把猪仔和鸡雏装在筐里背回家,弟弟妹妹们一看高兴极了,立即着手整修猪圈和鸡舍,孩子虽小可干起活计来毫不含糊,不到半天工夫,就一切就绪。自此后照顾猪崽的活计全部由四弟文豹和五弟文彪负责,照顾鸡雏的事情则由五岁的小妹文凤包了,这可真应了那句老话"穷人的孩子早当家"。

从这天起,一吃完晚饭,雨燕就带着文龙,走亲串友地还钱。先是表示感谢这么多年来的照应和帮助,其次解释借到了一笔钱倒着手,把欠的时间长的亲朋的钱先还上一部分,然后明确表示余额部分以后逐步归还,顺便还把最近借的粮食还上。但二大妈、四婶、胖丫、慧慧家死活不收还回的粮食,说本来就是送给孩子们吃的,哪能收回来,推推搡搡的,最后还是让文龙背了回来。

跑了几个晚上,眼看离得近的亲朋的欠款已经归还得差不多了,两个人心情格外的轻松,好像老人们讲过一句古话叫"无债一身轻",此刻他们也许就是这个感觉。

两个人边走边有一搭没一搭地聊着,聊着聊着文龙突然正经起来,语气很轻却硬邦邦地说道:"嫂子,我说话你可别不爱听啊,我觉得你不用解释那么多,更不用低声下气地一遍又一遍地感谢,庄里庄坊和亲戚里道的谁用不着谁呀。说实话,原来我们家也没少帮助他们,只是我爹死后我娘病倒了才求他们帮忙。"

听着文龙的话,雨燕没有立即搭言。

在雨燕看来,婆家的这几个弟弟妹妹们都很聪明,但人情大礼和为人处世上却不太明白,说话也不讲究方式方法,张口就说,根本不考虑别人能否接受。这与家庭教育有关,说实话在那个年代,父母都没有什么文化,家家都有五六个孩子,生活上也比较艰苦,连吃饭都成问题的时候哪还有心思教育孩子呢?再说当时的社会大环境很乱,所以小孩子懂不懂事几乎无人在意。

这与雨燕的经历和家庭教育形成了天壤之别,雨燕家自太爷爷始就已经讲究诗礼传家,品德讲家教,行动讲规矩,说话讲礼数,做人讲谦让。

一个人自小形成的品格和习惯是很难一下子改变的，所以雨燕说话办事还是习惯成自然，沿用的是老一套。这在接受造反教育的孩子们眼里当然也觉得不习惯，因此文龙这样说雨燕，也就不难理解了。

文龙见嫂子一直往前走着没有说话，误以为嫂子生气了。自己内心里感到后悔，赶忙解释和劝慰："嫂子你别生气啊！我说得不对你别和我一般见识，我不是故意在气你，我是想说、想说……我都不知道说什么好了。"其实文龙自己还真不知道自己哪里说错了。

"我没有生气，我是在想事情。"雨燕轻声说，她停顿了一下，接着说道："文龙你刚才说的也不能算错，确实嘛，在村子里你帮我、我帮你本来就是再正常不过的事情。可你细想过没有？如果没有爹娘生前经常帮助别人积攒下的好人缘，这些年肯定也借不出这么多的钱来。人们帮助我们是情分，不是义务，所以根本就不存在应该帮助这一说，你想想是不是这么个道理？"

听到这里，文龙应和着答道："好像是这么个理儿！"

"至于你说的低声下气地感谢，这样说是不对的。"雨燕很坚决地说。

"现在你知道了，我家老辈子人是做生意的，生意人讲究和气生财，和气二字其实绝大多数时候是在说话上表现出来的，比如说话的态度和语气。因此，自打我记事起，我奶奶就不断地告诉我说'一句话百样说'，还说'好话一句三冬暖，恶语

嫂 娘

一声六月寒'。意思是，同样内容的一句话，你用不同的声音、语调、表情说出来，意思和效果是完全不一样的。好话是张嘴说出来的，坏话也是张嘴说出来的，那既然要张嘴说话，为什么不说得让人感到舒服呢？至于感谢，我觉得我们说得还不够，而且不但要说在嘴里，更要铭记在心里才对，帮助过我们的人知道我们懂得感恩，才肯在以后我们再遇到困难的时候继续帮助我们哪！"

一段话娓娓道来，不疾不徐，让文龙如沐春风般感到舒服。文龙是个情商极高的孩子，对一些事情的看法一点就透，听了嫂子的话后对雨燕那是更加佩服了。

而雨燕也知道，文龙虽然长得瘦弱，不如文英、文虎般健壮，但是有一股发自骨子里的傲气。在长相上雨燕欣赏文英和文虎，但在志气和知识上，雨燕却对文龙更加看好。

听到这里，文龙高兴地说："嫂子我明白了，你放心，我知道今后该怎么做了。"

听到这句话，雨燕心里那股高兴劲比还清债务还要大得多。因为，债是有数的，还清了就了结了；而一个孩子懂得了一个人生大道理却是要受用终生的。

不知不觉间，两人已经走到了家门口，文龙侧过身子让嫂子先进院子，自己进院后转过身来准备随手把大门插上。却听西屋传出二大妈的声音，是在说他和嫂子："这俩兔崽子跑哪里去了？这么晚了还不回来。你们写完作业早点睡觉，别再闹腾了。我先回去了，明个儿有空我再来。"

这时听到雨燕已经搭腔了："大妈别急着走啊！我们回来

了！"边说边快走几步迎进西屋，亲亲热热地拉着二大妈的手坐在炕沿上。

"又去还账了？"二大妈一边抚摸着雨燕的手一边以轻柔的音调问道。

"是，离得近的都已经还完了，还有两户离得远的亲戚，就等改天有时间了跑一趟，或者等他们来赶大集时再给了。"雨燕轻快地说。

二大妈没有接话，而是从头看到手，再从手看到头地端详雨燕，脸上洋溢着长辈爱惜晚辈那种特有的怜惜的表情，眼睛里滚动着泪水，嘴唇动了好几下才说出话来："孩子啊，这些日子可苦了你了！"

"大妈，你说什么呢！好好地，怎么说起这些来了？"雨燕嗔道。

"你不用瞒我了，你们村有我们亲戚，他来赶集见到我，把你卖房子的事情都跟我说了。你说你把老祖宗传下来的房产都卖了，你、你，要是有个好歹的你怎么办啊？"二大妈原意是想说雨燕不可能终老在老郝家，如果有一天自己想离开时连一个落脚的地方都没有了，可话到嘴边又硬生生地咽了回去，想到雨燕今后的难处，眼泪就扑簌簌地落在衣襟上，刚才还在打闹的孩子们全都静了下来，睁大了眼睛看着二大妈和雨燕，文龙靠在门框上惊呆了一般张大了嘴，可就是不知道该说些什么。

"大妈，你瞧你，都把弟弟妹妹们吓着了。"雨燕瞧了一眼晕头涨脑的弟弟妹妹们说。

二大妈用手抹了一把脸，对几个孩子们厉声说道："你们都给我下炕,给你嫂子跪下。"

雨燕赶紧阻拦说道:"大妈你这是干什么?你吓着他们了。"几个孩子好像真的被吓蒙了,并没有听二大妈的话马上下炕,而是怔怔地看着雨燕。

二大妈长叹一声,说道:"你们还不知道吧!你嫂子把自己老家的房子卖了替你们老郝家还债、买粮食。你们说,这样的恩情你们该不该感谢?你们该不该下跪磕头?这换作别人,你们跪地不起,磕一万个响头也未必给你们一个钢镚。孩子们哪!你们将来不管到什么地步,可千万、千万不能忘了你们的嫂子啊!"最后这句话二大妈拉了个长声。

几个在炕上的孩子从惊怔中醒过神来,边爬到雨燕身边边带着哭声喊道:"嫂子……"哽咽着说不出话来。

文龙已经泪流满面,一步跨到雨燕面前屈膝就跪,雨燕一把托住文龙胳肢窝不让他跪下去,大声喊道:"起来,不许跪。男人膝下有黄金,你绝不能随便就下跪。"

文龙已经泣不成声,断断续续地说:"嫂子,你的大恩大德我们终生不忘。今天二大妈给做个见证,我们兄妹们不管是谁如有不尊敬嫂子、不孝顺嫂子的,天打五雷轰,不得好死……"

还想赌咒发誓地往下说,一下子让雨燕用手捂住了嘴,说道:"不许赌咒发誓的。"

她又回头看了看在炕上围着自己的几个弟妹们说:"你们记着,从今以后谁也不许轻易地下跪和发誓。男孩子要有骨气,上跪祖宗下跪父母,不能遇事就草鸡、就下跪,那样的人不是男子汉,更不是我们老郝家的男人。"

雨燕斩钉截铁地说完，转过脸来对着二大妈坚定地说道："大妈，我做过的事情绝不后悔。我既然答应婆婆要管好这个家，照顾好弟弟妹妹们，我就必须全力以赴，我没有退路，更不会有回头路可走。所以，老家的房子留着也没有任何的用途。现在家里没有粮食吃，我不能守着一处破房子看着弟弟妹妹们挨饿，那样我心里实在是过意不去。你看现在多好啊，我们有饭吃、有学上，我们可知足呢！"说到这里，雨燕竟然呵呵地笑了起来。

"那也不用急着还债呀！你个傻丫头，就一点不会为自己着想。欠了那么多钱，要还也不在这一时半会儿，你一下子把钱都花光了，今后再遇到个为难招窄的事情看你还能卖什么！"二大妈絮絮叨叨地数落着雨燕，雨燕也不反驳，只是笑吟吟地看着二大妈——这个刀子嘴豆腐心、时时刻刻地关爱着她们的亲人。

十一

天气一天天地热起来。这一年雨水明显少于往年，所以就更显得天气干燥滚热。

雨燕和弟弟妹妹们经过前一段时间的打拼，日子也逐渐地走上了正轨。首先，弟弟们上学十分努力，期中考试在自己所在的班级里均是名列前茅。其次，弟弟妹妹们想尽一切办法帮助雨燕过日子。文凤精心地照顾鸡雏，小鸡们长得很快，和原来的老母鸡相比已经小不了多少。两只大公鸡更加神气，经常

嫂娘

带着一群鸡妈、鸡崽到后山和前街上溜达,不停地炫耀自己家族的突然壮大,乐得小妹文凤整天合不拢嘴。

二弟文龙和三弟文虎下学回到家就背上背篓拿上镰刀去割柴火。有时下学后饿得狠了,就到自家的菜地里摘个茄子、黄瓜或劈一把生菜叶,再折几个大葱叶裹在一起边走边吃。每天总是割一大背篓的柴草,先晾晒,晒干后再打成捆垛在柴棚里,不但供上了烧火做饭,柴棚里眼看就要垛满了,一改前些年家里柴火总不够烧的状况。再加上兄弟俩又刨药材又挖蝎子卖,也积攒了十来块钱要交给雨燕,雨燕没要,让兄弟俩继续攒,争取攒够自己下学期的书本和学杂费。雨燕是想让弟弟们切身感受那种自己挣钱自己花的快乐和自信。

四弟文豹和五弟文彪也是起早贪黑地割猪草,两个小猪在鲜嫩的青草和自家泔水的滋养下也茁壮地成长着,几个月下来大的那头猪已经长到了四十来斤。不过奇怪的是,买来时比较大的那头猪反倒长得慢一些,而小的那一头却很是见长,个头和体重已经超过了大的那一头,这让兄弟俩多了许多研究的话题,整天变着法地琢磨如何让两头猪长得更快一些。

文豹脑子里稀奇古怪的想法太多,竟然捉来一条大大的菜花蛇和一些青蛙,开膛剥皮取肉,趁雨燕不在家放在锅里煮熟了喂猪,却把蛇皮扔在了猪圈里。

第二天一早雨燕热了泔水去喂猪,看见了蛇皮,以为是大蛇跑到了猪圈里,吓得喊叫着跑回到屋里,把手里的泔水瓢扔在了地上,泔水洒了,瓢也摔坏了。

恰好此时四个弟弟起早去干自己的活计还没回来,只有小妹文凤和雨燕在家。雨燕一喊叫把文凤也吓了一大跳，赶紧跑到嫂子跟前问个究竟。雨燕被吓得嘴唇发紫、牙齿打战，话也说不连贯，根本不能回答文凤的问话，只是用手指着猪圈方向嘟囔着："蛇……蛇……大蛇……"

文凤虽小却是个天不怕地不怕的角色。在家里几个哥哥全宠着她，任何艰难困苦全有哥哥们冲在前面，更让她养成了说一不二的小姐脾气。一看嫂子被吓成了这样，顿时激起了这五岁小丫头的万丈豪情，转身就往外跑，想看看是何方神圣竟来吓唬嫂子。

这反倒让雨燕担心起来，在她的心目中妖魔鬼怪不一定害怕，却自小就怕蛇，她怕小妹被蛇咬，就想跑出来拉住小妹，无奈浑身无力，身子和大腿竟不听使唤，只得手扶墙壁一步一蹭地挪到屋门口。

却见文凤用一个长木杆挑着蛇皮从猪圈里慢慢地往外移，原来是蛇皮光滑挑不对地方就挑不起来。吓得雨燕赶紧喊："快放下，别咬着你了！"声音变调，关爱之情溢于言表。

文凤却哈哈大笑起来，把蛇皮扔在地上说道："嫂子你原来怕这个，这是死蛇皮耶！"

这真是当事者迷，旁观者清，死蛇皮和活蛇原本有本质的区别，就因为害怕，根本没有看清就已经被吓坏了，所以才死活不辨。此刻看清了确实是蛇皮，雨燕才长长地出了一口气，手拍着胸口连声说道："哎呀妈呀，可吓死我了，可吓死我了！"

随后便问文凤，家里哪来的死蛇皮。文凤也就一五一十地把两个小哥哥的所做所为全盘托出了。

嫂 娘

雨燕回过神来,正色说道:"以后家里绝不允许再出现这类恶心东西。"

文凤咯咯地笑个不停,边笑边说:"我告诉哥哥们,他们不会再往家里拿这些东西了。"

吃早饭时文凤向四个哥哥学说了早晨的经过,小丫头心灵嘴巧,学说得有模有样,特别是学雨燕嘴唇哆嗦着说话,简直是惟妙惟肖,惹得雨燕和几个孩子一通大笑。

雨燕想到自己的表现愈发觉得好笑,竟笑出了眼泪,用毛巾边擦眼泪边说:"我打小就怕蛇,也不知为什么,只要一见到蛇,我就怕得要死,恨不能找个地缝钻进去才好。"

文龙见弟妹们还在笑,就正色说道:"从今天起,这些蛇蝎、蚰蜒、癞蛤蟆之类东西绝对不许进家门。文豹你负责经常在家里房前屋后看看,发现这些东西马上处理掉,绝不能让嫂子再看见这些东西。你记住了?"

文豹放下了调皮的神气,正色回答道:"记住了。今后再见到这些个东西,我见一个打一个,见两个灭一双,绝不会让嫂子再害怕了!"

雨燕用感激的眼神看着文豹和文龙,笑着说:"都怪我胆小。"

文龙紧接着说道:"有些人天生就怕蛇,这很正常啊!"

他停顿了一下又说道:"咱们家这边怕蛇的人很少。一是因为咱这里没有毒蛇,这么多年很少听到有人被蛇咬过。二来咱家这里人们信萨满教,主张万物均有灵性,把蛇尊为蛇仙,所以很少有人打蛇捉蛇,即便害怕也是见到绕着走,所以山上的蛇是挺多的。嫂子你以后再遇到蛇不用害怕，你站着别动，它自己就会跑掉的。"

文虎大大咧咧地接话说道："蛇有什么好怕的，见到了用脚把头一踩，抓住身子一拧皮就脱开了，拽住蛇皮往上一提，整个儿皮就下来了……"

"别说啦！"文龙见雨燕脸已变色，断然打断文虎的描述。

文虎是属于不太会看脸色的那种实在人，打断了这里又说起了别的，话题还是围绕着蛇，看得出文虎不但不怕蛇，而且还是以能够捉蛇打蛇为傲的。只听他接着说道："去年春天，我的一个同学爬上大杨树去掏喜鹊窝里的蛋，他坐在树杈上仰着头张着嘴往喜鹊窝里看，这时一条盘在喜鹊窝里的蛇一下子钻进了他的嘴里……"

"哎呀，妈呀！"雨燕吓得差点把端着的饭碗扔在炕上。

"别说了。"文龙厉声制止，文虎只得打住话题，低下头来吃饭。

停顿一会儿，雨燕回过神来，不觉又担心起那个孩子来，怕怕地轻声问道："那孩子后来怎么样了？"

文虎低着头侧过脸看了文龙一眼没有接话。文龙看嫂子感兴趣，便放下碗说道："这孩子贼牛，他一下子用右手攥住了蛇的身子想把蛇拽出来，可蛇身上长的都是倒鳞，往前走很顺当，往后拽蛇鳞张开，无论如何也拽不出来。"

"那怎么办？"雨燕紧张地问。

这时文虎来了精神，也放下饭碗用手比画着说道："这就是我们男子汉的本事了。他右手攥着蛇身不让它继续往里钻，用左手搂着大树，一点一点地往下出溜，下来后就自己往公社卫生院跑。卫生院一看麻爪了，没办法处理，说只能送县医院开刀把蛇拿出来。这时公社书记知道了，就派我大哥开着拖拉机送他和家人去县医院……"

一提到大哥，文龙就在桌子下面捅鼓文虎制止，怕雨燕听到了不快。谁知雨燕一门心思全在嘴里含蛇的孩子身上，根本就没有反应过来文虎他大哥是谁，自然也就不在意，而是急切地问道："那后来呢？"

文虎已经意识到了失言，因为自打文英死后，全家人就像约好了一样谁也不在雨燕面前提他，所以戛然而止停止了讲述。

听到雨燕追问，文虎才慢慢地、字斟句酌地说道："后来就没什么了。开刀，在脖子上拉个口子，然后把蛇切断，把头从刀口处拿出来，再缝上就没事了，回到家养养该干吗干吗。"

因为心存顾忌，文虎这一段讲得就没有前一段绘声绘色。但即便如此也已经让雨燕听得心惊胆战，惊骇无比，额头和鼻尖上都沁出了汗珠，张大了嘴巴说不出话来。

十二

老话讲"福无双至，祸不单行"，越是怕什么越是来什么。雨燕怕蛇，这不还就真的遇见了活蛇。

起因是天气越来越热，社员们干了一天的活计，自然是出了一身的臭汗，男人们简单，找个小河沟跳进去洗个澡，出来在河边一坐，晾干了穿上衣服走人，连洗澡带日光浴全活。

女人们就不一样了，家家都不富裕，所以也很少有太多的换洗衣服，而姑娘们又很保守，连穿衣服都很少穿半袖的，再加上衣服料子都是纯棉的比较厚实，那几乎是湿了干、干了再湿地沤着，到了傍晚快收工的时候，衣服上基本都会泛出一层白色的汗渍，只有等到了家里，才能打盆水插上屋门，用毛巾擦擦身子，洗澡几乎是一种奢侈。

一天中午，雨燕和胖丫、慧慧几个年纪相仿的伙伴一起收工回家。这天实在是太热了，姑娘们各个全身是汗，浑身那个难受就别提了，一边聊着一边沿着小河边缘的小路往家里走。走到半路上，雨燕忽然发现在小路的旁边有好大一片的杨树林，而小河在此处离开了小路，绕到树林的外缘处流淌而过。雨燕心里一动，离开了小路往杨树林里走去，走在前面的几个小伙伴没有察觉还在边聊边走，走在后面的胖丫发现不对，就停下脚步喊雨燕："燕姐，你去哪里呀？"见雨燕没有应声，又加大音量喊道："燕姐你是去解手吗？我们等你一会儿吧！"

前面的姐妹也都听见了胖丫的喊声，全部停了下来，把扛在肩头的工具放下来杵着地稍做休息。此时，雨燕已经走到了树林的尽头，只见她左手扶住一棵小杨树，探出半个身子向前张望着，随即传来一声欢呼："太好了，姐妹们，你们快来看啊！"同时转过身子招呼姐妹们："快过来，都过来啊！"声音里传来兴奋和激动。

几个小姐妹扔下工具跑了过来，快到雨燕跟前时，雨燕伸出双臂挡住了她们。原来这里是一处土坎，上面比下面高出大

嫂娘

约有一房子高，树林里杂草丛生，长得有齐腰高，如果不注意很有可能一步迈下去，就会掉到下面的水塘里。

再看下面的河水，由于这里是一个大转弯处，河床到这里一下子变得开阔了许多，河水的流速也变得很慢，河水清澈见底，里面的青苔和小鱼都看得清清楚楚。靠近土坎这一面可能是因为往年夏季发洪水时冲刷的原因，形成了一个天然的小水塘，有两间屋子那样大。主河道只有一个很小的缺口与水塘相连，所以绝大部分河水走主河道，只有一股细流流经水塘再往下游流去，这就造就了此处的绝妙：一是洪水冲刷后带走了泥土，留下了白净的鹅卵石，水塘看上去干净无比；二是靠近河道的一面是细沙形成的沙滩，沙滩不宽却把主河道和水塘很好地隔开了；三就是水塘不是死水，上游有活水进来，下游有水出去，水是流动的；四是此处离小路有大几十米，而且比上面低很多，地点十分隐蔽，又有大片的杨树林遮挡着，不刻意来找很难发现此处，私密性十分好。

雨燕流露出得意的眼神，边点头边得意地看着姐妹们。姐妹们似乎明白了雨燕的用意，一声欢呼就要下去。可找了一大圈都是土坎，没有下去的地方，这更让她们增加了一份安全感，便觉得此处天造地设实在是一个洗浴的好去处，她们决定要霸占此处。

雨燕把姐妹们分成两拨儿，分别从上下游两处寻找。最后她们发现，因为河道比小路低很多，只有在上游或者下游很远的地方就离开小路而进入河道，顺着河道走才能进入水塘。从上游过来的姑娘们是涉水过来的，两只鞋子拿在手里，说明上游无路可走，今后要想不涉水进来，那只有从下游走上来。

胖丫性子最急，走到水塘边三下五除二地扒下衣服扔在沙滩上，就走到了水塘里。水塘中间的水有齐腰深，边上便逐渐浅一些，实在是一个洗澡的好去处。

姑娘们先前还有一些矜持和顾虑。一见胖丫已经带头，再加上一上午汗臭裹身，实在是难受得要命，在这样一池净水前自是忍耐不住，所以也就脱吧脱吧钻进水里。

这真是一池好水。由于上游来水流量很小，所以水温受进水温度的影响不大，这些个日子天气极热，再加上一上午的毒辣日头暴晒，水温热乎乎的，将整个身子泡在水里实在是一种享受。而周边青山如黛，绿水潺潺，一阵微风吹过，带来了远处草木的芳香，耳边传来杨树叶的沙沙声，伴随着蝉鸣和偶尔的一两声山鸡的鸣叫，更显出此处的清幽。

雨燕将脖颈以下全部埋在水里，微微地眯上了眼睛，在大自然的慷慨馈赠里，全神贯注地享受着这片刻的安宁，不知不觉间有些昏昏欲睡了。

朦胧中感觉有什么东西扫了一下自己的头发，雨燕慢慢地睁开双眼，却见几个姐妹们全都坐直了身子在全神贯注地看着什么，而且目光在往自己这方面移动，她用手撑着池底的鹅卵石坐直了身子往前看去。

这一看不要紧，雨燕被吓得魂飞魄散，一下子跳了起来，大叫了一声："哎呀妈呀！"又重重地摔在了水里，大张着的嘴巴灌满了一口水，连淹带呛全部进了肚子里。此时此刻哪还顾得了许多，连滚带爬地蹿出了水塘，到了沙滩上才敢回过头看，不由得全身发抖，只得蹲在沙滩上双手抱膝，如此才保证自己不摔倒在地上。

原来雨燕睁眼看到的是一条半米多长的水蛇正冲着自己游来，所以才拼命地逃离。此刻蹲在岸上，看得更加真切，只见这条水蛇晶莹碧绿，脖颈以后一环一环的红色延展开来，艳丽无比，头呈深褐红色，嘴里吐着褐色分叉的舌头，在水里游动的姿态自如美丽，再配上这碧绿的池水，简直就是一幅美丽的画卷，所以姑娘们都认真地欣赏着这水中的精灵。特别是胖丫，等水蛇快游到池塘边上时，就捉住水蛇的尾巴把它拉回池塘中心，让它重新游走，就为欣赏这精灵的美丽。可这一切对雨燕来说，却是超级恐怖的事情，她如何也不能理解，怎么会有人喜爱蛇这类东西。

姐妹们亲眼看到雨燕如此怕蛇，如此狼狈，全都哈哈大笑起来。她们一边玩着水蛇，一边开着雨燕的玩笑。胖丫更是过分，把蛇头攥在手里，让蛇身缠在自己的手臂上，还把蛇身贴在自己的脸上摩挲着，告诉雨燕水蛇很好玩，这让雨燕更加不能理解。

不过姐妹们的大胆举动却也起到了安抚雨燕的作用，起码让她知道了水蛇并不可怕，更不会伤人，这些举动要比无数句劝慰的效果好得多。慢慢地，雨燕也就不那么害怕了。

看着胖丫她们拿着蛇戏弄自己，她没好气地抓起一把泥沙，站起身来向伙伴们甩去，伙伴们侧身躲开泥沙，用手打起水花泼向雨燕还击，一场泥沙加水战就打了起来。

大家嘻嘻哈哈玩了个不亦乐乎，最后还是小伙伴们先讨饶才停止战争。原因是雨燕站在岸上居高临下，手里拿的是泥沙，撒出去是一片，几乎人人中招，而小姐妹们是在水里，打出的水花不能及远，雨燕是大大地占了便宜。

见姐妹们讨饶，雨燕心里充满了胜利的骄傲，就站直身子，左手叉腰，右手拿着泥沙在那里耀武扬威，嘴里还喊叫着："服不服？服不服？不服再来！"

此时只听得水塘里传来一声赞叹："哇，你们看啊，燕姐真是好身材！"小姐妹们的目光一下子齐刷刷地投向了雨燕。

只见雨燕一米七多的身高，体型十分匀称，鹅蛋脸下脖颈雪白，双肩平滑，双峰高耸圆润，腰部纤细，小腹平坦，两臀浑圆舒展，两腿均匀细长，皮肤光润白皙。头发乌黑发亮，因为湿着所以反射着太阳的光芒。五官单个拿出来均算不上漂亮，但聚合到一起却是恰到好处。眉头轻皱，眼神俏皮，鼻翼微张，嘴角带笑。左边面颊上有一个浅浅的小酒窝，的确是一个我见犹怜的俊俏女子。小姐妹们都被这美丽的身体给迷住了，说一句人见人爱并不过分。

只是几个姑娘光顾着玩笑和开心了，忘记了这是在野外而且是中午时分，防范之心顿失，雨燕赤身裸体的俊俏模样在一位不速之客的心里留下了深深的烙印。

雨燕看到小姐妹们不言不语地瞪大眼睛看着自己，自己往下看了一眼才意识到自己是一丝不挂地站在这里。顿觉脸红心跳，赶紧使劲甩出手里的泥沙，立马蹲下，愤愤地说："还不把那该死的东西扔掉，你们害死我了。"这几乎是女孩子的天性，遇到尴尬事情总要找一个替罪羊转移话题好给自己解围。

嫂 娘

这时,慧慧音调不高地对胖丫说:"快把蛇扔了吧,让燕姐赶快洗澡,还要回家给文龙他们做饭去呢!"

"好啊!"胖丫答应着,顺手从水塘边上抓了一把青苔,把水蛇裹在了里面。雨燕不知胖丫干什么,怕把水蛇害死了,又急切地制止:"别,你别把它搞死啊。"

胖丫没好气地说道:"刚才还怕得要死要活,一转眼又成了救苦救难的大菩萨!"

雨燕不好意思地说:"我是怕蛇,可那也是一条命啊!"

"死不了,它下回还要看光屁股姐姐呢!"胖丫边说边把裹着水蛇的青苔用力抛了出去。这丫头力气就是大,这个青苔球足足飞出去二十多米,落在了主河道的对岸上。

雨燕蹲在那里怔怔地看着青苔球,希望看到水蛇还活着。慧慧猜到她的心思,慢声细语地说:"不用担心,有青苔保护摔不死的,它平时就生活在青苔里,等着青蛙路过就吃了它。所以它过一会儿就会从球里钻出来的。"

"那它还会不会再回这个水塘里来?"雨燕紧张地问。

小姐妹们七嘴八舌的,这个说:"不会的,这东西很有灵性,在这里吃了亏,绝不会再回来了。"那个说:"我们把水塘里的青苔清除干净,任何蛇都不会到这里来了。"还有的说:"你放心吧,没事的。"

慧慧摆手叫雨燕赶紧下到水塘里洗澡,她担心时间长了,雨燕家里的弟弟妹妹们饿肚子。

慧慧的一片好心,雨燕自然领情。冲慧慧一笑,又小心地下到水里,边下水边左看右瞧,生怕再遇到刚才的场景。姐妹们边笑边安慰着，雨燕这才放心，钻到水里畅快淋漓地洗了个澡，随着一身汗水的洗净，心里也充满了阳光和快乐。

此后这一夏天，她们便隔三岔五地结伙来这个水塘里洗澡，只不过是改到了晚上。一吃过晚饭，姐妹们拿上换洗的衣服，成帮结伙地来这里洗澡洗衣服，洗去一天的汗臭和劳累，焕发年轻人的光彩，这里成了姑娘们休憩的好去处。

十三

转眼进入了农历七月。

这一年的气候异于常年，天气不但更加的酷热，而且还增加了潮湿和闷热，但就是不下雨。这不，已经快两个月滴雨未下，土地龟裂冒烟，庄稼都因天旱打蔫，小河里的水也一天天地明显见少。

生产队长想了好多办法抗旱，无奈山区抗旱说起来容易干起来太难。一开始还能男女老少齐上阵，壮劳力担水、妇幼抬水浇庄稼，可一担水从山底下的河里担到半山坡的梯田里需要付出巨大的体力，连续干上几天可以，长时间这样干连最壮的劳动力也承受不住，动一动就会出一身汗，劳动强度稍大一些，就胸口憋闷喘不上气来。

人们感觉旱灾已成，全年的收成肯定要减产，种子粮能否收回都不敢保证。所以人们的心气也就慢慢地下降，感觉干什么都没劲，提不起精神来，干劲大不如从前，大有听天由命的意思。

嫂 娘

这样一来，雨燕嘴上不说心里暗暗着急。

实指望今年遇上个好收成，多分一些粮食，让弟弟妹妹们不再挨饿，哪承想天公不作美，旱成了这样。继续下去，糟心的就不只是今年，连明年的日子都难过了呢！

话是这样说，可日子再难过也得过。队上的收成指不上，就得自己想办法，无论如何也得先闯过这个苦夏呀。

于是，雨燕就在自家的自留地菜园子上打起了主意。她忙完生产队里的活计，就起早贪黑地侍弄菜园子，锄草、施农家肥，想尽一切办法想要多出产一些，特别是在浇地上下的功夫最多。

隔几天，看看土地有些干了，就马上带着弟弟们抬水浇一次。但到后来，随着各种瓜果蔬菜越长越大，需要的水也就越来越多，靠抬水浇地已是杯水车薪，根本解决不了旱情。

雨燕就学邻居家的样子，借来水斗从水井里打水浇地。这是一个重体力活，摇辘轳虽费力气但可以让文龙、文虎帮忙，但水斗升到井口需要往外提一下才能把水倒在水渠里。雨燕一介女子，手臂没有这样大的力气，有几次没有提住，水斗又荡回井里，差点带着辘轳掉进井里，好在文虎力气极大，憋红了脸把住辘轳把手，才没有出事情，过后想起来让雨燕十分后怕。

雨燕这样拼命地劳作，自然看在了周围邻居们的眼里，他们明白雨燕的用意，所以也就更加佩服雨燕。周围邻居里无论大人还是小孩，见到了总会搭把手帮一下。

这不，看见雨燕借来水斗又要浇地，二大爷立马放下手中的活计过来帮忙。只不过二大爷年龄大了，后腰又受过伤，提水这活计要的就是腰和手臂的力量,所以也不能长时间干。于是,周围的青壮劳力只要见到了,都会接过水斗帮忙干上一会儿。

这样对付着下来,虽说是挺不容易,却也收获了回报。雨燕家的瓜果蔬菜是周遭各家里长得最好的,不但产量比别人家高,产出的东西也很好吃。

雨燕是个懂得感恩的人,有了好东西舍不得自己独享,总爱摘些瓜果蔬菜的往各家送,帮过她的她送,没帮过她的她也送。比如五保户张奶奶,隔三岔五地她就打发文豹或文彪给送菜过去,惹得老奶奶见人就夸雨燕。再有多余的,雨燕就一律切开晒成干菜储存起来,天长日久家里储存了不少的干菜,为过冬做好了充足的准备。

对于那些直接帮忙的男劳力,雨燕也绝不会让人家白帮忙,一定会摘一些蔬菜让人家拿走,推都推不掉。人心都是肉长的,帮助也是相互的。人们知道雨燕懂得感恩,所以也就有越来越多的人愿意帮她。这样一来二去的,日子长了,也就生出了不少的闲话来。

最初的闲话是从帮助雨燕提水的男人而起。

原来,每次帮完忙,雨燕都会赶紧摘一篮子的蔬菜给人家拿上,个别男人拿回家去尝尝,觉得味道不错,就会称赞一番,其中自然不自然地就会流露出对雨燕一个弱女子靠一人之力养活一大家子人的钦佩。哪承想此时是说者无心可听者有意,老婆在一边听着就不乐意了,不免酸溜溜地接话说道:"可不是地,人长得漂亮种的菜也香甜。怪不得你不浇自家的地,老给人家扛长活去,我看你八成是迷上人家了,一天到晚地提人家的名字，以后你少在我面前提她。"

男人不免就要解释，可口笨舌硬，说出来的话不一定中听，这样一来二去地就吵了起来。村子不大，隔壁有耳，两口子吵架的话哪里会有好听的呀，传了出去，添油加醋地便成了雨燕的绯闻。

对这些闲言碎语，雨燕也有耳闻，只是她坚信身正不怕影子歪的道理；另外，从下决心撑起这个家那一天起，她就有了承受一切的思想准备；再加上她生性豁达不愿计较别人的闲话。所以，虽有风波，却随着时间的推移而慢慢地消失了。可雨燕内心的苦楚却只能自己默默地承受，别人是无法理解的。

因此，男人们只要见到雨燕有困难照样帮忙。奇怪的是，有好几个女人虽对丈夫帮助雨燕口出微词，但她们自己却和雨燕交好，有什么想不开的事情也还是找雨燕排解。

雨燕总是一如既往，从未表现出异样来，时间长了人们越发地佩服雨燕的度量和为人。

倒是那些关爱雨燕的人，受不了别人的风凉话和泼脏水，不断地为雨燕打抱不平。比如，二大妈就为此和邻居干过一架，胖丫和慧慧也和人争论过，结果闹了个半红脸。

反应最厉害的当属文龙兄弟几个，根本听不了别人说雨燕半句坏话。即便是平常十分要好的小伙伴们，只要在他们面前说雨燕一个不字，轻者挨顿骂，重者挨拳头，其捍卫嫂子的决心可以用拼命来形容。

对那些大人，他们无法直接争斗，而且雨燕也决不允许，所以就使出所有的坏点子来整治人家。

最先中招的是骂雨燕最厉害的李芳妈。

十四

自打在文英家门口被雨燕一顿抢白之后,李芳妈就记恨上了雨燕。她见识短,从来不知道检讨自己的过错,甚至把李芳自杀离世的账也算在了雨燕的头上。此后只要一有机会就嘴里不干不净地指桑骂槐,虽不提名字,但人们大多数知道她在骂谁。

而雨燕一天忙了家里忙家外,与李芳妈碰不着面,别人听到了也没人告诉她,所以雨燕根本不知道李芳妈在骂她。

可这几个弟弟们就不同了,自小生活在村子里,大人小孩全熟,又有一帮年龄相仿的小伙伴们天天在一起,这张家长李家短的消息没有他们不知道的。当他们知道李芳妈在骂雨燕时,恨得牙都痒痒。但他们一来不愿意让雨燕知道了平添烦恼,二来知道雨燕也绝不允许他们报复和胡闹,所以谁也不说,只在背后打鬼主意。

前一段时间雨燕看得紧,晚上要做作业没有机会,现在天气热了、白天时间也长了,做完作业还有富余时间。雨燕是个开通人,见他们做完了作业,也就准许他们出去玩耍,只是一遍遍地嘱咐要注意安全,不要淘气,不许打架,早点回家等等。因为年龄的关系,文龙和文虎以下的三个弟弟玩不到一起,这小哥三个嫌文龙古板像个老学究热闹不起来,自然也就离他远远的。

这天吃完晚饭小哥仨就忙着写作业,工夫不大,哥三个写完作业收拾好书包，跟嫂子打声招呼就跑出去玩耍。这在老三文虎是破天荒的事情。此前，在写作业前他可要磨蹭一阵子，有时要拖到雨燕催他才会去写。

因为这段时间弟弟们都是这样子的，有时回来很晚却也平平安安，进家倒头就睡，有文龙照应着不用操太多的心。所以雨燕已经习惯了孩子们这样，而且她打内心里觉得男孩子就应该勇敢些，多闯荡、多经历、多摔打，倒是对文龙整天闷在家里觉得不以为然，但也从未表现出来。

话说文虎、文豹、文彪哥三个，跑出来跟已经在街上玩耍的小伙伴们汇合在一起，疯跑疯玩一阵。觉得不过瘾，就提出要玩藏猫猫，小伙伴们仰头看天，只见天空漆黑一片，星月无光，恰是玩藏猫猫的好日子，立即同意。

当下文豹便分派人马，谁是老鼠谁是猫一分便定，人马立即散开。哥三个撒开丫子就往村外跑去，一闪身躲进了早就看好的坟地里。这里杂草丛生，树木高大，一片坟头高耸，平常少有人进，自是道路全无，要在这里找人，白天都得乍着胆子，更何况这漆黑的暗夜里。

装猫的小伙伴明知道他们躲在这里，也是打死不敢进去，就站在老远的地方喊着："我早看见你们三个了，还不快滚出来。"一边诈唬着，一边给自己壮胆吹起了口哨。等了一会儿不见动静，又自言自语起来，"我明明看见他们进去了，怎么就找不着呢？莫非是我看花眼了？"

文虎明白，这家伙是在给自己找台阶下，他害怕了，马上就会往回跑啦！果然不出所料，这小家伙突然转身往回跑去，边跑边喊:"今天不早了,不玩了,回家喽!"其他伙伴们听见这声喊,都从藏身处跑出来,相互招呼着、嬉笑着,还不忘嘲笑这只胆小的猫,发一声喊各自回家去了。

这正合文虎三兄弟的意。他们略等一等,听着周围再也没有人声了,从草丛中钻了出来,不过手里多了一只长木杆和一大块黑乎乎的东西。

三兄弟猫着腰,高抬腿轻落脚,蹑手蹑脚地向村子中心走去。这可应了那句老话了"做贼者心虚"。其实,村里的人们秉持早睡早起的生活习惯,已经熄灯休息,再加上劳累了一天,此时早已进入梦乡,这三个小鬼头就是跺着脚进村也未必有人搭理。

三个小家伙来到李芳家房子西侧的胡同里,在这里与李芳家的院子仅有一堵不高的土墙隔着,李芳的爸妈住在西屋,所以在胡同里都能听到李芳父亲的呼噜声。这时文豹从怀里拿出了黑乎乎的东西一抖动,只见火星乱溅,原来是从墓地里找来的烂棺材板。这东西在地里埋藏时间长了,上面聚满了化学物质磷,只要一抖动就会冒火星,他们在坟地里摆弄吓唬人,一吓一个准。

文虎举着木杆,文彪从衣服兜里拿出准备好的细绳,一头系在文豹拿着的烂木板上,另一头系在文虎拿着的木杆上,三个人配合得非常默契,看来这不是第一次搞鬼。

系好后,文彪一比画,自己就悄悄地走向胡同口去把风。这边文虎慢慢地把木杆伸向了李芳爸妈住的屋子的窗前。这小家伙胆大心细,搞起鬼来更不含糊。

嫂娘

他先用木杆头在窗框上轻轻地敲了两下,停下来听了听没有动静,又用木杆敲两下。这时只听李芳妈的声音问:"谁呀?"见没有动静以为是听错了,就不吱声了。

过一会儿,文虎又用木杆在窗框上重重地敲了三下,这回李芳妈听得真切,急急地推李芳爹说:"她爹,她爹,你听听,好像有人在敲上扇窗户。"

李芳爹含含糊糊地说:"你耳朵炒惊了,哪有声音啊,整天胡思乱想,快睡吧!"

"不是,是真有敲窗户的声音。"李芳妈辩解着说。

就在这时,文虎又敲了三下窗框,屋里的两口子均清楚地听见了,一骨碌坐起身看着窗户纸。这边文虎把木杆上拴着的烂木板往窗台上一蹾,只见火星乱冒,一闪即逝,就听屋里炸了窝了:"哎呀,妈呀,闹鬼了。"李芳妈使劲喊着。

李芳爹忽地站起身来,把窗户向里一拉,伸出头就往外张望,吓得李芳妈一把拽住李芳爹喊道:"快关上窗户,别让恶鬼进屋。"只听得啪的一声,窗户又关上了。

胡同里这三个小鬼头听得清楚,用手捂着嘴、猫着腰、踮着脚,快速地跑了出去,仍按原路跑向坟地,放下搞鬼的道具,这才从容地绕道往自己家里走去,别人看见就说藏猫猫玩晚了。

这可苦了李芳妈。她这个人本来就疑神疑鬼,一联想到女儿自杀在外冤魂不散,是不是回家敲窗?这样胡思乱想起来竟一宿没有合眼。

人越休息不好火气越大,第二天一大早就坐在临街的自家门口有一搭没一搭地骂人,反正是看谁都不顺眼。再想起女儿

092

的死，觉得都是老郝家造的孽，骂声也就比平时高了八度。

这可气坏了文虎三兄弟。商量了几天，文豹又想出了个鬼主意。他们这天下午下学后割猪草时，在河边抓了一个中号碗大的癞蛤蟆，文彪悄不言声地找来一只厚底破布鞋。等到了晚上人们入睡后来到了胡同里，文彪用细绳一头系在文虎拿着的破布鞋的后跟上，另一头系在文豹捉着的癞蛤蟆的一条腿上，一转身跑到胡同口去望风。这里只见文豹把癞蛤蟆头朝外放在布鞋里，然后用左手横着捏开癞蛤蟆的嘴，右手从裤兜里拿出几个大盐粒塞进了癞蛤蟆的嘴里，怕塞得不深，还特意用手指往里捅了捅。

一切就绪后，向文虎摆了摆手，文虎转过身子，用两只手往前一送，从墙头上把东西扔进了李芳家的院子里。只听得"啪"的一声响，李芳妈的声音也随之响起："谁呀？不管你是人是鬼，你都不应该找上我们家。"显然根本没有睡着。听听没有动静，也就不言声了。

就在这时，一个恐怖的场景出现了。只听院子里传来了一种低沉的声音，很像是老年男性沉闷喑哑的咳嗽声，紧接着就听到了"特啦"的一声响，像极了腿脚不好的老年人走路时鞋底擦着地面的声音，接着又传来了咳嗽声。

就这样一声咳嗽，一声鞋底擦地的声音传进屋里，把李芳妈几乎吓死，李芳爹也被吓得心慌意乱。好在男人还是有一些定力，他忽地一下拉开了窗户。院子里一片黑暗，看不清有什么，恰在此时传来了咳嗽和鞋底擦地的声音，满眼所及连个人影都没有，却有声音，这份惊吓真比见鬼还要骇人，吓得李芳

爹把着窗户放开嗓门大喊:"闹鬼了,闹鬼了。李明、李东,快来呀!闹鬼了!"

李明、李东是李芳的叔叔,分别住在她家的前面和东面。李芳爹这样一嚷嚷,半个村子都听到了。胡同里的这哥三个一看事情闹大了,也顾不上掩盖行踪,猫着腰一溜小跑直接钻进了自家的大门,好在人小身轻没什么动静才没有被人发现。

文虎定了定神,轻轻地关上大门,上了门闩,和文豹、文彪一起静悄悄地走进西屋,脱吧脱吧就钻进被单里。声音虽轻,还是惊动了文龙,在黑暗中迷迷糊糊地问了一句:"咋的了?怎么这么晚才回来?"

文虎不耐烦地回了一句:"睡你的吧!没事!"

文龙凭感觉就知道这三个小子一定没干好事,准是又折腾李芳爹妈去了。一来实在太困,二来李芳妈总是骂骂咧咧地指桑骂槐,他也十分生气,恨不得自己去找她打架,三个弟弟给他们捣乱正合他的心意,自然不会戳破,所以翻个身又睡过去了。

三兄弟侧耳听了听,街上没有什么动静,嫂子的东屋也没有声音,这才放心,于是倒头便睡。

十五

可李芳家这边却已经是沸反盈天了。

一听大哥家闹鬼,李明、李东赶紧起身,人还没有出屋,自家的孩子老婆却已经被吓得哇哇大哭,赶紧回去点燃油灯,安慰家人妥当,才拿着手电赶到李芳家。

进屋一看，老两口抱在一起抖成一团，连话都说不利落了。问了半天才闹清个大概，至此时间已经过去半个小时，什么妖魔鬼怪也都跑远了。

哥儿俩拿着手电参着胆子在前后院子里仔细地看了一遍，自然是什么也没有看见，只得返回屋子里陪着李芳爹妈，支棱起耳朵听着屋外的动静，两人也是胆战心惊生怕真的闹出点动静，所以手电也不敢关掉，就这样神经兮兮地坐了一宿。

原来，癞蛤蟆嘴里含盐后，喉咙里不舒服，它会和人一样清嗓子，所以才会有咳嗽的声音。它很清楚它需要水来解决问题，因此它会立即找有水的沟渠之类，这是它的天性和特长，哪里有水它最清楚。而它一跳就会拉着拴在腿上的破鞋移动，也就会传出"特啦、特啦"的声音，两下配合，像极了人的动静，在空寂的暗夜里十分吓人。等李明、李东他们找时，它早已经钻进了水沟里，一有水，它的嗓子问题解决了，咳嗽也就没有了，而破鞋自然也会在沟里。这样的破烂东西，不用说在受到惊吓的暗夜里，就是白天也不会有人想到和注意。

一连几天的惊吓，李芳妈一下病倒了，整天披头散发、胡言乱语的。李芳爹托人请来神婆神汉在家里跳大神、贴鬼符，整整折腾了三天，直到神婆信誓旦旦地说已经捉住鬼魂并用三昧真火烧死了，李芳妈才长出一口气，病情逐渐好转。

看着李芳家如此大的折腾，郝家三兄弟暗自高兴，特别是李芳妈病倒后不再骂人，让他们体会到了胜利的滋味。不过哥三个只能暗自高兴，不能大大地宣扬自己的能力和淘气的水平，觉得很有些锦衣夜行般的美中不足。他们哪里知道，恰恰是这美中不足救了他们。

原来，此事过后的十几天，天气巨变，黑云压顶，狂风大作，一看就要下大雨。李芳爹提前清理排水沟，发现了腿上拴着破鞋的死癞蛤蟆，拿出来仔细一琢磨就明白了道理，所以也就知道了是有人在故意捣乱，因此暗中多方打听。好在文虎哥三个口风紧，李芳家就是有些怀疑也没有证据，否则那还不惹出天大的麻烦来。

自此李芳爹才明白，是自己的老婆骂了东家骂西家，得罪了邻居们，才有人下此狠手整治自己。因此就苦口婆心地劝自己的老婆，修修好事，不要与所有的邻居为敌。但俗话说"江山易改秉性难移"，李芳妈好了伤疤忘了疼，身体好一些后，也知道了死癞蛤蟆的事情，因此就变本加厉地大骂起来，对老郝家的指向也就越发明显。

雨燕对此也有了一些察觉。但她是个善解人意的人，觉得李芳去世对老人打击一定很大，心里憋屈发泄一下很正常。更主要的是，人家虽然骂人却没有提名道姓，指桑骂槐的事情你认了就是你，没认就和你没有关系，没必要自找麻烦。所以她自己装听不见，同时更加严厉地约束弟弟们，不让他们掺和。

两家暂时也就相安无事。

十六

进入夏季后，雨燕更加忙碌起来。

白天参加生产队里的劳动，还要起早贪黑地侍弄菜园子。

到了晚上，借着弟弟们写作业的油灯光亮，她又把家里所有的被褥和棉衣服拿出来拆洗和晾晒。

为了省下买肥皂的钱，她把做饭用过的草木灰积攒起来，用水泡在大木盆里，然后把过滤出来的草木灰水当作皂液使用。这样一床床、一件件地清洗和晾晒，然后还要一针一线地缝好，着实费时间。更何况，她还把五保户张奶奶的衣被也全部拿来拆洗重做。所以，她是始终处在超负荷的状态里，二大妈不止一次地劝她慢慢来别着急，活计不是一天就干完的。可她就是不听，总是说："明天还有明天事，早点干完早点闲。"这样一来，她早点干完倒是实现了，可干完这样来那样，一天从早到晚没有个清闲的时候。

过度的体力劳动，长期的缺乏睡眠，事无巨细的思虑，再加上营养不良的饮食，虽然只有几个月的时间，却也让她明显苍老和消瘦，不再是刚嫁过来时的丰腴俊朗、红润清秀。特别是长时间吃野菜粥，再加上饥一顿、饱一顿、凉一顿、热一顿的没有规律，让她患上了胃病，只要一着凉，就会打嗝、泛酸、恶心、不舒服，继而吃不下饭睡不好觉。

文龙发现后几次催她去公社卫生院看一看，她总怕耽误工夫拖着不去，后来干脆自己给自己开药方，让文彪去买来一些小苏打粉放在家里，一泛酸就含一口，勉强撑着。

让她十分欣慰的是，几个弟弟非常争气，在期末考试中取得了全优的成绩。特别是三弟文虎在班里拿到了第二的好成绩，自是十分得意和自豪，回家就对嫂子吹牛说："哼，这次我是让着他,没使出全力,我要一使劲,第一哪还有他的份啊!"

雨燕笑眯眯地看着文虎也不接话。老五文彪平时不说话,此时慢腾腾地接话说道:"是,我三哥根本就没使出拉屎的力气,否则怎么着也是个第三。"一听就是阴阳怪气故意给文虎填堵。

果然文虎生气了,大声喊道:"你小屁孩懂不懂啊!我是第二好不好,使劲就是第一,还'怎么着也是个第三',笨蛋!"文虎做着鬼脸学文彪说话。

老四文豹紧接着说道:"三哥你没听明白,老五是想说你好话来着,没说好把真相给说出来了。"

"什么真相?"文虎一下子没转过弯来,以为是好话,急切地打听。

文豹学文彪的语气慢声说道:"你没使劲得第二,使劲得第三,是说你'瞎猫碰上死耗子——蒙上了'。"

文虎这才反应过来,原来这俩小子没安好心,在嫂子面前揭自己的疮疤,故意整治自己。一下子怒火上冲,脸变得通红就要发作。

雨燕赶紧发声打圆场,说道:"文虎这次是自己的真本事,老师跟我说过了,文虎这一段时间非常上进,这次还评上三好学生了哪!"听嫂子如此说,文虎便对着俩弟弟撇嘴点头,意思是,怎么样?我这成绩不是吹牛吧!

雨燕紧接着说道:"你们都取得了好成绩,这是大喜事,我决定把北墙上的照片和年画什么的全取下来,把你们的奖状贴上去,那里就作为你们的荣誉墙,咱们一年比一次,看看谁的奖状多,好不好?"

"好。"孩子们的回答异口同声,连原来对此持鄙夷态度的文虎也高声赞同起来,因为他刚刚获得了人生的第一个"三好学生"奖状,这让他意识到自己并不是一个差等生,他可以和兄弟们一样,只要努力就会获得成绩和回报。想到此,文虎转过头来看了嫂子一眼,满眼蕴含着对嫂子的钦佩和感谢,是她逼迫他改掉游手好闲、不爱学习的习惯,也是她给了他自信和自尊,还是她给了他战胜困难的动力,让他窥见了知识的殿堂,那里原来贮藏着那样多的奇珍异宝等待着他去发掘。此刻他信心满满,相信自己一定会和其他兄弟们一样,通过刻苦学习,拿回证明自己能力的一堆奖状。

一堵荣誉墙,给争强好胜的弟弟们提供了一个竞争的舞台,进一步促使他们发挥自己的聪明才智,为自己为家庭争取更大的荣誉。这却是雨燕事先没有预料到的。

此时,文龙看嫂子高兴,就不失时机地提出,假期里自己要参加生产队的生产劳动,挣工分补贴家用。文虎也不示弱,坚决要和哥哥一起去参加劳动。还表示,劳动之余自己和哥哥还要继续割柴火,保证家里的柴火够烧。

这一次,雨燕微笑着点头答应了文龙、文虎的要求。

看着这样一群生龙活虎的弟弟们,雨燕瘦削的脸上洋溢着幸福的微笑。

十七

张奶奶的被褥和棉衣终于浆洗干净重新做好了。

嫂 娘

　　雨燕事前并没有想到做棉衣棉裤会很难。因为她从小是穿毛衣毛裤或者购买的绒衣绒裤长大的,更是从来没有亲自做过棉衣。

　　做棉衣难就难在絮好棉花后翻面,她试了几次都把棉花滚成了球。只好求教于二大妈,二大妈过来一看,差点笑破肚皮,拍手打掌地笑着说:"你这哪是在做棉衣呀,你这是驴打滚。照你这个做法,猴年马月也做不成。"

　　于是就亲自下手,边干边教,娘俩鼓捣了好几个晚上,才把张奶奶的棉衣全部做好,至此雨燕才算是学会了做棉衣的活计。等到后来把弟弟妹妹们的棉衣全部做好,她的手艺已经得到了二大妈的赞许,说她不愧是在大城市里长大的孩子,聪明伶俐,一学就会一通百通,做出来的活计已经超过自己了。这一切,让时刻不离左右的小妹文凤看在了眼里,嫂子的勤勉好学在她幼小的心灵里留下了深深的烙印。

　　这天晚上,雨燕嘱咐文凤陪哥哥们好好做作业,自己要把张奶奶的被褥和棉衣送回去。文凤也想跟去,雨燕考虑到张奶奶家在村子东头的边上,离家比较远,自己可以快去快回,带上文凤会耽误时间,家里还有好多的活计要干呢,再者说晚上没有月亮,带着文凤也怕磕着碰着。文凤十分乖巧,听嫂子说不让去,就拿起哥哥们用过的铅笔头画来画去的自己玩耍,并不给哥哥们捣乱。雨燕看着,冲文凤一笑以示鼓励,夹上被褥和棉衣快步消失在暗夜里。

　　也是合当有事。平时身体不错的张奶奶感冒发烧了,此刻奶奶身体不舒服懒怠起来,所以没有服药,晚饭没做自然也就没吃。

雨燕一看马上找药给奶奶服下。村里对五保户的照顾是很周到的，奶奶家里常用的药品不断，而且是公社免费给的，所以有些村民们有个头痛脑热的小病，不愿意去公社卫生院或者要小心眼怕花钱的，就跑到张奶奶家找药沾光。

雨燕又马上烧火给张奶奶做了一碗挂面汤。在这个不产小麦的深山村里，挂面那可是金贵东西，公社粮站每年也只供给每位五保户家里5斤挂面，普通人家不用说吃到，甚至有的根本就没有见过。

雨燕知道老人胃口弱，再加上生病肯定不想吃，所以做饭时就动了点心思，她在烧开的水里加了比平常多一倍的姜丝，然后煮熟挂面，快出锅时放上葱花，滴了几滴香油，又浇上一勺醋，马上盛在碗里端给张奶奶。奶奶勉强坐起身来接过碗，一闻立马笑了，说："燕丫头，你可真会做饭，我本来一点也不想吃，可这酸、香味道一激，我还真的有点饿的感觉了呢！"

雨燕赶紧说道："那你赶紧趁热吃了吧！兴许能出点汗，一会儿药力一到，明天就会好了。"

奶奶让雨燕也吃一些，雨燕如何肯吃？站在奶奶面前逼着她连面带汤全部吃掉。看着奶奶吃得香甜，鼻头上微微地出了一些细密的汗珠，雨燕安顿奶奶躺下盖好被子，自己收拾好碗筷和锅灶，坐在奶奶旁边有一搭没一搭地唠着嗑，这一耽误也就时间不早了。

看奶奶出了一身的汗，烧也退了，眼皮打架似乎困了，雨燕找出干衣服给奶奶换上，又细心地把尿罐拿进屋里放在奶奶

嫂 娘

头前的凳子上以方便夜间使用。看一切安排妥当,才向奶奶告别赶紧回家。

雨燕出了张奶奶家门,夜已经深了,怕弟弟们等得着急,便快步向家里走去。刚走几步,她略一迟疑,就拐向了村后后山前的小路。这条小路虽不好走但离家近,不用绕村里一大圈。平时她是不走这条小路的,今天一是急着回家,二来也觉得夜深了自己一个女人走村里遇见人得打招呼说话解释,麻烦,三是社会治安状况极好,村里从来没有出过什么事情,警惕心也就淡了。

一开始一切正常,雨燕高一脚低一脚快步如风地往家里赶着。离家不到一里地的时候她感觉不对劲啦,觉得身后有东西快速地靠近了自己,不知是人还是动物,虽然声音很轻,她还是敏锐地察觉到了。

她脑海里快速地分析自己的处境,发现对自己十分不利,这条小路是在村子的外面,虽然离村子不远,但此时家家户户已经熄灯就寝,只有自己家里的窗户上还有亮光,但这亮光似乎很遥远帮不上自己。如果是人不知是要谋财,还是害命?如果是动物不知是狼,还是其他?

雨燕脑海里快速地思索着,眼睛左右观察想找到解脱的办法。无奈今夜是个阴天,星月无光,能够看到的东西有限,实在是找不到可依靠的东西。她脑子里想着脚下丝毫不敢停留,不由自主地加快了步伐。前方黑暗中闪出来一棵大杨树的影子,这让她喜出望外,她急冲几步,一下子闪到了大树的背后,立马蹲下身子在地上划拉,她是想摸到一块石头什么的,也好作为防身的武器。

突然,她的口鼻一紧,一下子呼吸变得困难起来。同时听到了身后急促而又沉重的呼吸声,此时她一下子意识到,是被一个男人从后面抱住了,而且用手捂住了自己的口鼻。而她此刻是蹲在地上被人抱住,两只胳膊根本动不了,感觉此人是在往下按她,立马想到此人不是谋财也不是害命,而是劫色来了,想到此她一下子汗流浃背。

也是急中生智,借助那人抱她的力量,两腿使出吃奶的力气往树干上一蹬,两个人便向后倒去,落地时一下子把抱着她的人压在了地上。雨燕蹬出的力气再加上两个人的体重叠加落地,只听"嗵"的一声,摔得后面那个人"哎呀"一声叫了起来,捂着雨燕嘴巴的手错开了位置,雨燕拼命大喊:"来……"后面的手又立即捂了上来。紧接着此人一翻身就把雨燕压在了身下,在雨燕耳边急切地说道:"别喊,我有话说……"

在此危急时刻,突然一道手电光照了过来。紧接着,雨燕就感觉从地上被拉了起来,显然是有人拉起了上面的那个人,而那个人还死死地抱着雨燕。雨燕脚步还没站稳,就听见耳畔传来"啪"的一声响,随着一声"哎哟",抱着自己的那双手就都松开了,紧接着听见"哧啦"一声,她左臂上的衣袖被那人随手扯了下来。

雨燕一旦得脱便快速转身并后退两步,借着手电光,看见拿手电的人在拳打脚踢地暴揍先前抱着她的那个人,那人坐在地上,用右手支地,左手臂挡在眼前,一是为挡住拳脚,二来

103

也是想挡住强烈的手电光亮。

　　手电光一闪之间，雨燕发现，拿手电正在打人的是村里的郝文勇，是文英家族的远房哥哥。此人原在内蒙古部队当过侦察兵，一米八几的大个子，长得虎背熊腰，一张国字脸棱角分明，两道剑眉浓密厚重，寡言少语不苟言笑，天生的威武雄壮，走到哪里都自带威严。复员后回到村里当看山护林员，这个活计整天昼伏夜出的与人接触极少，再加上家里贫穷性格孤傲，所以至今未婚。雨燕与他不熟也就没说过话，平常见面也仅仅是点头而已，想不到在此危难之时是他挺身相救，雨燕一下子眼含热泪感激不已。

　　就在这电光火石之间，只见文勇抬起右脚朝坐在地上那人的脸面踢去，这一脚使的是部队里学来的擒拿格斗的招式，再加上力道很大，只听"哎哟"一声，那人直挺挺地躺在地上，口中含混不清地哀求着："是我，别打了，别打了，求你别打了！"

　　文勇紧接着一脚又踢在了那人的肚子上，那人一下子蜷缩在一起，两手抱住肚子大叫饶命。雨燕怕闹出人命，也赶紧制止："大哥，别打了，别打了！先看看是谁再做道理。"

　　手电光照在那人的脸上，只见此人双眼紧闭使劲往地下扭头，想来一是躲避手电强光，二来也是不愿自己的丑陋面目见人。即便如此，雨燕也已经认出了此人。

　　他叫柳林，本村人，住在前街，年龄大约在20岁出头，个子不高，身材瘦削，一副没有长开的模样。因其游手好闲，走东串西，所以雨燕见过此人，只是从来没有单独说过话。他是胖丫自小学到初中的同学，胖丫倒是时常提起，小伙伴们还开胖丫的玩笑，说她喜欢柳林，两人一胖一瘦相映成趣，是天生的一对，胖丫倒也不否认。雨燕当时还觉得此人名声不好，和胖丫未必合适。听说此人也就是小偷小摸，爱占公家的便宜，比如偷棵松树卖钱，偷一些集体的粮食之类，倒从没听说他为祸邻里乡亲，更何况自己从来也没有得罪过他，实在想不出他为何要加害自己，因此杀了他的心都有。但看他被打得实在太狠，鼻子嘴里全在出血，女人的怜悯心逐渐占了上风，用手拍了拍心口让自己平静下来，厉声骂道："你个畜生，年纪轻轻不学好，却来做这等下三烂的事情，我看你是找死！"

见柳林蜷缩在一起不说话，文勇抬起右脚又要踢出去，柳林一看赶紧坐起，嘴里呜呜地带着哭音一边哀求不要再打了，一边往外吐嘴里的血痰，雨燕清楚地看见他的两颗门牙已经没有了，露出一个黑洞洞，心想文勇的力气也太大了，这一下打得着实不轻。

柳林吐出嘴里的血沫，用衣袖擦了一下鼻涕和眼泪，硬邦邦地说道："老子今儿个落在你们手里，要杀要剐随便，老子皱一下眉头不是好汉。"

刚才还在求饶，一眨眼工夫就充起了好汉，文勇被他气乐了，说道："好，今儿个我成全你，送你上西天。"抬脚就要踢，柳林动作十分迅速，也没见他起身，就已经身在两米开外了，这与他经常下夜偷集体东西的营生有关。不承想今天算是遇到克星了，原来文勇早就预料到了他这一手，他一移动，文勇就已经跟在了身后，一把抓住了他的衣服领子，往上一提，

嫂 娘

柳林已经双脚离地，文勇用另一只拿手电的手顶住他的后腰，两手往前一送，他就像一片树叶一样，又"扑通"一声摔在了雨燕的脚底下。如此突变，看得雨燕目色迷离，不由自主地往后又退了两步。只听文勇低沉的声音响起："不说清楚就想跑，老子今天活剥了你。"

这一下柳林泄了气了，嘴里含混不清地嘟囔道："你让我说什么？我没什么可说的，你打死我吧！"

雨燕用力地踢了柳林一下，厉声说道："你怎么知道我走这条道，你是不是一直跟着我？你想干什么？"

文勇心里想，这是什么问题呀，这家伙想干什么这不是明摆着么。其实雨燕心有余悸，语无伦次，连她自己都不知道为什么这样问。

柳林抬起头来看着雨燕，吐了一口唾沫说道："我什么都没想干，就是想跟你说说话。"

"胡说八道，有你这么说话的吗？我看你小子在找死。"文勇在一旁搭话道。

柳林转过头看着文勇，恶狠狠地说："你还好意思说我，你不也是鬼鬼祟祟地跟在她后面吗！"

一听见这句话，雨燕的脑袋嗡的一声变得好大。对呀，自己怎么没有想到这一层呢，如果文勇不是一直紧跟在自己身后，怎么会如此凑巧地赶到制止柳林呢？再一想文勇也是单身汉，雨燕一下子出了一身的冷汗，后怕得要命，不由自主地往后退了两步靠在了大杨树上。

这时就听见"啪，啪"两声响，柳林被文勇左右开弓扇了两个大嘴巴。紧接着响起了文勇低沉的声音:"好小子,你还敢狡辩,血口喷人。我告诉你为什么,最近你一到晚上就在后山附近转悠,我早就坐在后山顶上盯上你了,原以为你也就是偷鸡摸狗地想琢磨几棵松树,没想到今夜你一看见雨燕走小路就跟上了,我还想着借一个胆子给你你也不敢做这伤天害理的事情,谁想你狗胆包天竟敢动粗。今天人赃俱获,我也懒得和你这样的畜生废话,老子绑了你送大队民兵连,让他们管教你好了。"

文勇说完拿出绳子就要绑人,这可吓坏了柳林,他一骨碌趴在地上,对着雨燕磕头不止,嘴里快速地求着情:"嫂子,嫂子,大哥,大哥,是我鬼迷心窍,我该死。求求你们大人大量饶过我,我今后给你做牛做马都成。千万别把我送大队,村里人知道了让我今后怎么做人啊!"

"你还知道没脸做人,你刚才的举动猪狗不如。"文勇恨恨地说。

"是,是,我猪狗不如,猪狗不如。"

柳林说到此处突然停了一下,因为他发现雨燕一直没有说话。他原本就是一个机灵人,略一转念旋即明白,今夜的事情一切在雨燕身上而起,如果她不饶恕自己绝对过不了这一关,况且不知文勇和她是什么关系,没准文勇也是对她有意思,她不松口文勇绝对不会放过自己。这小子心里电光火石之间又想到,今夜的遭遇雨燕也光彩不到哪里去,半夜三更的在野外遇到两个光棍汉,两个人又动了手脚,传出去她金雨燕也不会有什么好名声,如果再让人们添油加醋地一白话,今后就是跳进

嫂 娘

黄河她也洗不清。

一想到此他马上直起身子坐在地上,对着雨燕说道:"嫂子,事已到此,我索性把事情全说明白,以后要杀要剐全听你一句话。"

雨燕心乱如麻还是没有接话。倒是文勇在柳林的屁股上踢了一脚说道:"有话快说,有屁快放。"

"本来吧,我就是想跟嫂子说句话。谁承想走到这里我突然想起了一件事,所以自己鬼迷心窍按捺不住,才做出了下流事情。我不是一个坏人,只是一时糊涂,求嫂子你大人大量放过我这一次,今后你借给我一万个胆子我也不敢了。"

身后啪的一声,文勇又踢了柳林一脚:"满嘴胡说八道,好像你还是个好人,你想起什么坏事了,快说。"

"我看见嫂子光着身子……洗澡了。"

"别说了。"雨燕声音颤抖着制止。

柳林看见雨燕紧张,知道说到了雨燕的痛处,急切地说:"嫂子别生气,不是我故意去看的,是那天中午我在小路上走,听见杨树林里有人大喊大叫,我还以为谁出事了需要帮忙,便赶紧跑过去,可我一看却发现是你因为怕蛇站在水塘边的沙滩上,身上一丝不挂……"

"住嘴。"雨燕喝道。只听啪的一声,不用看也知道,肯定是柳林又挨了文勇一个大嘴巴。

"不让说就不说,你跟我耍什么横。"柳林恶狠狠地冲文勇说,紧接着带着哭音说道:"我看见嫂子长得漂亮,又是单身,就想和她处个对象,谁知事情变成这样啊?嫂子不了解,你郝文勇还不知道我是什么人吗？我顶多就是个小偷小摸，什么时候干过伤天害理的事情啊？"

他这样一说，文勇也是一愣，仔细回忆起来，柳林年龄还小，调皮捣蛋的事情没少干，但还真没干过特别坏的事情。如此一来，文勇后退一步，不再动手打他。同时，侧过脸来问雨燕道："雨燕，这事你看怎么办吧！"

雨燕是个聪明人，柳林说话时她就已经在思忖，此事因自己而起，也许真如柳林所说，是因为他看见了自己赤身裸体，才动了这非分之想；况且今夜星月无光，半夜三更的自己在村外的小路上和两个单身汉相遇，一个又被打得如此之惨，连门牙都没了。这些闲话一旦传出去，就会像风一样在全村立即炸开，自己就是长了一万张嘴，又如何解释得清？原本就寡妇门前是非多，如此一来，自己不就是跳进黄河也洗不清了吗？那今后自己又如何做人？

想到此，自己心里明白，刚才发生的事是无论如何也不能深究和外传。可柳林这小子如此欺辱自己，难道就如此便宜地放过他不成？以后他要是再来纠缠自己又如何处置？一想到此又心有余悸、愤恨难平，心有不甘。此时此刻，轻易饶过他不成，绑了送大队民兵连更不成。正在两难之际，抬头看见文勇把手电夹在胳肢窝里正在点烟，一副不慌不忙的模样，心思顿时清明起来。雨燕明白此时此刻能救自己脱离难关的只有此人，而对于自己来说，最聪明的办法就是什么办法也不说。

人就是这样，一旦想明白了事理，应对的办法也就自然而然地随之而来了。

嫂 娘

雨燕边用右手拍着胸口边说道:"吓死我了,事到如今,我也不知道该怎么办好,请大哥做主,你看着办吧!"

文勇是在部队历练过多年,当过侦查员,带过兵的人,有着丰富的社会经验,对人性的好恶有着非凡的洞察能力,否则他也不会提前发现柳林的异常举动。对于今晚发生的事,在他出手介入的那一刻起,他就在思索如何结局。听到柳林的话后,他就明白,今晚的事牵涉他三人的名誉,处理不好会造成满城风雨。因此,必须快刀斩乱麻,就此终了此事。而最好的办法就是让柳林亲口做出承诺,既不能说出今晚之事,又不再纠缠雨燕,今后更不能追究自己打人的事。

此刻听完雨燕的话后,他注意到柳林也眼泪巴巴地看着自己,于是狠狠地吸了一口烟,由于他吸劲太大,那烟头上火光一闪差点燃烧起来,吓得柳林心头一紧,更加直瞪瞪地看着他。

他向前一步,柳林就两手撑地往后蹭了一点,他探出右手一把抓住柳林的左肩膀,用左手的手电照着柳林的脸让他睁不开眼睛,只听柳林哀求道:"大哥饶命,饶命,我今后再也不敢了……"

看到柳林颤抖着求情,文勇拿开手电,让柳林睁开眼睛看到自己,然后"噗"的一声吐掉嘴里的烟屁股,恶狠狠地说:"现在有三条路摆在你面前。第一条路,你做的事伤天害理,天地不容,我现在就宰了你。"

边说边手上加力,痛得柳林哎哟哎哟地叫了起来,文勇略松了松手,接着说道:"然后把尸体放到你偷走的松树桩前,我再放一棵树压在你身上,告诉大家你偷树不小心被树压死了,然后在你家的柴火垛里搜出你偷走的树干，你小子就是死了也是遗臭万年。"

"大哥，你说第二条路吧，我才20岁，还没娶媳妇呢！"文勇的话音未落，柳林带着哭腔应道。因为他知道文勇有这个能力办到此事，而且会做得神不知鬼不觉。

"第二条路，我把你绑上送大队民兵连，他们如何处置我就管不了了！无非是五花大绑游街示众，然后送法院判你个强奸未遂，死刑还是无期那要看你的造化了。"

强奸未遂是重罪，多数会被判死刑，这一点柳林十分清楚。他马上问道："那第三条路呢？"

"第三条路嘛，太便宜你小子了。"柳林一听就像抓到了救命稻草，马上央求道："大哥你说，你说。"

"就当今晚什么都没有发生，你没有看见雨燕和我，我们也没有看见你，是你自己走路不小心磕掉了上下门牙……"

文勇还没有说完，柳林就迫不及待地答应到："是，是，是我自己摔跟头磕掉的。"

"跟雨燕沾边的事情从来没有发生过，你什么都没有看见。"文勇紧接着说道。

"是，是的，我什么都没有看见过，这个村里也没有任何人看见过。"这柳林也是个聪明过顶的人，一听到此，已经全然明白，文勇这是要为雨燕洗刷清白，而且肯定还要自己保证今后远离雨燕，所以不等文勇开口就急切地说道："从今以后，我柳林再也不敢招惹雨燕嫂子。如有任何私心杂念，让我天打五雷轰外加万箭穿心，暴尸街头，肉臭了喂狗。"

嫂娘

他这一发毒誓倒把文勇给逗乐了,"好,你小子明白就好!不过我信不过你,刚才我说过了,是你自己把上下门牙全磕掉了,你只掉了上门牙,我现在掰掉你的下门牙,让你长长记性。"

这柳林确实是个狠角色,听文勇说到这里,马上说道:"不用大哥动手,我自己来。"随即在地上用手划拉,摸起一块石头就朝自己面门拍来。吓得雨燕"啊"的一声叫了起来。

文勇眼疾手快,右手一下子打掉了石头。此刻,只听雨燕说道:"大哥,他还年轻,一时鬼迷心窍,现在知道后悔了,也保证今后绝不再犯,就请你大人大量放过他吧!"

"算你小子运气好,犯了死罪还有人替你求情。不过你得说明白了,如果你小子恶习不改又犯了怎么办?"文勇加重语气问道。

"不用等我再犯了,你要是发现我有一点要犯的苗头,就照你的办法,把我的尸体放在一棵放倒的松树下。"柳林明白其中的关窍,转过头来对着雨燕说道:

"嫂子,对不起,求你饶过我一条小命,如果我柳林今生报答不了,来世做牛做马也要报答你的救命之恩。从今以后我把你当我的亲姐姐看待,绝不敢有丝毫的杂念。"说到此,翻身跪倒,冲着雨燕就重重地磕了三个头。

在这暗夜里,头触地的声音清晰而又沉重,像一把铁锤重重地敲在了雨燕的心头之上。雨燕内心里无比地感叹,如果不走歪道,这何尝不是一个顶天立地的男子汉啊!想到此,雨燕走上前拉住柳林的右胳膊想将他拉起,文勇也顺势在柳林的左腋下往上一托,柳林站了起来。

雨燕借机说道:"人非圣贤,孰能无过。只要知错能改,就是好人。你记住今天栽过的跟头,以后绝不再犯,就是好样的。我和文勇大哥都会永远记住你今晚说过的每一句话,我们更相信你是个好人,是个好兄弟。刚才文勇大哥打你那是救你,否则任你胡作非为犯下大罪,到时小命不保。你今后要好生做人,好生做事,证明自己不是一个卑鄙小人,而是一个顶天立地的男子汉。"

只听"呜"的一声,柳林哭了起来。此时此刻,他的内心五味杂陈,原本只是喜欢雨燕而又不敢表白,想找个僻静的地方表明自己的心迹;哪承想转瞬之间欲念作怪犯下了几乎不可挽回的大罪;幸好遇到文勇,阻止了自己的卑劣行径,一顿暴揍,自己虽皮肉受伤,却挽回了性命;而雨燕的一番话,仇将恩报,又给了自己做人的尊严,如果此刻还不回头,那岂不是猪狗不如的畜生。想到此,柳林说道:"你们二位的教诲,我终生不忘,我先走一步了。"

说完跪在地上,给雨燕和文勇又磕了三个响头。随后速度极快地起身,消失在暗夜之中。

雨燕抽回跟随柳林的目光,转眼看文勇时,发现文勇愣怔着没有反应。原来,文勇还在回味雨燕说的那几句话,他觉得雨燕的话入情入理,既有砸死柳林起誓的意思,也有给自己打人下台阶的含义,更有鼓励犯错之人知错能改奋发上进的引导。这可真的应了"一句话百样说"的道理,如果让自己来说,除了耍横之外还真不知道该怎么说,那结局也就更不知道了。因此内心里佩服得五体投地。

嫂 娘

此时，只听雨燕轻声说道："太感谢大哥仗义相救了，雨燕……"

"不用再说了，我只是碰巧赶上而已。不用怕，我干的就是夜里活计，天天晚上就在这后山附近转悠，有我在，他绝不敢再来骚扰你。天已经不早了，赶紧回家吧！"文勇语气坚定地说道。

文勇用手电一照，发现雨燕的左胳膊裸露着，赶紧用手电照着左右找。在草丛里发现了衣袖，捡起来递给雨燕，雨燕接过顺势套在左胳膊上。

文勇随后转身在前面边走边说："天太黑，我送你回家。"

这就是文勇的机灵处，如果让雨燕走在前面，雨燕心有余悸肯定不敢。自己走在前面，一则探路，二则表明自己并无杂念。这份心思雨燕自然领会，便跟在后面往家里走去。

快到自家的胡同口时，听到胡同里有两个人走路的声音。雨燕看看左邻右舍全都黑着灯，估计是文龙他们等得不放心出来找自己。于是放开声音问道："是文龙吗？"

只听对方回道："嫂子是我。"却是文虎的声音。随即听到了往回走的脚步声。

原来，文龙见嫂子出去许久还不回来，眼见夜已经深了，就安排文豹、文彪、文凤睡觉，自己带着文虎出去找嫂子。哪知走到五保户张奶奶家，却见老人家里已经熄灯。只得原路返回，到家里发现嫂子还是没有回来，这就赶紧再次出来找。可他们无论如何也没有想到雨燕走后山的小路，所以和雨燕是反方向，这一听到雨燕的声音马上折返迎了上来。

雨燕这边一发出声音，文勇立马就关上了手电。听到文虎二人迎上来的脚步声，文勇轻声说道："到家了，放心！"随后转身消失在暗夜里。

雨燕暗自懊悔，人家救了自己，却连一句感谢的话都没来得及说。转而又想，此人助人不求谢，大有古人的侠义之风；侠肝义胆，的确是少有的男子汉，心里对文勇很有好感。

文龙、文虎迎上雨燕甚是欢悦，特别是文虎，叽叽喳喳地就想告诉雨燕找她的经过。雨燕"嘘"了一声，示意此刻夜深人静不是说话的地方，拉上两个弟弟紧走几步回到家里，插上大门到了堂屋雨燕才小声地说："张奶奶发烧了，我照顾她来着，所以晚了。没事了，睡吧，明天还要早起哪！"边说边推两个弟弟进西屋。

文龙也轻声说道："嫂子你也早点睡吧！都累了一天了。"

雨燕轻轻拍了拍文龙肩膀，示意知道了。随后走进自己和文凤住的东屋，点着油灯，见文凤睡得正沉，憨憨的小脸红扑扑的。

雨燕见文凤蹬掉了被单，想伸左手给文凤盖好。刚伸出手，一阵钻心的疼痛袭来，雨燕不禁倒吸一口凉气。用右手扯下套在左胳膊上的衣袖一看，一条一尺多长的血痕几乎贯穿了整个左胳膊，想必是被柳林撕下衣袖时划破的。

雨燕半坐在炕沿上，看着这条血痕发呆。想到今晚的遭遇，不禁悲从中来，两颗豆大的泪珠吧嗒、吧嗒滴落在衣襟上。再联想到自己几年来的遭遇，特别是嫁入老郝家以后所发生的一

嫂 娘

切,几乎是天天在不如意中度过。自己苦点累点没啥,可村里人的闲言碎语甚至人家两口子吵架都会扯上她,已经让她不胜其烦;如果今夜之事再传出去,那自己如何做人?一想到全村人都会在背后指指点点,自己今后走到哪里都会名声不佳,雨燕感到了万分的恐惧和无助。

她是一个视名声如生命的人,可命运偏偏和她开了个天大的玩笑,眼看着就到了柳林一张口就会让她声名扫地的地步。到那时,自己又有何面目生于天地之间?罢罢罢,既如此,倒不如马上去死,明天不管村里人议论什么自己全都不知道,如此倒是一了百了,彻底解脱。想到此,鬼使神差间就想喝碗盐卤奔赴幽冥,去和死去的爸妈团聚,再也不受这人间疾苦。

刚想移动脚步,却听身后的小妹文凤用力翻了个身,想必是在梦中,嘴里急切而又含混地喊着:"娘,娘……"

雨燕一下子清醒过来,赶紧转身,一边用手轻轻地拍着小妹,一边嘴里发出"嗷、嗷"的哄孩子声音。大滴的眼泪滴落在小妹的身上,让文凤打了一个哆嗦。

雨燕轻轻地擦去落在文凤身上的眼泪,然后用右手衣袖擦了擦双眼,看到文凤紧皱着眉头,一副十分害怕的模样,内心里一下子升腾起一个念头,我不能死啊!我死了,小妹怎么办?弟弟们怎么办?他们马上就会被送人,这个家立即就散掉了,那我怎么对得起死去的婆婆?到了阴曹地府我又有何脸面见到婆婆?

恰在此时,灯光一闪几乎要熄灭,雨燕这才发现起风了。山里的昼夜温差很大,夜间起风很有凉意,雨燕怕文凤着凉,就走到北窗前想关上窗户。

关窗前的一瞥间,雨燕猛然发现后山顶上有一明一灭的烟头光亮,顿时心头涌上一股难言的温暖,因为她知道那一定是文勇大哥在那里抽烟,他是怕自己害怕和担心柳林的报复,坐在那里给自己当保护神啊!

雨燕擦干的眼泪一下子又涌了出来。她赶紧回身吹灭了油灯,她要用这个举动告诉文勇大哥:她知道他在保护她,她已经安详地睡了,请他放心;还有,夜凉如水,半夜风劲,请大哥善自珍重!

雨燕转过头来,在这暗夜里仔细地寻找着后山顶上那点微弱的亮光。

就像心有灵犀一般,只见那烟头猛地亮了一下,此后就再也没有出现……

十八

人身万苦是难眠。

这一夜,雨燕失眠了。今夜所经历的一切,就像电影的慢镜头一样,在雨燕的脑海里,一帧一帧地回放着,是那样的真实,那样的清晰,那样的难忘!同时,脑海里又不断地涌现出自责、怨恨、感激和担心。

自责的是,自己不该在大中午去洗澡,以至于让柳林看到自己的窘样。旋即又想,自己更不该半夜三更贪图路近去走小路,给了坏人可乘之机。

嫂娘

怨恨的是，柳林这个该万剐的死鬼，竟然如此的龌龊，敢对自己如此的侮辱，这样的恶人枪毙了才解心头之恨；可奈于自己的脸面不得不放弃追究，此恨难平。转而又想，不仅是自己的脸面，保护文勇大哥的名声也很重要。如此一想，又认为放弃追究压下此事是对的。慢慢想来又觉得自己如此措置正确，心绪和对柳林的怨恨也就平息了一些。

感激的是，今夜遇到了贵人，文勇大哥的英武身姿在脑海里盘旋浮现。假如没有文勇大哥的及时出现，那后果不堪设想。转而又想，就柳林那小身板，老娘拼起命来未必打不过他。但不管怎么说，还是文勇大哥救了自己，这份恩情应该补报。

后怕的是，看今夜的表现，柳林也是一个狠角色，遭此暴打和羞辱，是否怀恨在心？今后还会不会寻机报复？自己倒是不怕，大不了拼死一战，绝不能让他讨了好去。可他要是暗中加害弟弟妹妹们可怎么办？

如此胡思乱想，辗转反侧，竟是一夜未眠。

早晨起来，雨燕眼圈发黑，头晕目眩，强挺着爬起来给弟弟妹妹们做了早饭，原本想喝口粥，无奈恶心反胃，不愿下咽。有心请假不去下地干活，又担心耽误工分，影响年终分粮食。慢吞吞磨蹭了一会儿，还是强烈的责任心占了上风，打起精神拿着工具下地去了。

接近中午时分，雨燕是再也支持不下去了。胃里翻江倒海般地恶心想吐，只是从昨天晚上到今天中午，基本没进水米，想吐也吐不出来。生产队长一早就看出了雨燕身体不舒服，所以给她安排了清闲一点的活计，可酷热难耐，好人晒半天也受不了，更何况雨燕如此状况呢。一看雨燕体力不支，不到收工时间，队长就让和雨燕一起干活的慧慧送她回家。

雨燕勉强支撑着回到家里，浑身就像散了架一般的难受。在家玩耍的文凤听慧慧姐说嫂子病了，赶紧爬上炕，先是打开被褥放好枕头，然后扶嫂子慢慢躺下。

雨燕一躺倒便再也支持不住，感觉各个关节都疼痛难忍，口干咽痛，头痛欲裂，耳朵嗡嗡作响，昏沉沉的只想睡过去，却无论如何也睡不着。

雨燕感觉自己要发起烧来，连忙让慧慧帮忙给弟妹们热午饭，好让弟弟们干活回来马上吃饭，然后午休一下避一避暑热。自己病到如此境地还首先想到弟妹们，这让慧慧感动落泪，满口答应着，顺手擦掉眼泪，麻利地张罗午饭。

文凤坐在嫂子身边，用小手摸了摸嫂子的额头，感觉滚热烫手，就奶声奶气地问："嫂子，你哪里不舒服啊？"雨燕本想回答没事，无奈口干舌燥嗓子痛，懒得说话，只得冲文凤咧嘴笑了笑算是回应。

这文凤出溜下炕，也不知是从何处看来的，拿脸盆打了凉水，抽条毛巾按在水里，慧慧帮忙她还不让，人小没有力气，毛巾拧不干水分，沥沥拉拉地滴答着水就要放在雨燕的额头上，慧慧赶紧接过来，拧了一把，摊开给雨燕敷上。看着文凤如此懂事，慧慧又是感慨不已，都说穷人的孩子早当家，此刻亲眼所见，真是不假。

中午文龙四兄弟回到家里，一看嫂子病得不轻，立即慌了手脚。顾不上吃饭，文龙分派文虎去找二大妈，自己去公社卫

嫂娘

生院请大夫,让文豹、文彪和文凤涮洗凉毛巾给嫂子敷在头上,然后转过身告诉慧慧姐,请她回家吃饭休息,下午好下地干活。

慧慧看着文龙井井有条地分派任务,一副大将军指挥若定的做派,既感叹又佩服,应声道:"你们去办自己的事吧,我先陪一会儿嫂子,等大夫来了我再走,赶得上下午下地干活。"

不大一会儿,二大妈最先赶到。文虎去时她正在吃饭,一听说雨燕病得不轻,放下饭碗就一路小跑着赶了过来。人还没有进屋,声音就到了:"我的个小祖宗,你这是怎么了?你可不能吓唬你大妈,你要有个三长两短,这家里的日子可怎么过呀!"

进到屋里,麻利地上炕,先是摸了摸雨燕的脖颈,感觉烫手,再看看面色通红,呼吸急促,嘴唇干裂出血,迷迷糊糊地不睁眼睛,知道得了急症,病得不轻,不过以她的经验看还不算凶险,自己完全可以应付得了。于是,转过头来对慧慧和文虎、文豹几个孩子说道:"这是染上了时气。不怕啊,你们该干吗干吗去,这里一切有我,放心。"随后转身下炕,让孩子们出去吃饭,自己要回家拿一些治疗用的东西。

文虎等人如何肯自己吃饭?都守在雨燕跟前不肯离去。慧慧见此,叹息一声,只得告辞回家,因为她没有请假,下午还要下地干活,更主要的是在这几个孩子面前,自己在与不在已经无关紧要了,想到此更加感慨不已。

文虎送慧慧姐到大门口,嘱咐慧慧姐替自己和文龙向生产队长请半天假,他们俩要照顾嫂子,慧慧满口答应。

等到公社卫生院的陆大夫赶到,二大妈也回来了。大夫拿出体温计递给二大妈,让她帮忙夹在雨燕的胳肢窝下。二大妈挺不情愿地接了过来,边夹边嘟囔道:"傻子都知道她在发高烧,偏偏搞这些个没用的东西。"

村里人彼此相熟相知,都了解各自的脾气秉性,陆大夫也不跟二大妈计较,笑了笑伸手给雨燕号脉。

号完脉,量体温的时间也就到了。二大妈取出体温计也不递给大夫,而是自己眯缝着眼看,可左看右看就是看不见那条红线。文虎忍不住说道:"大妈,你看不见的,赶紧给大夫吧!"

陆大夫接过只是扫了一眼就说:"39度8,快40度了,身上一定很痛,先打两支安痛定一支来比林止痛退烧再说。"

打完针后,陆大夫坐下来开出药方递给文龙说道:"你嫂子这病是热毒内侵,急火攻心的症候,虽然凶险倒不难治。先用清热解毒、解表凉血的汤药。开三服,马上去抓,回来先用急火煎15分钟淋出,再用文火煎30分钟淋出,兑在一起分两次服下。煎好后马上服一次,晚上临睡前再服一次。第二天早晚各服一次,三服药服完后如果不好我再过来看看。"

文龙接过药方用眼一扫,发现只有十三味草药,分别是:生石膏、金银花、玄参、地黄、连翘、栀子、地丁、黄芩、龙胆草、板蓝根、知母、麦冬、莲子心。马上疑惑地问道:"这,这能管事吗?"

这些孩子们都让父母染病相继去世给吓怕了,总是担心药力不够耽误治疗,所以有此一问。

陆大夫笑着说:"错不了,快去吧,耽误了可就不好了。"

嫂娘

二大妈接话道:"快去,找你二大爷拿钱,赶紧抓回来煎上。"

一语提醒了文龙,大夫打针的钱还没给哪。

只听文虎说道:"不用,我们有钱。"转身跑向自己住的西屋,文龙一听也跟着跑了过去。不一会儿,哥俩各攥着一摞毛票过来要给大夫算钱。这是他们上山挖药材、捉蝎子卖来的钱,原本要交给嫂子补贴家用的。雨燕不要,让他们自己保管自己花销的,此刻派上了大用场。

陆大夫让文龙和自己一起回卫生院,连抓药带打针的钱一块算。

那边大夫一走,这边二大妈就忙活开了。只见她摊开一个布包,里面露出了牛角、铜钱、火罐和几样古怪的东西。她嘱咐文虎拿一个大瓷碗盛半碗水加两勺盐搅拌化开,然后就给雨燕脱衣服,转头一看文豹、文彪站在炕前,厉声说道:"小鬼头还不出去吃饭,站在这里想看西洋景啊!"

此时文虎端着一个大碗进来,二大妈接过,用食指沾了盐水放在嘴里试了试,吧唧吧唧嘴道:"这里妥了,你们都出去,该吃饭吃饭,该干吗干吗,我要给你嫂子拾掇拾掇,女人脱衣服男人不能看,都快点给我滚得远远的。"

四个孩子一听,乖乖地出来,文虎顺手放下门帘并关上了东屋的门,转过身招呼弟弟妹妹们吃饭。吃饭时文虎嘱咐文豹、文彪,吃完饭就去割猪草,早去早回,嫂子不舒服就不要出去玩耍了,文豹、文彪都郑重地点了点头,算作答应。

等到文龙抓药回来，二大妈已经拾掇完毕，无外乎农村的土办法，什么用铜钱蘸盐水刮痧、刺痧、拔火罐之类而已。不过这是千百年来老祖宗一代代传下来的办法，只要是对了症候，效果倒是不错。

打针的药劲逐渐上来，再加上二大妈拾掇的效用，雨燕身上的疼痛轻了一些，又出了一身汗，烧也慢慢地退了下来，只是感觉口渴得厉害。二大妈得知雨燕一天水米未进，赶紧下炕点火做了一大碗稀稀的小米粥，既当水又当饭。粥快熟的时候，文龙、文虎煎的草药也已经好了。雨燕喝了多半碗小米稀粥，再加上一碗草药下肚，汗就出了不少，衣服都湿透了。二大妈用温水给雨燕擦了身子，再找出干净衣服帮她换上。雨燕感觉身上轻松多了，看着二大妈大半天时间里忙里忙外的心里过意不去，想说声感谢的话，话到嘴边变成了："大妈，让你受累了！"

二大妈快言快语应道："我倒想不受累来着，可你这病它也不让我闲着呀！别说那虚头巴脑没用的话了，赶紧眯一觉是正经。"

二大妈的话很糙，外人听起来会觉得不中听，可雨燕知道，那是一个善良的老人关爱自己孩子的深情体现，于是咧嘴一笑，乖乖地闭上了眼睛。

可就是无论如何也睡不着，昨夜的一幕又浮现在眼前，愤恨、担心等等又一齐涌上心头。只得闭目躺着算是给亲人们的一点安慰。

傍晚时分，文龙在二大妈指导之下，又给嫂子做了一碗小米粥，文虎带着文凤在自家菜园子里采来生菜、小嫩黄瓜和大

嫂娘

葱，冲洗干净配上大酱端给嫂子，雨燕看到黄澄澄的小米粥和绿莹莹的生菜、黄瓜，自己也感觉到饿了，再加上身上疼痛渐少，胃口也就好些，坚持着吃了两碗粥，又微微地出了一些汗，感觉身上轻松了不少，只是头晕和嗓子痛得厉害，赶忙让二大妈也去吃饭。二大妈看雨燕好些了，嘱咐文龙好好照顾嫂子服药，自己慌慌张张地赶回自己家里，一家子人还等着她来照顾呢。

不知不觉间，已是月上山头，群星璀璨，雨燕让文龙和弟弟们去写作业，让文凤陪自己躺着，过了不大工夫文凤就在她的臂弯里睡着了。雨燕挣扎着起来，把文凤安顿好。这样一动，头晕又加重不少，赶紧躺下，迷迷糊糊地闭目养神。

朦胧中听见慧慧和文龙说话的声音，睁开眼一看，原来是慧慧和胖丫过来看自己。她想坐起来说话，慧慧一把按住她的双肩，不让她起来，只得让两个小妹妹坐在自己身边拉家常。可奇怪的是，胖丫这个话痨鬼一句话也没有，干坐在那里一声不吭。雨燕很是奇怪，就不免问胖丫怎么了，胖丫也不回答，低着头搓着衣角。慧慧只得接过话题说道："嫂子你别问了，胖丫正心烦着哪！"

"嗷？是谁这么大胆子敢惹我妹子心烦啊！"雨燕半开玩笑地接话道。

慧慧接话道："还不是柳林那个王八蛋。"

"啊！"雨燕一听柳林二字十分惊慌，忽地一下子坐起身来，直瞪瞪地看着慧慧，急促地问道："是谁？怎么回事？"

慧慧朝胖丫努了努嘴说道："你让她自己说吧！"

"怎么回事？快跟我说说。"雨燕急切地问胖丫。

胖丫话未出口哭音已到，抽抽搭搭地说道："柳林，柳林，他变心了，招呼也不跟我打一声，自己离家出走了。"

雨燕一听更加惊骇，忙问道："什么时候的事情？去哪里了？你怎么知道的？"

胖丫擦了一把眼泪说道："今晚我正在吃饭，柳林他妈跑到我们家里来，问我看见柳林没有。我没好气地呛了她一句：'你儿子没了上我们家来找，我们负责给你看儿子啊！'谁知她一下子就哭了起来，说柳林八成是离家出走了。"

雨燕赶紧接话道："这，这怎么可能呢？什么时候的事啊？"心里想着，昨晚上我们还在一起打架，一转眼怎么就出走了哪？

胖丫情绪好转一些，原原本本地把自己知道的事情详细说了一遍。

原来，柳林昨晚回家已经是后半夜，蹑手蹑脚地进家门不想惊动父母，谁知还是让他妈听见了。他妈一看这么晚才回来，怀疑他又去做不正经的事了，就连数落带骂地教训他几句，一开始柳林还回了几句嘴，到后来就再也不吱声了。一上午柳林住的屋门都关着，他父亲早早地下地干活去了，他妈跟他赌气，也就没叫他吃早饭。等到中午吃饭时分，他爹叫他吃饭没人应声，一推房门是开着的，进屋一看没人，这才感觉不对，到处找不见。快到晚上了才到胖丫家打听。因为柳林的父母知道胖丫喜欢柳林，想从胖丫这里打听一点消息。但因柳林妈嫌弃胖丫，因此胖丫才会呛白柳林妈。

胖丫一听说柳林找不着了自然也是着急，拉上慧慧找了一圈，把柳林平常去的地方找了个遍，也没有一点头绪。去到柳

嫂娘

林家里告诉柳林没有找到时,又听柳林妈说家里少了二十块钱,猜测柳林一定是受不了他妈的责骂,离家出走了。

听到此,雨燕心里明白,柳林离家出走那是一定的了。但不是因为他妈责骂,而是遭遇昨晚一场暴打,门牙也掉了两颗,自己觉得没脸见人,一走了之啦。继而又想,他这一走,昨晚的事情就不用担心曝光,更不用担心他报复了,想到此心里顿时轻松不少。又一转念,此人一诺千金,处事干净利落,如不做坏事,应当是个角色。想到此又不免替他担心起来,这人生地不熟的,他去哪里安身立命呢!心里这样想着可嘴里却是劝慰胖丫的话,无非是吉人自有天相之类不痛不痒的话,胖丫听着也只当是耳旁风而已,三个人就这样有一搭没一搭地闲聊着。

得知柳林出走,雨燕内心悬着的一块石头终于落地,觉得浑身轻松不少,慢慢地困意也就袭了上来,眼皮不由自主地打架。慧慧和胖丫看见,喊过文龙热药让雨燕服下,姐俩嘱咐雨燕好好休息后告辞回家。

雨燕给文凤盖好被单,自己躺下也想休息,蒙眬中听到好像有人在吹箫,侧耳细听,声音来自后窗。雨燕没有理会,翻个身还想睡去,却听得明白,此箫吹的是《梅花三弄》的曲调。只因雨燕初中上的是南开附中,该校音乐、体育样样名列前茅,音乐课上老师讲民族古典音乐时曾多次讲解此曲,不过当时放的唱片却是笛子演奏的。不管什么乐器演奏,曲调是不会改变的,所以雨燕一听就听出来了。此曲由洞箫演奏出来,自然是别有风味,雨燕听得十分专心。

一曲结束,一曲又起。这次吹的却是《梁祝》,这首曲子取材于何占豪与陈钢创作的小提琴协奏曲。

20世纪60年代,著名的小提琴演奏家俞丽拿曾在天津人民剧院公演,雨燕的爸爸妈妈带着雨燕专门看过这场演出。后来雨燕买来唱片,一家人经常聚在一起欣赏,对此曲已经到了耳熟能详的程度。

随着洞箫声,雨燕轻轻地哼唱着。哼着哼着雨燕不由自主地想起了文英和李芳,二人追求美好爱情的故事是可以和梁山伯与祝英台相比的。真的难以想象,20世纪70年代的一对恋人竟重演了古人的爱情悲剧。继而联想到自己,自己的爱情在哪里?与文英和李芳相比,自己更加悲哀,想到此不由得悲从中来,两行清泪顺着脸颊流到了耳后。

吹箫人如何理解雨燕此刻的心境?仍然自由自在地吹着,洞箫低沉婉转的曲调在夜空中飘荡,犹如仙乐般动人心弦,回音柔和、圆润、悠长,诠释这凄美的千古爱情故事恰到好处,却深深地刺痛了雨燕那颗刚刚平复的内心,就好像在一湾平静的水面上投下了一颗石子,激起了一片涟漪,这让她不由得怨恨起吹箫之人了。

她转而又想,这么晚了是谁不去睡觉却有闲心思吹箫?听声音好像来自后山。一想到后山,雨燕心里一动,莫非是……

雨燕一激灵,便竖起耳朵仔细倾听,此时曲调已接近尾声,她忽地一下坐起,转身吹灭了放在身边炕上的油灯,只听曲声戛然而止,只留余音还在这曼妙的夜空中流淌……

没错,肯定是文勇大哥。雨燕猜测着不顾一切地下炕,光脚跑到后窗前看着山头上,只见火光一闪,有人在点烟。

嫂娘

是的，是文勇大哥。

雨燕刚才的不快一下子跑到了九霄云外，内心里充满了感激与温暖，心里说道：谢谢，谢谢大哥。我知道你是想用这箫声告诉我，也许你还想告诉那些不怀好意的人，你就在我家附近保护着我。可你还不知道吧，柳林已经离家出走，不会再有人欺负我。你也该照顾好自己，早点休息了。

想着自己不是孤苦无依的一个人，身边有二大妈，文龙等弟弟妹妹们，以及文勇大哥关爱着自己，雨燕内心里充满了无限的温馨。

她慢慢地爬上炕，怀着满心的幸福合上了双眼。

这一夜，她睡得无比酣畅……

十九

第二天一早，文龙、文虎早早地起来做饭、喂猪。并且无论如何也不让雨燕起来干活。

二大妈来到家里，看到雨燕精神和气色都有明显好转，高兴地显摆自己的治疗技术，笑呵呵地说道："怎么样，我的手艺不错吧？手到病除。今天感觉如何？"

雨燕也很高兴，应道："好多了。"

二大妈看孩子们已经把家里的一切都收拾得井井有条，非常高兴，连催带撵地让文龙和文虎下地干活，让文豹、文彪割猪草拾柴火，说："把家里和你嫂子交给我好了，你们该干吗干吗去！"

嫂 娘

哥几个走后,家里只剩下了二大妈、雨燕和文凤。二大妈熬好草药让雨燕喝下,雨燕靠在被卷上,二大妈脱鞋上炕盘腿坐在雨燕身边,手里拿着一条拆洗好的棉裤絮棉花,娘俩有一搭没一搭地闲聊着。文凤跑到院子里打开鸡笼,把一群鸡轰出家门,让它们出去找食吃,自己则在一边玩耍。

聊着聊着,雨燕看似无意地问二大妈,昨晚上听没听到有人吹箫。二大妈一愣怔,说道:"昨晚有人吹箫了吗?我怎么没有听到啊?唉,昨天我太困了,收拾完碗筷就浑身散架,躺炕上就睡着了!"

雨燕有点失望。却听二大妈絮叨道:"这孩子已经有几年没吹箫了,心情好时吹,心情不好时也吹。昨天晚上又吹了?也不知是心情好还是心情不好。"

雨燕听她说完,笑着说道:"大妈你唠唠叨叨的,你在说谁呀?"

"文勇啊!我是说文勇啊!就是南院的那个郝文勇啊,和文英是叔伯兄弟,说起来还是你大伯哥呢。你见过他的,高高的、大大的,不爱说话。"

"我是见过,但没说过话,怎么,他不爱说话吗?"雨燕藏着心眼,瞒下了文勇救她的事。

"那倒不是,小时候是个话痨,嘟啵嘟啵地说个不停。唉,人哪,一辈子是定数,比如说话都是有数的,小时候说多了,大了就不说了。"

"那大妈你呢?你也是吗?"雨燕顽皮地调侃道。

"可不是咋地!你猜对了,我小时候吧,根本不敢说话,一说话先脸红。这不,老了话就多了。前几天你二大爷还嫌弃我话多呢,说我唠叨。"二大妈停了一下继续说道:"我没好话答对他,现在嫌我唠叨,年轻那会儿天天往我跟前凑,说就爱听我说话。"

雨燕笑了起来,眼珠转了一下又问道:"这个文勇大哥是干什么的呀?我好像很少见到他,他怎么会吹这么好听的箫啊?"

二大妈叹息一声:"唉,说起来话就长喽。他是吃我奶水长大的,对我很好,可就是自己的命不好,到现在混得也不咋的。"

"那是为什么呀?"雨燕带着满脸诧异问道。

二大妈看了雨燕一眼,边絮棉裤边讲起了郝文勇。

二十

文勇家命运多舛,家里爷爷、父亲和他自己,三代同堂三个光棍。

文勇的奶奶四十刚出头就得肺痨去世了。文勇的妈妈是在生文勇时难产大出血去世的,所以文勇爷爷就把文勇抱给也是刚生孩子不久的二大妈,求她帮助抚养这个孩子。因此,文勇跟二大妈生活了一年多时间,直到他自己会扶墙走动了才由爷爷接回家里抚养。

他爷爷和爹爹都一直单身没有续娶,村子里迷信的人就传说他们家里养不住女人。

这样一来,文勇的爷爷和爹爹是又当爹又当妈,好不容易把文勇拉扯大。这文勇倒是遗传了爷爷和爹爹的身材，长得高高大大的一表人才，而且十分聪明，上学成绩一直名列前茅，又跟音乐老师学会了拉二胡、吹箫和笛子，他最喜欢吹箫，会吹好多曲子。还写得一手好字，钢笔字、毛笔字都写得很漂亮。也不知向谁学的刻印章，上学时就用梨木给村民们刻章，在附近的村子小有名气。

他爷爷十分疼爱他，不管家里多困难都坚持供他读书，他读到高中正赶上"文化大革命"开始，学生们不读书了开始串联。他爷爷怕他出现闪失，就坚决让他辍学在家务农。

他是个不安分的孩子，哪能长期困在这样的小山沟里，于是在第二年冬天背着他爷爷和爹爹报名参了军。也是命中注定，来挑兵的部队领导一眼就相中了他，而且体检合格，就到内蒙古当了炮兵。

刚到部队时正赶上"深挖洞、广积粮"，部队全部打山洞。他人高马大有力气，再加上要出风头的血性，拼了性命地干，一个人干的活顶两三个人，所以到部队九个月就立下了三等功，不到一年就当了班长，两年多就当上了排长。随后在大比武中立了二等功，被挑选当了侦察兵，还进入教导队训练了半年。部队首长都对他抱有很大希望，鼓励他再立新功，不承想此时出了大事。

二十一

起因是文勇破案时抓住了两个偷煤块的小男孩。

在内蒙古的驻军，由于地广人稀，所以部队大院和村子大多数都是不挨着的，属于前不着村，后不着店那种。那时文勇所在的侦察连驻扎的是团部大院，院子很大人也很多，采用的是锅炉集中供暖，锅炉房远离营房和办公区域，建在大院的东北角上。在对着锅炉房的院墙上开了一个大铁门，以方便运煤车辆和运煤渣的手推车进出。那院墙有三米多高，一色的红砖到顶，光溜溜地没有任何可攀缘的地方，顶上还有半米高的螺旋形铁蒺藜，所以大家都认为是万无一失。可后来发现，锅炉房的煤块好像丢了不少。

大家都非常的纳闷儿。因为，每天早晨5点到9点，下午3点到7点，晚上10点到第二天凌晨2点，都是有值班的战士烧锅炉的，怎么可能丢失了许多的煤炭却不知道？部队领导把破案的任务交给了侦察连，连长先是安排一排长抓此事。一排长把院墙里外全看了个遍，没有发现任何的线索，于是就把目标定在了内鬼上，里外折腾了一周时间也没有任何发现。连长一生气训斥了一排长，就把破案任务交给了文勇当排长的三排。

文勇和一排长一样，先是带着人里外查看了个遍，也是没有发现任何线索。他接受了一排长的教训，把自己的人马分成四组，前三组负责在烧锅炉的战士们休息时放暗哨，另一组白天行动，穿便衣到部队所在地附近的村子里转悠，看看哪家里在烧块煤，因为当时部队里用煤都是大同的优质块煤，村民们一般买不起。

前两天没有任何发现，文勇也有些急了，这样下去根本交代不了，就亲自带领两个战士蹲守后半夜班。内蒙古的冬季后半夜是最冷的时候，气温大多数在零下二十几度，他们穿着厚厚的冬装外加毛皮大衣也还感觉有些冷。他让一个战士埋伏在锅炉房里面，而他自己和另一个战士埋伏在锅炉房外围，提前嘱咐一切按照他的命令行事。

事情就是那么巧，就在文勇蹲守的这天后半夜4点左右，他们发现了情况。先是听到大铁门外传来了极轻微的脚步声，说实话，如果不是侦察兵，根本听不出来这种声音，文勇示意探头看他的战士们屏住呼吸等待着。紧接着听见了从门外抛进来的石头或土块的声音，文勇明白这是贼家投石问路来了，心里一乐，这家伙还是个专业选手，指不定还是个练家子。转念一想，这人别是带着家伙吧！我们三个可是赤手空拳啊！想到此心里暗自懊悔，怪自己太过大意，以为抓个小蟊贼不费吹灰之力，所以武器装备一概没带，每人只带了一个大号的手电筒，这是当不得武器的。看来无论是战时还是和平时，大意轻敌都是要吃亏的。

这样想着，手就在埋伏处下意识地摸着，随手摸到一块木板，估计是用来点火的，有些宽大并不顺手，但有个东西在手总好过赤手空拳。这时就听到铁门"叮"地响了一声，紧接着看到一根一米多长的木杆头越过铁门伸进了院里，转眼之间就见一个人影顺着木杆爬到了铁门上方，然后顺着什么东西溜了下来，手法十分专业和干净利落。

看到此文勇一下子就明白了，这是有人把木杆靠在铁门上，木杆头上系有绳子，人顺木杆爬到铁门上方之后再顺绳子溜下来就进院子了，走时再顺绳子爬上去就可以了。怪不得他们在墙上没有发现任何的踪迹，原来如此。不过煤块挺重的，这个人如此的瘦小，看影子像是个小孩子，他用背的办法无论如何也偷不走那么多的煤块啊！文勇这样疑惑一出，再加上看出对方像是个孩子，自己反倒平静下来，不急于现身抓贼，而要看个究竟了。

一看这小家伙举动就知是熟门熟路，他打开锅炉房的大门大摇大摆地走进锅炉房，锅炉房里有电灯，虽不很亮但他的一举一动却是清楚无比。奇怪的是他不是直奔煤堆而去，而是走到运送煤渣的双轮手推车前干起活计来了。

他先用铁锹从车上卸下多一半的煤渣，然后走到煤堆前用手往铁锹里捡核桃大小的煤块，大的和太小的坚决不要，捡满一锹就送到手推车上，掺放在煤渣里，这样来回大约十来次，车上装了估计有个大几十斤的样子，他才不再装煤块，而是往车上装煤渣，直到恢复到跟原来差不多的样子才停下来。他把铁锹放回原地，又仔细端详了一下周围环境，觉得跟原来没有差别了，他才往外走，转身关上锅炉房的大门，还不忘用铁丝把门闩扣上，一切都恢复了原样。

这把文勇搞糊涂了，不知道这个小家伙到底想干什么，所以一直没有给埋伏的战士发信号。他们眼见着这个小家伙很麻利地顺着绳子爬了上去，然后木杆消失，轻微的脚步声远去，一切又消失在黎明前的黑暗之中。

文勇下意识地看了看手表，这小家伙前后一共用了不到半个小时，手脚利落干净、做事胆大心细，这根本就是一个好侦

嫂 娘

察兵的料子,却不承想走上了邪路,想到此文勇内心里又不由得一阵惋惜。

文勇估计不会再有人来,就打开锅炉房门,打手势把另一个战士也叫进来,这里靠近锅炉暖和一些。文勇打开锅炉进煤口,好让屋里再暖和一点,然后摘下手套,用手使劲搓了搓脸,一是因为脸已经快冻僵了,搓搓舒服一些;二是为了赶走困意。然后拿出烟盒抽出两根烟扔给战士,自己拿出一根和战士对上火抽了起来。他吐出一口烟后看着战士们问道:"你们怎么看?"

年龄稍大一些的一班长,为人沉稳厚重,敢作敢当,极重情谊,工作上是文勇的好帮手,生活上是形影不离的好兄弟。只见他沉思了一下,然后不紧不慢地说道:"事情已经很清楚了,是这个孩子干的无疑。从熟练程度,作案手法,沉着冷静的行为来看,这肯定是一个惯犯。"他停顿了一下,年轻的战士看了文勇一眼,小声说道:"我觉得班长说得对,我也这么认为。"

看看文勇没有接话,一班长继续说道:"不过我有点不明白,你说他费那么大劲爬进来,可并没把煤块带走,他想干什么呀?"

此时文勇已经抽完了一根烟,他把烟屁股弹进炉膛看着烧成灰烬,才转过头说道:"这是一个非常聪明的孩子,他知道靠背是搞不出去那样多的煤块的,所以他是想让我们烧锅炉的战士给他送出去。"

"给他送出去?那怎么可能?"年轻的小战士惊讶道。

"嗯,排长说得有道理,这是在借力使力,的确是个聪明的法子。"一班长显然明白了其中的道理,随口说道。

文勇沉思着说道:"不过我觉得这不是一个人干的活,应该还有人在外面接应。"

看到两个战士有些迷茫,文勇接着说道:"你们想啊,咱们营区离最近的村庄也有四五里地,这样小的孩子哪有那样大的胆子一个人半夜里跑过来?再者说了,他今天搞到的煤块怎么着也有七八十斤重吧,他自己如何能够拿走?所以外面一定有大人接应。"

一班长接着说道:"排长,我明白了,你这是想放长线钓大鱼,所以没让我们抓这个小家伙。"略一思忖,继而又说:"你是不是还怀疑我们内部有人配合?"

文勇笑着点了点头,然后说道:"看来破案就在今天,你们俩再加把劲,一切听我指挥啊!"

"是"两个战士声音很小但很干脆地回答道。

于是文勇做了详细部署,然后就等时机了。

二十二

过了不大一会儿,手表的指针指向四点三刻,远处传来了两个人的脚步声和小声的谈笑声。文勇三人站起身来快速闪出锅炉房,随手关门并挂上铁丝门闩,其手法与刚才的小孩子如出一辙,只不过行动快速多了。一闪之间他们三人已经躲进了暗夜里。

只见两个换班烧锅炉的战士年龄都不大,一看就知道是当

嫂 娘

年的新兵,听口音来自河南。两个人进入锅炉房后一刻也不停歇,一个拿出炉钎子捅开压着的煤,随手打开鼓风机,之后铲起煤来抛进炉膛,让炉火烧得更旺一些。另一个先是脱下干净手套,换上烧锅炉专用手套,推起装满煤渣的手推车向大铁门走去,到门前放下车,从衣服兜里拿出钥匙打开铁门,回转身推起车走到门外,就听见"哗啦"一声倒掉了煤渣,然后倒拉着车回来,继续装煤渣,车满后拉到铁门外倒掉,回去再装,直到煤渣运完,只见战士放下车、锁上门,拉着车进了锅炉房。整个过程就像编排好的程序一样,实在看不出任何异样。

这时文勇一挥手,自己带来的两个侦察兵从暗处冲了出来,一人一个控制住锅炉兵并捂住了嘴巴,不让他们发出声音来。

文勇亮明身份,要求两个锅炉兵配合。两个新兵哪见过这样的阵势,连连点头表示完全服从。于是文勇要求刚才倒煤渣的战士拿出大铁门的钥匙交给一班长,班长接过钥匙,行动极为迅速而又悄无声息地闪到了大铁门边上的墙边,隐身在暗处听着墙外的动静,过了一会儿打手势告诉文勇外面没有动静。

文勇回过头来看着锅炉兵问道:"第一车煤渣是你们俩谁装的?什么时候装的?"

两个锅炉兵均摇了摇头,其中的一个说:"不是我们装的,是我们上一班的战友装好后放在这里的。"

"上一班?上一班为什么要提前装好放在这里?你们一直这样干吗?"文勇紧接着问道。

"不是的。说起来话长……"

"你简短截说。"文勇打断了锅炉兵的话。

"一开始不是这样的。后来有一个兵,人特别勤快,只要轮到他值夜班,他就一定把当班的炉灰清理出来装在车上,然后把锅炉房打扫干净……"

"那他为什么不当晚就把煤渣倒掉呢?"文勇不解地问道。

锅炉兵看到文勇大惑不解的样子不由自主地笑了,说道:"晚上压锅炉之前捅出来的煤渣都是红彤彤的火炭,如果直接倒掉,这里天天刮大风,那还不捅出大娄子来。"

锅炉兵说到一半文勇就已经听明白了,这真是当局者迷,这么简单的道理,如果锅炉兵不说,自己可能想破脑袋也搞不明白。想到此不由得自嘲地一笑。

文勇想了想,慢腾腾地问道:"那你们这里是只有他值班时这样,还是每一个班都这样?"

"一开始就他一个人这样干,时间长了让排长知道了就在全排表扬了他,后来轮到我们值夜班时也向他学习这样干了。这活儿又热又累又脏,我们好不容易坚……"锅炉兵还没有说完,只听跟在文勇身边的侦察兵轻声说道:"有情况。"

文勇快速看向大铁门,发现在那里埋伏的一班长在打手势,告诉他们墙外有动静了。

文勇回头对两个锅炉兵说道:"待在原地别动,不许出声。"随即一闪身,他和身边的侦察兵两个人已经在一丈开外了,这份迅捷和悄无声息看得两个锅炉兵目瞪口呆。

文勇和身边的侦察兵靠在了左边一扇铁门的边上,一摆手,埋伏的一班长溜了过来,悄无声息地用钥匙打开了大铁门上的锁,紧接着拉开右边的一扇门,几乎在门开的同时,文勇和侦察兵蹿了出去并且按亮了手电筒。

映入他们眼帘的是两个半大孩子左手拿着手电筒右手拿着小铁耙子，正在翻腾煤渣找煤块。手电光线很暗，仔细一看原来是用红布裹住了。

文勇心里想着，这可真是跟什么人学什么，这是跟我们部队学的本事。

二十三

这次人赃俱获，大获全胜。

人送到团部后，领导一看是两个半大孩子，除了说出二人是亲兄弟之外，其余一问三摇头什么也不说，根本没法处理。于是让文勇带人把两个孩子送回家，然后跟家长交代清楚，要求管好孩子，下不为例，如果再犯就送交地方公安局处理。

文勇还是带着跟他的两个战士，一起把孩子送回家，半道上他们取出了藏在河边芦苇地里的木杆和绳子，两个孩子十分惊奇，不知道文勇他们是如何知道有木杆并且藏在河边的。其实这点小伎俩对于侦察兵来说根本不足挂齿，只要知道了来龙去脉，顺藤摸瓜本是他们的拿手好戏。

可是孩子们哪会想到在这零下二十几度的暗夜里会有人埋伏，并亲眼看到他们进院的全过程啊！于是对这三个大兵佩服得五体投地。尤其是爬杆进院子那个最小的孩子，瞪着骨碌碌的一双大眼睛，一改装聋作哑的形象，不停地问这问那，没走多远就和三个军人熟络起来，从而也就知道哥俩里哥哥叫马振中,16岁;弟弟叫马振华,13岁,家里一共五口人,还有爹、妈和姐姐。文勇见这哥俩长得都很瘦弱,与实际年龄不符,特别是振华长得十分瘦小,就逗他说顶多十岁,还惹得他很不高兴,撅着嘴说文勇瞧不起人。

离村口还有一段距离,小家伙眼尖,喊着说姐姐找他们来了。文勇仔细看了一下才发现在村口一堵土墙后面露出一个脑袋,在朝这里张望,便加快脚步迎了上去。

走到土墙边见到姐姐,文勇眼前一亮,只见姑娘十八九岁的样子,长得十分标致,一头乌发扎成两条大辫子,一条在前一条在后,辫梢垂在腰间,姑娘说话时习惯两只手摆弄前面的那条辫子。一张鹅蛋脸白净细腻,两侧的颧骨处有着微微的高原红,衬着黑白分明的眼睛,鼻子高挺,红唇微张露出一口整齐洁白的牙齿,中等个头不胖也不瘦,未曾开口先露笑容,是那种一见如沐春风般的女孩子。身上穿着兰咔叽布的外罩,已经浆洗得掉了颜色,袖口和胳膊肘处打着补丁,裤子的膝盖上也打着补丁,但一身衣服干干净净,丝毫没有寒酸的感觉。

文勇一见之下,倒自己先局促起来,好像犯错误的是自己一般不知说什么好了。还是姑娘打破僵局大大方方地说:"给你们添麻烦了!"看来两个弟弟的所作所为她是知道的,因此一见三个军人带着弟弟们回来就猜出了来意。

这时只听振中说了一句:"犯事了。"这孩子憨头憨脑的,一看长相就知道是一个实在人,一路上一句话没有,此刻见到姐姐突然冒出这么一句,倒把文勇说了个愣怔,反倒不知从何说起好了。

嫂 娘

这时只见姑娘一边一个搂着两个弟弟,未曾开口已先落泪,用手按着两个弟弟的肩膀哽咽着说道:"跪下!"三个人扑通一声跪在了文勇三人面前,唬得文勇三人一下子僵立当场不知如何是好。

还是一班长机灵,上前一步抓住振中的胳膊就往起拉,嘴里说着:"你们这是干什么!别这样,起来,快起来!"

一句话提醒了文勇,他也赶紧上前搀扶姑娘,因为事起突然,脚步没有站稳,离姑娘就有些太近了,等姑娘一站起身恰好和文勇来了一个脸对脸,两人两手相扶四目相对,只一刹那,姑娘突然满脸绯红赶紧扭头,文勇也浑身不自在。两情相悦,就在这电光火石之间。

此处正不知如何是好,耳边突然传来一班长夸张的咳嗽声。两人一惊,像触电一般迅速放开手。姑娘两手搓弄着辫梢,以脚搓地一声不吭。文勇两只手不知放在何处是好,只得使劲搓手,脸涨得通红却说不出话来。

还是一班长脑子转弯快,马上向振中姐姐简要地讲了事情的经过以及他们过来的目的,最后才说:"首长让我们见到家长,一方面交人,另一方面是让家长管好孩子,千万不要再去偷煤块了,否则再抓住就会送公安局处理的,那样就有可能判刑或送少年犯管教所的。"

直到此刻,文勇才想起自己此行的使命。赶紧接着一班长的话头说道:"是的,是的,我们把他们俩交给家长才算完成任务。"

"我是他们俩的姐姐,算是家长吧!你们把他俩交给我就可以了。"振中姐姐坚定地说。

"也是，也是，交给你当然也可以。"文勇人生里还是第一次如此没有原则。

"那，恐怕不成。我们这样回去，首长问我们'俩孩子家长长什么样啊？怎么说的呀？'我们怎么回答？"班长好像故意为难一样，有点怪声怪气地慢声说道。

"是地，我们回去要汇报的，首长也肯定会问的。这还真不好回答。要不，让我们到家里看看？"文勇的话明显没有原则，纯粹是一种商量的口气。

这让同来的小战士十分纳闷儿，排长原来不是这样的呀！原来那个不苟言笑、干脆利落、杀伐决断的人怎么转眼之间就变成婆婆妈妈的人了哪？

还是一班长年龄大几岁，心中洞若观火，脸上挂着诡异的笑容说道："要不这样，我们两个做坏人，带着振中、振华到家里见家长，排长你和振中姐姐在这里等着。如果我们办不好，你再出面。"

文勇一听吓了一跳，血往上涌，心跳加剧，自己都能听到自己"嗵嗵"的心跳声，他哪敢和姑娘单独相处啊。因此赶紧说道："一起去，一起去。还是一起去吧！"话一出口，倒像是假意推脱一般，这更加坚定了班长的想法。于是一班长坚决地说："就我们俩去，你在这里等我们。"

"谁也不能去！"姑娘的话音不高却异常坚决。

一阵无声的沉默。

姑娘感觉到了自己的语言生硬，看了看两个弟弟叹了一口气,悠悠地说道:"如果让我爹知道了你们的来意,他会杀了他们两个……"

一句话说得文勇三人面面相觑,左瞅瞅右看看不知如何是好。

沉默,尴尬的沉默。

还是姑娘打破了僵局。

只听她带着恳求的语调对着文勇说道:"要不这样,你们到我家别说他俩偷煤的事。他们两个交给我来管,我保证今后饿死也不去偷部队的煤了。行吗?"

"行。"文勇几乎没有思考就答应了。等话一出口才感觉不合适,可要收回已是来不及了。赶紧面向一班长问道:"你说行不?"

"你都答应了还问我干吗呀!你是排长你说了算。"一班长调皮地撇嘴扭脸回答,一句话说了文勇一个大红脸。姑娘也意识到一班长开的玩笑与她有关,赶紧低下头不再吱声。

小战士也挺机灵,到此刻也感觉到了不寻常,于是赶紧打圆场说道:"就这么办,先看看再说。"

二十四

不看不知道,一看吓一跳。这只是名义上叫家啊!

只见家徒四壁,连一个柜子或箱子都没有,只有几个装化肥的塑料袋,不知里面装的什么东西,摆在墙根上。临窗是一个大土炕,东西两头各有一个老人躺在被窝里,盖的被子露出了黑乎乎的棉花,屋里很冷,比外面的温度高不了多少。

听到有人进来,躺在炕头上的妈妈大声咳嗽着问道:"怎么这么晚才回来?捡煤核的人多么?"

又听躺在炕梢上的父亲吼道:"两个小混蛋干啥啥不行,指着你们我得饿死,今天你们别想吃饭了。"

文勇一见此情此景,方才明白为何姑娘不愿意他们进家门。一来家里太穷不愿意外人看见,二来父亲脾气暴躁,振中他们一直在说去捡煤核,老人不知道他们偷煤的事,如果知道了会出乱子的。

"爹、妈,部队上的同志来看你们了!"姑娘赶紧打岔说道。

"光看有什么用,看我们家穷,你们好笑吗?"父亲嚷嚷道。

"爹你别这么说行不?人家好心好意来看你,你这样给人家脸子看,以后谁还会来看你呀!"姑娘嗔道。转过脸来对着文勇三人说道:"让你们见笑了,你们别怪罪呀!"

文勇这才回过神来,问道:"叔叔、婶婶这是怎么了?是病了吗?"

这是一个多灾多难的家庭。

妈妈是哮喘病加肺气肿,这病最怕寒冷,一入冬就犯病,一犯病就喘成一团,什么也干不了,几年来为治病已经把家里能卖的东西都折腾得差不多了。原来靠父亲赶大车拉脚挣工分的同时挣点外快补贴家用,可屋漏偏逢连阴雨,破船又遇顶头风。父亲送货回来的路上正赶上暴雪,也是他回家心切,冒雪赶路时遇白毛风把马惊了,把他从车把式位置上甩了下来轧断

嫂娘

了双腿，造成粉碎性骨折。如今躺在炕上，没有收入还要大把花钱买药，原本就脾气不好再加上心里没好气，腿痛厉害时又靠大量喝酒止痛，酒劲一上来就吼东骂西、摔杯子打碗的，就更加没好脾气，一家人整天吓得胆战心惊。

文勇听到此已经大致了解了这一家人的艰难困苦，想到自己小时候受过的苦楚，真的是感同身受。一时无话可说，索性连来意也不说了，辞别两位老人走了出来。倒是一班长见机行事，说了一些安慰的话，随后也走了出来。

姐姐跟着送了出来，怕文勇他们回去不好交代，首长再批评他们，同时也怕部队首长不依不饶地再抓两个弟弟的现行，所以也就索性把实情全都告诉给文勇三人。

原来，两个弟弟原本是想靠捡煤核卖钱补贴家用，谁知家家穷困，每天早晨捡煤核的孩子甚至比煤核还多，于是弟弟振华才想出了偷煤块的计策。一开始姐姐和振中死活不同意，无奈家中实在没钱给爹妈买药，眼看两个老人被病痛折磨，就是铁人也要落泪，万般无奈之下，才做出不光彩之事。他们偷来的煤块全部卖掉了，换回钱来给老人买药。家里太穷了，根本舍不得生炉子取暖，所以家里跟冰窖似的，也没敢让文勇他们坐坐，因此很是歉意。请求文勇三人多通融通融，千万别再处罚弟弟们。她还一再保证，绝不会再让弟弟们去部队捣乱了。

说到伤心处边说边哭，倒让文勇三人心里凄怆无比。只得转过来安慰姑娘，表示一定在首长面前美言，只要振中兄弟俩不再去部队捣乱，保证不再追究，让她放心。

临告别，一班长有意无意地说，一定要帮他们说好话，顺便就问姑娘叫什么名字，回去好跟首长说。姑娘告诉他说叫马秀英，并连连感谢三人，一直把他们送到了村口这才一步三回头地回去。

二十五

文勇三人回到部队，向团首长汇报了送振中兄弟俩回去的全部过程，特别是他们家里的窘迫状况也顺便作了汇报。首长听后沉思了一下说道："现在家家日子过得不富裕，不过一个不比一个，这个家庭是遇到了极特殊情况，如果不帮一下可能真的过不下去，孩子们不偷煤块偷别的，为了活命把孩子毁了。回去告诉你们连长，就说我说的，让你们连帮一下这个家庭，有什么困难再来找我。"

连长听了文勇传达的团首长意见，马上安排司务长准备五十斤高粱米，五斤白面，五斤猪肉，还在连排干部中开展捐款活动，凑了三十六块钱，文勇再次拿出四块钱凑了个四十整。连长让文勇给送过去，文勇死活不去，最后只得指派一班长带着小战士去送。

这个一班长是有意做红娘，所以把这一切功劳全部安在了文勇的头上，感动得秀英一家人热泪直流，妈妈喘息着叨叨："我们这是遇到救苦救难的活菩萨了，这可得怎么感谢人家啊！"

爹爹躺在被窝里撒着酒疯嘟囔道："哼哼，黄鼠狼给鸡拜年……"

秀英一听，怕爹爹说出更难听的话来，赶紧打岔说："家

嫂 娘

里太乱还是到外面说话吧！"

一班长也很识相，马上告辞。

秀英和振华一起把一班长和小战士送到了村口，临别还眼含热泪表示感谢，一班长一本正经地说："这个你别谢我们，要谢你就谢我们排长吧。"

秀英不明就里，随口答道："部队大院管得严，我们想谢也进不去，只得托你们俩代我们全家表示感谢了。"

一班长满不在乎地回答道："你要真心想谢，机会有的是。后天礼拜天，晚上搞军民共建，在你们村演电影《奇袭白虎团》，我们都来，你还是当面谢他吧！"

一听说演电影秀英高兴起来，马上说道："听说电影里那个侦察排长很英俊，是真的吗？"

一班长一听不高兴了，他根本就没看过这个电影，却拍着胸脯说道："我们排长也是侦察排长，比电影里那个英俊多了。"

一句话把秀英说了个大红脸，嗔怪道："你净骗人。"拉着振华转身跑了。

二十六

在一班长的用心撮合之下，文勇和秀英在看电影之夜真的见了面。两颗孤寂的心一下子连在了一起，爱情的火花碰撞后燃起了熊熊大火。不过这不受控制的火势，很快就蔓延开来，迅速包裹了两个人，最终烧毁了爱情，烧毁了事业，甚至烧毁了生命。

身为侦察排长，文勇有太多的机会离开部队，这就给他和秀英的见面提供了便利。两个人原本就是干柴烈火的年龄，频繁的见面更给这乍来的爱情之火浇上了一桶油，不久两个人就初尝禁果，此后见面也就更加频繁了……

两个多月后，文勇接到上级命令带着本排三班到大西北执行秘密任务。临走前连秀英的面都没有见到，只得留了一封信，告诉秀英自己有任务要出去几个月，希望秀英多保重，等自己回来立即去看她。信是委托留守的一班长寄给秀英的。恰巧在这时，秀英就有了孕期反应。

也许是体质的原因，秀英的孕期反应非常厉害，有时甚至是喝口水都要吐半天。

这样，家里的炕上就又多了一个躺着的人。一家人吃饭都成了问题。

爹妈都是过来人，一看就明白了原因。于是就追问那个人是谁？可秀英死也不说。

爹爹更加疯狂地喝酒，酒后更加疯狂地撒酒疯，能够摸到手的东西全部摔到了地上，包括盖在身上的破被子。而且猜出了那个他就是上次来的排长，酒后放言，如果排长不拿出一万块彩礼钱立即娶秀英做老婆，就让两个儿子把自己拉到部队找最高首长告状，让排长受处分立马滚蛋回家。他说遍了各种整治排长的恶毒法子，其实内心里主要是想要那一万块的彩礼钱，目的是逼着秀英传话给排长，乖乖拿钱来消灾。

可怜秀英，在自己被孕期反应折磨得死去活来之际，还要承受爹爹的辱骂和威逼，而文勇又不在身边，连一个诉说的人也没有。转念再想到文勇出身穷苦，好不容易靠自己的拼命努力才得以升任排长，本想就此脱离苦海，和自己共结连理，比翼双飞。现在遭此横祸，让他到哪里去找这一万块钱？没钱送上，以爹爹的火爆脾气那是绝对不会轻易饶过文勇，那文勇的事业和前途不就全都化为泡影了吗？想一想自己的苦楚，想一想家庭的冰冷，再想一想爹爹的薄情寡义和妈妈的软弱无情，秀英脑海里浮现出一个念头，决不能让爹爹毁了文勇哥哥的前途，宁可自己去死也不能让文勇暴露出来。想到此，自己觉得能为自己心爱的人做些什么那是很幸福的事情，即便是去死也在所不惜。于是秀英毅然决然地选择了死这个极端途径。

决心既下，她反倒平静下来。

这样想明白以后突然觉得身体也不像以前那样难受了，脸上也露出了难得的笑容，她异常平静地准备着自己的归途。

这天，秀英感觉好了一些，趁着中午爹爹醉酒和妈妈午睡的机会，把两个弟弟打发出去。先是把自己平常舍不得穿的衣服全部找出来穿在身上，然后坐下来给文勇写了一封诀别信。未曾下笔，已是泪如泉涌，大滴的泪珠滴在信纸上，快速地漫延开来，泅湿了一大片。

想到时间有限，强忍悲痛写完了诀别书。封好信封，已经是肝肠寸断，痛彻心扉。因为文勇是执行秘密任务，所以不知道现在何方，只得把地址写成文勇的原部队，自己忍泪含悲一步一挪地走到邮筒前把信投了进去。

做完这一切，秀英平静地来到没有住人的西屋，找出已经准备好的农药毅然决然地一口喝下，然后躺倒在没有一丝热气的土炕上，口中轻轻地呼唤着文勇的名字，怀着对爱人的无限眷恋慢慢地合上了那双美丽的眼睛……

在这个不幸的家庭里，秀英原本是家里的顶梁柱，梁柱一倒便房倒屋塌了。

先是秀英妈妈这个原本软弱的女人，看到女儿被丈夫活活逼死，义愤填膺，挣扎着爬起来要和丈夫拼命，她是久病羸弱之身，如何经得起如此的悲痛、愤恨和气恼刺激，哮喘病发作，一口气没有喘上来，就此撒手归西。

秀英爹爹眼睁睁地看着自己的女儿和妻子在顷刻之间离世，被酒精烧得混沌不清的大脑更加失去理智，把身边的所有药品全部塞进嘴里，然后一口气喝下剩下的多半瓶白酒，半个小时之后也命丧黄泉。

这个不幸家庭一日之内出现三尸四命，剩下的振中、振华两兄弟顷刻之间成了孤儿，真个是叫天天不应，叫地地不灵，家庭之惨变无过于此。

二十七

文勇接到一班长发来的电报已经是秀英去世后的第三天。

原因是一班长也是当天才知道此事，而且是听出外采购副食品的司务长回来说：邻村一家三口同一天死于非命，说是女儿自杀，父母久病在床不堪打击也先后去世，只留下两个未成年的男孩孤苦无依。

嫂 娘

　　说者无心听者有意，一班长就留上心了。中午时分，找了个借口离开部队，到村子里一打听，真是怕什么来什么，出事的就是秀英一家，但秀英自杀的原因不明。这也难怪，秀英和文勇搞对象的事除了他别人谁也不知道，包括振中和振华兄弟俩也未必知情，秀英自杀前没有留下只言片语，因此村里人只是猜测秀英爹爹脾气暴躁，肯定是他非打即骂使秀英感觉受辱过甚，一时想不开就饮药自尽了。

　　只有一班长感觉事情没那么简单。因为当时部队上有明确的规定，军人不允许在驻地附近搞对象，一旦发现将受到严肃处理。也正因为如此，一班长担心自己贸然闯入秀英家会出问题。转念又一想，排长与自己亲如兄弟，他现在千里之外，秀英出此大事不告诉他肯定不行，可告诉他又不知道缘由，排长问起来如何解释？因此无论如何也得亲去秀英家看看，了解事情的真相后再说。思虑再三，灵机一动，假装不知道秀英家已经出事，到供销社买了两瓶黄桃罐头提着，有人问起就说是受领导委派来看望秀英父母两个病人的。

　　一进秀英家门，就见振中、振华两兄弟身披重孝，在收拾屋子。看来去世的亲人已经下葬，帮忙的邻居和亲朋好友也已经离去，两兄弟是在整理家务。

　　振中、振华看见一班长，扔下手中的家什跑了过来，一边一个拉着一班长的胳膊痛哭流涕。一班长假装大吃一惊，赶忙问起缘由，振中抽泣着说不出话来，振华边哭边说了个大概。一班长听完不知不觉间也流出了眼泪，伸手擦了擦眼，对着振华问道："你姐姐因为什么自杀？自杀前有什么异常没有？"

振华答道:"前几天姐姐病了,躺在炕上起不来,爹爹就大声骂她,骂得可难听了,姐姐哭了好几回,然后就想不开自杀了。"

一班长随口问道:"那你爹爹因为什么骂你姐姐呀?"

振华说:"我们也不知道,就听爹爹说,我家闺女的便宜没那么好占,他拿一万块钱来算罢了,拿不来就上部队找首长去。"

一班长听到此一下子就猜出了个大概,大约是秀英爹爹得知了秀英和文勇搞对象的事,也知道部队规矩,所以以此为由要挟秀英,秀英为保护文勇毅然自杀,才引出惨剧。

文勇接到一班长的电报一看,内容十分简单:"秀英父母去世,自身病重。"顷刻间心乱如麻,秀英父母久病卧炕,去世并不让人感到突然,但秀英柔弱之身如何担负起父母双亡的打击?不知她所犯何病。重新阅读电报,"病重"二字直刺心窝,一班长办事缜密,如果不是十分凶险断不会用此二字。想到此心急如焚,恨不得立马肋生双翅,飞到秀英面前,替她分忧、为她分担病痛。

文勇当即找到带队的首长,要求马上返回原部队。

首长问起了原因,文勇没有隐瞒,让首长看了一班长发来的电报,并如实地汇报了自己和秀英搞对象的事情。

首长听后苦口婆心地劝文勇:这是严重违反纪律的行为,如果现在回部队,就等于违纪行为公开了,任谁也保不住他;他一个深山区里出来的苦孩子,靠自己的努力闯出了一片天地,如果不出意外，此次任务完成后肯定能立功受奖，再升一职完全可能；即便不升职，有此功劳，将功补过也可以减轻一些处罚，不至于不可挽回。如果现在回去，不亚于临阵脱逃，这等于错上加错，先前的一切努力都将化成泡影。不如先压下此事，等过几个月完成任务后再回去处理，这样对自己的人生影响会相对小一些。

任凭首长磨破嘴皮，无奈文勇心坚如铁，为了爱情，为了秀英，他宁可抛弃一切。

因为文勇的任务涉及国家重大机密事项，好在他只是负责外围警戒，对具体任务并不知情，否则就是说破大天也不会放他回去。但事涉机密，首长还是派两名干部送他回部队，并提前通知了原部队，所以文勇一下火车就被部队政治部干部接走，自此他的一举一动都在专人的监管之下。他是身负重任而又是违反军纪之人，一到部队就被软禁起来，所以一下火车就去看秀英的打算根本无法实现，就连老战友也是一个都见不到。

这样过了三天，政治部的干部给文勇拿来了两封信。一封是家里父亲写来的，文勇撕开信封看了看信的内容，这是给他的回信，告诉他家里一切平安，他扫了一眼后放在了一边。急切地拿起第二封写着地址内详的信，他似乎已经感觉到这封信对于他的意义不一般。因为此前他并没见过秀英写的任何文字，所以并不知道秀英的字体，从信封上也就不可能知道是谁写的了。文勇展开信纸，看到第一行，好像不相信自己的眼睛，呆愣着又从头仔细地看了起来，眼眶里旋转着的大颗泪滴滴在信纸上发出了吧嗒、吧嗒的响声，屋子里静极了……

文勇：

　　我至亲至爱的人。

　　当你读到这封信的时候，你我已经阴阳两隔了。

　　请你不要伤心，不要悲痛，更不要有任何的顾虑。你知道，我是多么多么爱你，为了你我死都不怕。我是多么舍不得离开你。你我相识，只是几个月的时间，而我却觉得我们自打上一辈子就在一起。你在我最困难、最彷徨、最感到无助的时候，闯入了我心里。给我的家庭，带来了生活的保障；给我的弟弟们，带来了未来的方向；给我自己，则带来了终身的希望。我是那么那么爱你，从见到你的那一刻起，我就渴望终生和你相守。老天待我不薄，真的让我得到了你，得到了你的一切。我们的爱，是那么的真诚，是那么的纯洁，是那么的无私，我们的爱像熊熊燃烧的大火一般热烈。

　　文勇，我的亲人，我选择死这一条路，不是一时想不开，而是最近几年来一直萦绕在我脑海里的念头。事情源于我的父亲，他并没有把我当做亲生女儿，从我出生的那一刻起，我就是他心目中的一棵摇钱树。他一直盼着，在我出嫁的时候，能够找一个有钱的人家，拿一大笔彩礼，从此改善全家人的命运。在他眼里，我不是一个人，不是他的女儿，仅仅是一个财产。近年来他给我定了几个有钱人家的对象，我不同意，他对我举手就打张口就骂，怨我不早一点嫁人。因此

嫂 娘

请你相信，我只有一死才能彻底解脱。

　　认识你后我原本放弃了一死的念头，我渴盼着你能功成名就，期待着你能带我远走高飞，离开这个没有温暖、没有亲情的家庭，从此与你厮守终生。可我万万没有想到的是，亲爱的，你知道吗？我怀上了你的孩子。可恨天公不作美呀！我的孕期反应是如此强烈、如此痛苦。就在我痛不欲生时，我的亲亲好爹爹却拿我怀孕相要挟，说如果孩子的父亲不拿出一万块钱，就不允许我打掉孩子，而且还要到部队告状，把孩子的父亲赶回老家。而我的母亲，又是那样软弱，她惧怕父亲的暴力，从来没有替我讲过一句好话，而是在旁边推波助澜地咒骂我，说我的坏话。两个弟弟又小，帮不了我什么，我一直觉得你是我人生中最大最大的幸福，可眼看这一点点刚刚到手的幸福，就要被我父母的贪婪自私所毁灭。这是我无论如何也不能容忍的。我不能改变自己的命运，但我绝对不允许因为我，而改变我心上人的命运。

　　你知道吗？在我的心目中，你就是一个英雄，一个出类拔萃的英雄。你的前途是那么的美好，你是一个做大事业的人，是一个一定能够实现自己理想抱负的人。我怎么能忍心让我的父母毁掉你的前程？家庭的困境已经让我绝望，父母的贪婪和不近人情又让我失去了亲情，想到因为我会给你带来人生的打击，我又于心何忍？思来想去，我只有一死才能报答你的爱。

我走了，一切的苦痛也就全部都消失了。我也知道这会带给你很大的伤痛，我想时间是最好的医生，它会医治好你的伤痛的。

　　我只希望你不要以我为念。你要好好地做事，成就一番事业，再找一个比我更好的姑娘，组建个家庭，很好地生活下去，在此，我没有任何的牵挂，更没有如此选择的后悔。我来过，我爱过，这我就知足了。（此处有大片的泪水洇湿痕迹和杂乱的修改笔迹）可此刻我又如何舍得下你，我至亲至爱的爱人。

　　在此，我特别告诉你，我们俩的事没有任何人知道，我的父母不知道，我的弟弟们不知道，村子里其他人更不知道。因此，你不要看我，那样会给你带来灾难，请你千万记住这句话。我现在去死，就是为了让你不要失去眼前的机会，你要好好地发展，等到你功成名就的时候，到我的坟前烧上一把纸钱，我就心满意足了。千万，千万……

　　对于这个家，我已经没有任何的留恋，只是两个弟弟还小，希望你在未来给予适当的帮助。如此，我就再无牵挂了……

　　我会在另一个世界里天天的烧香祷告，祝福你、保佑你，愿你平安，愿你前途光明，愿你功成名就。我请求你，千万要记住我的话，不要毁了自己的前程。

　　书不尽言，来世再见……

秀英绝笔

嫂娘

　　文勇泪眼婆娑地看完最后一行字，止不住号啕大哭，泪水倾洒在信纸上。

　　看管他的政治部干部从他的手里拿过信纸，两个人凑在一起看了起来，文勇只顾涕泪横流地哭泣，没有制止。

　　至此文勇和秀英搞对象的事情大白于天下，那是任何人也捂不住的了。

　　就这样，文勇受处分离开了部队，遣返回原籍务农至今。

　　回到家乡后，文勇就像换了个人一样，经常呆呆地一个人坐在山坡上抽烟。见人不说话，也从没见过笑脸，并且自己主动要求干看山护林这样夜间行动的活计，在村子里就好像没他这个人似的。

　　他刚回来时，还有亲戚朋友们时不时地给他提亲，可他不管什么人一概不见。时间长了，也就没人再理这个茬了。到现在已经三十多岁，这样一个古怪脾气，再加上家里有爷爷和爹爹两个老光棍脾气同样的古怪难缠，动不动就摔桌子打碗骂大街，很难相处，估计了解他的家庭情况后，姑娘们再也不会嫁给他了。

　　讲到这里，二大妈长叹一口气，说道："都说好人有好报，我看啊！还是坏人活千年。"娘俩的一场聊天讲的是惊心动魄，自此戛然而止。

　　再看雨燕时，直到此刻还是泪流满面，眼盯着天棚目不转睛，静静地一动不动地躺着。

二大妈看到此情此景，心里一动，嘴嗫嚅着想说什么，看了看一动不动的雨燕，终于把已到嘴边的话硬生生地咽了回去。

二十八

二大妈的心动是因为她突然之间发现，雨燕和文勇应该是很合适的一对。

仔细地一琢磨，今天一早雨燕就打听文勇的事，而且问得特别详细，莫非这丫头在动什么心思？再一转念，如果他俩真的能够结合，那可是天生的一对，地配的一双。想到此就想直接问雨燕，可经过几个月的相处，二大妈发现雨燕是一个十分善良、极有主见、虑事极深而又性格刚强之人，而且又很好面子，如果贸然提出，女孩家碍于面子，当场拒绝，以后也就不好再提了。所以话到嘴边又硬生生地咽了回去。

想到此，直率的二大妈多了个心眼，就想转弯抹角地探听雨燕的心思。主意已定，二大妈咳嗽一声说道："文勇小时候可淘气了，是个天不怕地不怕的角色。"说到此马上停住，看着雨燕的反映。

雨燕果然被这个话题吸引，转过脸来，用手背擦了擦眼角的泪水，接口道："是吗？这可根本看不出来呀！他现在好像特老实，很少见他和别人说话。"

二大妈一看有门，满脸喜笑，连眼角的皱纹都堆积了起来，一副喜上眉梢的表情。接着说道："那是他心里装着事不愿意跟别人说，见到我他可是个话痨，要不我怎么会知道他那么多的事啊！"

雨燕饶有兴趣地问道："大妈你还知道什么事儿啊？"

二大妈见此，不知不觉间高兴和自豪起来，扬着眉毛说道："文勇是吃我奶长大的，不是我吹，那可是少有的男子汉，几百年来咱们村敢打狼的没几个，可文勇愣是把一个大活狼背回家，你说厉害不？"

听到此，雨燕忽地一下坐起来说："什么？背狼的人就是他？"二大妈反问道："你也听说过这件事？"

"听说过呀！刚听说时我还根本不信，谁有这个胆子敢把一只大活狼背回家呀？敢情这是真有其事啊？大妈你跟我说说呗！"

二大妈一看雨燕如此急切地想知道详情，心里那个乐呀！未曾开口已是满脸堆笑，不紧不慢地说道："现在想起来还是这孩子运气好，要不可能当场就被狼给吃了。那是文勇从部队遣返回来不久，他心情不好也就不愿见人，所以主动要求给大队看青，大队干部一听乐了，这可是求之不得的事啊！你想想正常人谁愿意干这个呀！白天黑夜颠倒不说，大黑夜里鬼哭狼嚎的，听着就瘆人，还时不时地遇上个坏人偷东西，搞不好命都丢了。文勇就不怕，背着一杆老套筒就干上了，后来听说那破枪就是吓唬人玩意儿，根本不给子弹，怕出事。"

说到此，二大妈停顿了一下，眼睛从手里絮着的棉花上移开，斜睨了雨燕一眼，却发现雨燕的坐姿已经改为盘腿而坐，且变成了和自己面对面，眼睛紧盯着二大妈。二大妈拿起一片旧棉絮用手捋顺着说道："一天傍晚，文勇上岗不久正在巡查，突然发现不远处的小路上蹲着一只狗,再一看耳朵上竖着,马上想到这不是狼吗!立马出了一身的冷汗,马上拿下背着的步枪对着狼比画,那狼比他机灵多了,一看他拿枪,转身就钻进了旁边的高粱地里消失得无影无踪了。尽管那头狼行动十分迅速,可文勇还是看见狼的右后腿是瘸的。文勇心里想'这可糟了,今天可遇到倒霉事儿了,这是一头受过伤的独狼,俗话讲群狼好避,孤狼难缠,今天恐怕不好脱身哪!'夌着胆子往前走了几步,没有发现异常,但也不敢孤身一人往前硬闯,于是就蹲在梯田的坝埂下背靠着土墙抱着枪抽烟,刚扔掉烟屁股,就听见背后的高粱地里有声音,他想回身看个究竟,头还没有完全转过来,就见一个黑影朝自己扑了下来,他下意识地一缩头躲过了狼嘴,那狼的两只前爪就已经搭在了文勇的两个肩膀上,好在文勇是侦察兵出身反应极快,两手往后一伸就抓住了狼的两只前爪,手往下一拉的同时头往上一顶,正好顶在狼的下巴颏上,就这样手抓着前爪、头顶着狼下巴把狼背在了后背上。此时是狼咬不着他,可他也没办法腾出手来打狼。那狼凶狠无比,咬不着就用两只后腿使劲抓文勇的后背,那样的利爪被它抓着那还了得?好在文勇穿着老羊皮筒子,当时天气还不算凉,他是皮板朝里毛朝外地穿着,那狼就把羊毛都给捯下来了。文勇不敢耽搁,顶着那狼就往村子里跑。快到村边上就大声呼喊,那个喊声都变音了,听着都瘆人,村里人一听马上跑出来帮忙,先是绑上狼两只后腿,然后绑上嘴,这才几个人帮忙从文勇身上拿下那头狼,马上给它绑上前腿。

"再看文勇时,脸都白了,瘫坐在地上大口地喘着粗气,

嫂 娘

头上出的汗都冒热气,身上穿着的羊皮板已经被狼爪给抓没了,后背上也被抓出了好几道伤口,正在流着血。"讲到这里,二大妈停了下来,絮上已经捋好的棉花,又拿起一片旧棉花捋着。看都没看雨燕,只顾干着活。

雨燕却无论如何也耐不住了,急切地问道:"那后来怎么样了?"

二大妈叹了一口气,说:"怎么样?还能怎么样?村里人谁也不敢动手,最后还是文勇亲手把狼给杀了,肉分给村里人尝鲜了事。"

"那文勇大哥哪?他怎么样了?"

"他啊,连惊带吓的,在家躺了一个多月伤才好。要不说呢!没有女人就是不行,他爷爷和爹爹哪会照顾病人啊!汤汤水水的也不周全,我倒是经常去看,可我也不能天天照顾他呀!我自己还有一大家子人等着照顾呢!所以好得就特别慢。"说到此,二大妈长叹了一口气:"唉!"

再看雨燕,只见她如释重负似的躺在被卷上,目不转睛地瞪着天棚。二大妈借此机会假装不经意地说道:"那时要是有你这样知冷知热的女人照应着,兴许早就好起来了。"

"根本不可能。"雨燕愣头愣脑地冒出一句话,一下子把二大妈说懵了。这真是一盆冷水浇在了热身上,二大妈似乎心有不甘,急切地跟上了一句:"怎么不可能?"

有这一问,倒把雨燕问醒了。其实,刚才雨燕回答时是在想别的事情,根本就没有过脑子,也就是答非所问的意思,但二大妈这一追问,倒把事情搞坏了。

"大妈你说什么呢？我跟文勇一点关系没有，凭什么照顾他呀？他算老几呀？"这就是女人的小心眼了，雨燕是怕那天晚上的事情被人知道不好做人，所以只要涉及跟那天晚上有关的人和事她是本能地抵触，这也是人之常情，因此一上来就极力地撇清关系。

二大妈哪知道顷刻间雨燕动了这么多的心思啊！她还是按照自己预定的思路往下说："孩子，大妈说话你可别不爱听，你这么单着可不是个事儿，再者说了，你一个人带着这么些个孩子实在是太辛苦了，大妈都看不过眼。找一个知根知底、知冷知热的人，对手扒皮地帮你一把，你也少受些罪呀！我觉得文勇不错，要不大妈出面跟文勇说说？"

雨燕原本想张口就拒绝，可话到嘴边又变成了："爱说你说去，反正我是不再嫁了。"这源于雨燕对文勇是有好感的，外加好奇心作怪，她挺想知道自己在文勇心目中是个什么样的人。

二大妈听后一愣，这句话如何理解？前半句好像同意我去说，可后半句又像是不同意，这女孩子的心思实在是难捉摸。想到此她也就不去捉摸了，心想我找文勇问问再说。

二大妈是个急性子人，当天下午就找到文勇家去跟文勇说合这件事，她这时才发现，不但女孩子的心思难捉摸，男孩子的心思一样不好理解。原来听二大妈刚一说完，文勇就马上摇头，并且说："大妈你别费心思了，我是不会再结婚了。"口气内容跟雨燕基本差不多。

"你这是为什么呀？"二大妈很不理解地急问。

文勇想了想回答道："也不为什么，就是我这个人不适合结婚,谁跟我谁倒霉,我不能再连累别人了。"

文勇看了看还是不理解的二大妈接着说道:"雨燕是个好姑娘,我倒是挺希望有个妹妹的,她要是愿意认我作干哥哥吧!"

"你脑子有病啊!人家好端端的一个大姑娘认你这个光棍作干哥哥,别人还不笑掉大牙。你不怕,人家姑娘怎么想啊!村里人怎么想啊!神经病!"二大妈连损带骂地应道。

文勇笑着耸了耸肩,说道:"那就没办法了。大妈你就别为我费心思了,我这样不是挺好吗!"

"好个屁!等你老了有你罪受!"二大妈很不高兴地辞别出来,自己热脸贴了个冷屁股,心里很不是个滋味。

原本打算去看雨燕的,此时也不想去了。又一转念,我这怎么跟雨燕说呀?其实这就是二大妈这个直性子人的想法了,要搁一般人就会当没有这回事,跟谁也不提也就过去了。如果见到雨燕不再提这回事,以雨燕的聪明,肯定也就知道结果不好不会再问的。

可二大妈就是转不过这个弯,第二天还是忍不住告诉了雨燕见文勇的经过,到了还不忘记评论一下:"你们俩就是一对儿的神经病!"

雨燕听完,莞尔一笑,说道:"我说不让你去你偏去,这下让人家给倔回来了吧?"想了一下又说,"做干兄妹也不错呀!"

"哎、哎,你可别发神经啊!孤男寡女的认干兄妹,你也不怕人家笑话说闲话!"

"大妈,认兄妹在心里就可以了呀!我又不跟他磕头拜把子,别人怎么会知道?"雨燕调皮地笑着逗二大妈。

看着这个伶俐俊俏的姑娘,二大妈叹了口气,无奈地摇了摇头……

二十九

雨燕休息了几天,仗着年轻外加身体的底子还凑合,恢复得很快。她担心耽误工扣工分影响秋天分粮食,虽然没有全好利落,但还是硬挺着下地干活去了。

这天早晨,文凤在睡梦中听到动静,睡眼惺忪地睁开眼,先看看嫂子的被窝已经无人,再转头向屋中央看去,吓了一跳。她看见好长的一大截白布,一端平展着系在房子大梁下面的立柱上,另一端系在嫂子雪白的胸脯上,嫂子旋转着身子往自己身上裹着白布,到最后把系在柱子上的扣一个个解开,然后正反两头分开系在自己的腋窝下,把一个丰满的胸部勒成了平坦的晒粮场。

文凤不知道嫂子在干什么,稚嫩的童音问道:"嫂子,你在干什么呀?"

雨燕边系最上面的一根布带边说:"没事,干活不得劲儿,勒一下干活方便。"说完拿起炕上的衬衫边穿边说:"天还早,你再睡一会儿吧!"文凤眯上眼睛,一会儿又进入了梦乡。

雨燕这是接受了教训,不愿意让人再看到自己丰满的胸脯,也就免得招惹不必要的麻烦。

进入农历的八月份,天气却不见一点的凉爽,反而是湿热

嫂 娘

难当，人们的心情也就像这天气一样，烦闷焦躁。

　　眼看就要开学了，雨燕让二弟文龙和三弟文虎停止了在生产队的劳动，在家休息几天，兄弟俩却闲不住就每天拼命似的割柴火，加上以前的积攒，家里堆起了一个好大的柴火垛。四弟文豹和五弟文彪还是不停地割猪草喂猪，把两头猪养得滚瓜溜圆、油黑锃亮。小妹文凤的十只小鸡已经长成了大鸡，特别是那只大公鸡，见到自己家庭"人丁兴旺"，更是挺胸抬头昂首阔步，一副唯我独尊的样子。全家人共同努力，一改以前的颓废破败模样，逐渐显现出兴旺的气象。

　　这边日子过得越好，越让一个人不高兴，那就是李芳的妈妈。她把失去女儿的怨愤全部记在了雨燕一家人身上，整天骂骂咧咧的指桑骂槐。郝家几个兄弟嘴上不说记在心里，暗中较劲也没少给李芳妈填堵。

　　这天晚上，一弯新月挂在东天之上，天空纯净如洗，漫天的星斗闪烁眨眼，一缕微风扫过，给这闷热的夜晚平添了一丝清爽。劳累了一天的人们早已经进入了梦乡。

　　却见一个小黑影从黑暗处闪了出来，手里拿着长长的木杆，杆头上绑着一把镰刀。只见他迅速地来到了李芳家门外的街上，站在了李芳家的倭瓜棚下，用木杆上绑着的镰刀对准已经成熟的大倭瓜秧挥动几下，然后又快速地隐进了黑暗之中。这自以为神不知鬼不觉的行动恰恰被一个串门子晚归的邻居看到了。

　　第二天是农村的集日，李芳妈找来板凳放在倭瓜棚下，自己站在板凳上去摘倭瓜，准备拿到集市上卖掉，然后换回一些

SAO NIANG

嫂 娘

油盐酱醋之类的日常用品。

因为倭瓜长得很大，最大的约有三十几斤，所以每一个倭瓜下面都有一个用荆梢条编成的托盘，再用四根细绳连接系在棚架上，为的是防止倭瓜太大，秧子吃不住劲掉下地来。

因此，人们摘倭瓜时一般是先解开细绳，然后再用刀割断连接的秧子。李芳妈继续着自己的老经验，却不知道先天晚上已经有人割断了倭瓜与秧子相连接的部分，因此一解开细绳倭瓜就掉了下来，差一点就砸在李芳妈的身上，落在地上摔了个稀巴烂。

吃这一惊，李芳妈摇晃了好几下，差一点从板凳上摔下来。再解第二个仍然如此，这一次虽然心里有了准备，但还是因为瓜太重没有接住摔在了地上。

李芳妈至此明白，自己又被人暗算了，气不打一处来，索性坐在板凳上破口大骂起来，一时间污言秽语倾泻而出，却连自己都不知道是在骂谁。

此时昨晚看见的邻居告诉李芳妈是老郝家最小的老五文彪干的。这还了得，李芳妈无事还要生非的性子，此刻占了理知道了具体人，那还能轻饶？于是便指名道姓大骂起来。

特别是中午时分，看见雨燕收工回家，老四、老五割猪草回来也已经进了家门，收工的社员也在陆陆续续地回来，李芳妈索性靠在自己家的大门门框上，扯开嗓门指名道姓地骂开了雨燕和老郝家全家人，上溯祖宗八代，下及五世玄孙全部骂了个遍。

一开始雨燕还不明就里，待到对方骂出她自己的名字来，才知道这是冲着自己及家人来的。但原来都是指桑骂槐，今天为何指名道姓，她却不知道原因。

雨燕一直理解李芳妈的处境，所以从来也不跟她计较，一开始还制止老四老五两兄弟，不许搭言还嘴。但骂声越来越大，言语越来越不堪入耳，内心的不平与愤怒也就逐渐升起。

雨燕越听越生气，又联想起村里人背后的闲言碎语和柳林对自己的欺辱，真个是人善被人欺，马善被人骑，正所谓：是可忍，孰不可忍也。

雨燕忽地一下从屋里蹿了出来，两个弟弟和文凤也跑着跟了出来。雨燕在院子里东瞅西看，大概是想找什么趁手的东西，突然目光停留在月台上的一个树墩上，那上面砍着一把明光锃亮的伐木专用的阔刃板斧，这还是文英父亲做木工活计时买来的，锋利无比，平时用作劈柴，此刻正好使上。

只见雨燕快步上前想拿起板斧，无奈板斧砍入树墩甚深，雨燕连提几下也没有拿下来，只得手握斧柄上下摇动几次才拿下来。

雨燕双手横握板斧大步走出大门，直冲李芳妈而去。两个弟弟也不示弱，各拿一条木棍跟在雨燕身后。小妹文凤实在找不到趁手的兵器，只得捡了个烧火棍追了出来。姐弟四个怒从心头起，恶向胆边生，今天是一定要见个真章了。

有几个吃完午饭的女人正坐在街当心的大槐树下乘凉聊天纳鞋底，偶尔有一搭没一搭地劝李芳妈一句，名义上是劝解，暗含着拱火的意味。李芳妈一见有人支持，更加得意，也就施展出平生的骂技，大骂起来。

嫂娘

人们一见雨燕气呼呼地大步冲出来,而且手拿明晃晃的开山板斧,心中一凛便不再吱声,可李芳妈好不识相,还在污言秽语地骂个不停。

雨燕几步来到街心地带。自家养的一群鸡正在街里刨食,看见主人出来,以为有好吃的喂它们,就一路小跑着迎了过来。特别是那只大公鸡,平常出风头惯了,此刻张开翅膀快速超过其他母鸡,跑到了雨燕的面前。

雨燕此刻正是气冲牛斗的时候,却见公鸡毫不识相地迎面而来,随手猛地一挥手中的板斧向公鸡斩去。只见斧起头落,那只大公鸡身子还站在当地,头已经飞出五米开外在街心滚动,一腔热血似箭一般喷出老高。

雨燕却不停留,直走到李芳妈面前,举起板斧向李芳妈头上方砍去。只听"啪""扑通"两声。坐在树荫下的女人们仔细看时,才发现"啪"的一声响是板斧已经砍在了李芳妈刚才靠着的门框上方,长长的手柄兀自晃动,再看李芳妈却已经随着"扑通"声瘫坐在地上,浑身颤抖,那是再也骂不出声的了。

在一旁目睹到这一幕的女人们目乱神迷,花容失色,大张着嘴巴发不出半点声音来。

雨燕并不恋战,一击得逞转身就走,大步流星地返回家中。老四文豹用力晃动板斧的手柄,拿下来扛在肩头直往家走;老五文彪捉住虽然已经没了脑袋,却还在那里扑棱棱诈尸的公鸡跟在后头,一条血线紧随其后;小妹文凤泪眼巴巴,用小手捏住鸡冠提起鸡头也随哥哥而去。

一场大战顷刻间胜负已定。

自此后，不但李芳妈绝不敢公开叫骂，即便村子里的其他人，再也没有人敢轻易欺负这孤苦的一家人了。

因为现场有不少女人亲眼看见，所以时候不大就已经传遍了整个村子，再加上女人们的添油加醋，雨燕一战成名，俨然成了过五关斩六将的关公关云长、大战长坂坡的赵云赵子龙之类的人物。一时间夸奖其勇猛无敌者有之，佩服其智斩公鸡者有之，赞叹其伸张正义者有之。当然，骂其母老虎者也有之，贬其气量狭小者也有之，摇头叹息淑女变泼妇者当然更有之。一时间沸沸扬扬，传遍了大街小巷，成为这个小山村街头巷尾的谈资。

如此重要的消息当然也传到了二大爷和二大妈的耳朵里。两位老人根本不信这是真的，因为在他们眼里，雨燕是一个知书达理、温文尔雅的大家闺秀，怎么会和泼妇一般见识，而且闹出如此大的动静来。所以刚吃过晚饭，二大爷就催促二大妈说："你快去看看吧！兴许出了什么事情了。"

二大妈答应着还在收拾碗筷，二大爷十分不耐烦地催促道："都什么时候了，你还收拾这些个，先放那一会儿我收拾，你快去看看。"

二大妈答应一声，转身就往外走，快到大门口了，还听见二大爷在屋子里喊："你先去看看李亮家大妹子，顺便打听一下因为啥闹这么大动静，能劝你就劝一劝啊！"

"知道了！"二大妈的答应声已是在大门之外了。

二大妈到雨燕家时已是掌灯时分。一进院子就闻见了炖鸡的香味儿，心里不仅埋怨"这也太孩子气了，惹这么大的事还

嫂娘

有心思炖鸡吃"。她哪里知道,天气太热,这只鸡再不炖熟也就放臭了。炖鸡刚一出锅,雨燕就盛了两个中碗,吩咐文龙、文虎分别给五保户张奶奶和二大妈家送过去,让他们也沾点荤腥。这不,兄弟俩到现在还没有回来。

有了鸡肉,雨燕也想给弟妹们改善一下生活,所以也煮了高粱米加倭瓜干饭,把送剩下的鸡肉分作两份,一份留起来第二天再吃,另一份加鸡汤炖了一锅豆角粉条,还炒了两个青菜,蒸了一个茄子浇蒜泥,用碗扣着放在桌上,等着文龙、文虎回来一家人一起吃饭呢!这可是几个月来这家人吃得最好的一顿饭了。

可二大妈就是一个急性子,心里实在是放不住事情。

照理说,看到人家一大家子人饿了大半天还没有吃晚饭,就是天大的事情也应该放一放啊!她不,进屋拉上雨燕就到另一间屋子里,把从李芳妈那里听来的起因一五一十地向雨燕学说了一遍。

雨燕一听柳眉倒竖,钢牙紧咬,大喊一声:"老五,你过来!"

正在一心一意等着吃鸡的老五文彪听到喊声,兴高采烈地答应一声,一下子蹿到了雨燕的面前,正想问干什么的时候,抬眼看见了雨燕的脸阴沉得可怕,咽了口唾沫没敢吱声。

雨燕指着文彪的鼻子问道:"昨天晚上你干什么去了?今天李芳妈为什么指名道姓地骂咱们家?说!为什么?"

文彪一听这几句问话,立马明白天机泄漏了。一边用右脚蹭着地面,眼睛不敢跟雨燕对视,耷拉着脑袋看着自己的脚尖,脑子里飞快地想着如何回答，一边嘴上迟迟疑疑地说："没，没干什么呀！"

这可气坏了雨燕，她转身抄起放在炕上的笤帚疙瘩，拉过文彪照着屁股就是几下子，打得8岁的文彪边躲避边咧嘴哭了起来。

这一变故事起突然，二大妈怎么也没想到雨燕发作得如此之快，刚才还是一个和声细语和自己说话的姑娘，转眼之间就成了暴君一般，下手如此之狠。赶紧抢上前一把抓住雨燕的右手，使劲夺下了笤帚扔在了炕的最里面。

这边屋里的文豹和文凤听见了嫂子的问话和文彪的哭声，立马跑过去看个究竟。一见这阵势就知道了原因，文豹梗着脖颈说道："是我出的主意，嫂子你打我吧！"

"你还有脸说，你不做好事专出鬼主意，你也一样欠揍！"

"那你打我好了，欺负小的算什么本事？"文豹倔强地说。

"好，你顶得好。你以为我不敢打你，你做坏事我照样揍你。"雨燕拉转文豹，照着屁股就是两巴掌，二大妈赶紧上前拦阻，雨燕方才作罢，否则文豹一准多挨几下子。不过雨燕心里想，这小子的屁股好像石头一般，倒把自己的手掌硌疼了。

她这一打，文豹没怎么样，倒把小妹文凤吓哭了。二大妈赶紧把文凤抱在怀里，埋怨雨燕道："你也忒性急了点，不问青红皂白上来就揍。"

恰在此时，文龙、文虎兄弟俩一起回来了，一进院子就听见了文彪和文凤的哭声，不知道发生了什么事情，赶紧跑了进来。一见雨燕铁青着脸生气，大气也不敢吭地站在了文彪、文

豹的边上，恰好站成了一排。

　　雨燕指着文龙、文虎厉声问道："你们知不知道昨天晚上老五干什么去了？"

　　文虎嘴唇动了一下没敢出声，文龙却是一脸茫然地摇了摇头。二大妈此刻最怕雨燕顷刻间再发作起来，看这阵势文虎也必定要遭殃，马上出来打圆场说道："他们怎么会知道文彪干什么去了，他们根本玩不到一块。快别生气了，孩子们都饿了大半天了，要管教也不在这一会儿。赶紧吃饭，吃完饭该干啥干啥去，余下的事情以后再说。"

　　"大妈你别拦着！今个儿要不把他们管住，以后还不飞上天？"二大妈听雨燕如此回答，便觉得讪讪的挺没面子，但雨燕已经把话说到此了，也就不好反驳，只得听天由命罢了。

　　直到此刻二大妈才觉得后悔，后悔不该心急火燎地把事情在饭前告诉给雨燕，以至于害得一大家子人好好一顿饭吃不舒畅。此刻只得给自己找个台阶下，说道："我是说，孩子们还小，闹着玩的事情，也别忒认真了。"

　　"不是那样一说，要单纯是淘气，我不会动手打他们。他们这是在害人啊！那样大的一个瓜从下种到长成那么大，那要付出多大的心血呀？就那样白搭了，太可惜了。再者说，那么重的瓜要是砸在人身上还不得出人命？这不是害人是什么？"雨燕越说越气，后面几句的音调很高，兄弟几个心里都是一紧，也真切感受到嫂子说得有理。

　　刚才还闷闷不乐的文豹也明白了后果的严重性，立马后悔起来。他往雨燕面前迈出一步，眼睛迎着雨燕的目光正色说道：

"嫂子，你说的我们听明白了。是我们不对，以后我们再也不敢胡乱害人了。"

文虎也接话道："谁让那个老妖婆先骂你呢！我们怎么不害别人专害她？就因为她……"

"闭嘴！"文龙听出了一些端倪，怕文虎满口胡诌，把所有的事情都说出来，更加惹嫂子不高兴，所以拿出当哥的做派来极力阻止文虎继续说下去。

二大妈也顺势接过话头，快言快语地说道："行了，孩子们也知道错了，今后谁也不再干害人的事情了。饭都凉了，赶紧热热吃饭。天不早了，我也该回去了。另外，我也数落李芳妈了，她这样整天骂了东街骂西街的也忒过分了，并且告诉她再骂下去命都没了。"

二大妈说到此转头笑着对雨燕继续说道："你也够狠的，一斧子下去，把李芳妈吓破胆了，她自己说把尿都撒在裤兜子里了。"一听此话雨燕禁不住"扑哧"一声笑出了声，文豹、文彪、文凤是亲历者，也是兴高采烈，文彪的眼睫毛上还挂着泪珠，却已经咧开嘴大笑起来。

二大妈边往外走边说道："她今个儿跟我保证说，以后再也不敢骂你了。你啊！得饶人处且饶人。以后该咋着还咋着，街坊邻居住着，低头不见抬头见，不可记仇啊！"

雨燕答应着将二大妈送到大门外才回屋张罗吃饭。一块鸡肉入嘴，所有的不快全都飞到九天云外去了。文彪的屁股似乎也不疼了，大口吃饭、大口吃菜、大口喝鸡汤，一顿饭如风卷残云般结束，看着孩子们吃得香甜，雨燕也是打心眼里高兴。

嫂娘

待孩子们全部吃完，文龙张罗着要洗碗，雨燕制止了，文龙知道嫂子有话要说，也就坐在原地没有动弹。其他孩子们也都安静下来，只有文虎毫无顾忌地剔着牙，但也是用眼瞄着嫂子，等着嫂子开腔。

雨燕笑眯眯地说道："今天打了一仗，没想到全家改善了生活，也算坏事变好事。"

说到此停顿了一下，弟妹们一下子笑开了，等弟妹们笑罢，雨燕斟酌着字眼，一字一顿地说："今天这件事，起因我不知道，如果知道了我绝不会找人家去打架。但李芳妈实在是太过分了，她骂了这么长时间我一直没有搭理她，这就助长了她骂人的气焰，以为天下人谁都怕她，如果不加制止，以后还会变本加厉，不定惹出什么大祸来。所以我教训她一下，今天镇住了，以后她就再也不敢了。你们今后也许会遇到类似的事情，记着，要勇敢地去面对，'士可杀不可辱'，今天就是因为她侮辱我、侮辱我们老郝家列祖列宗太甚，那我们没得说，明知打不过也要拼命，也就是老话讲的'没事不惹事，遇事不怕事'。"

雨燕停顿了一下，环视着弟妹们继续说道："不过此事到此为止，就是二大妈刚才说过的'得饶人处且饶人'，凡事不可做得过分。李芳妈就是一个例子，如果她不过分侮辱我们，我们也不会找她拼命，所以说凡事不可做绝，一定要给自己留有余地。这样才能有进有退、进退自如。"

说到此，雨燕板起脸逐个看了弟妹们一遍，然后厉声说道："你们给我记着，自今个儿起，你们几个不管是谁，如果再敢惹是生非，使坏害人，我大棍子伺候绝不轻饶。"

几个弟弟们心中一凛,都不由自主地坐直了身子,纷纷点头表示听明白了。

今天的雨燕,在他们眼里不仅可亲可敬,而且既畏又惧。

三十

第二天吃过午饭,雨燕就让文龙、文虎去自家菜园里各摘一个大倭瓜抱着,又摘了满满的一篮子各色蔬菜让文豹提着,自己一手拉着文彪一手拉着文凤来到李芳妈家。

李芳的爹妈一见雨燕带着孩子们进屋,立马紧张起来。雨燕看在眼里便觉得十分不忍,赶紧扶住挣扎着想坐起来的李芳妈,怀着十分的歉意真诚地对两位老人说道:"叔、婶,对不起,让你们受惊了。我今天带着弟弟妹妹们给您二老赔不是道歉来了,我们年轻不懂事给你们添乱,惹你们生气,求二老大人大量原谅我们。自今个儿起,我的几个弟弟保证绝不给你们捣乱,你们放宽心啊!"

雨燕的话没说完,就见李芳爹妈的眼泪一下子溢满了眼眶。李芳爹这个一辈子老实巴交的庄稼人一边用手擦着眼角的泪水,一边喃喃地说:"这话可怎么说呢!是你婶子不对,天天骂人惹急了你们,该赔不是的是我们。你来赔不是,我们担不起。"

一句话没说完,雨燕就已经被感动得热泪盈眶。多好的老人啊!没有埋怨、没有记恨、没有指责,遇事一是一、二是二,做人清清白白,处事恩怨分明。在场的弟弟妹妹们今后如能如此做人,也就不枉自己的一番心血了。

嫂 娘

　　李芳妈拉着雨燕的手,撇着嘴抽泣着嘟囔道:"是我鬼迷心窍,心情不好骂东骂西,孩子你大人大量别跟婶子一般见识。"

　　"婶子你说哪里去了,我是晚辈早该来看你们。我们对门子住着,从今以后你就把我们当成自己的孩子看,有事你们招呼一声,我们大事办不来,跑个腿传个话什么的都做得来,你们二老别客气啊!"

　　"你们来看我,婶子比什么都高兴。东西,婶子不要,你们拿回去自己吃。婶子人口少你们人口多,你要养活这么一大家子人,孩子你不容易呀!"说完拍了拍雨燕的手背。

　　这真是"好言一句三冬暖,恶语一声六月寒",几句知冷知热的贴心话,让雨燕和弟妹们心里暖暖的、热热的。弟弟们都为自己以前的淘气和不懂事而感到羞愧,也知道了今后自己该干什么不该干什么。一个现实的切身感受,要比一百句教训的话语管用多了。

　　真的是不打不相识。

　　自此以后,李芳妈幡然悔悟再也没有在公开场合骂过人。雨燕也把李芳爹妈当作自己的老人一般看待,有了好吃的一定会有两位老人一份,冬天棉的、夏天单的衣服拆洗缝补全包了,平时嘘寒问暖,承欢膝前,老人有个头痛脑热更是请医买药,跑前跑后。

　　两位老人自己没有儿女,也把这些个孩子当作自己的孩子看待,有个好吃的自己舍不得吃,一定会留给几个小家伙。

　　雨燕有时忙起来顾不上文凤,两位老人就主动把文凤接过

去照顾。

弟弟们也把那里当作自己家一样进进出出的十分随便,给这个原本冷清凄凉的家庭平添了一份喧闹与欢乐!

三十一

转眼到了秋天。

由于受旱灾的影响,今年的收成大不如往年,虽然生产队采取了补救措施,补种了荞麦等生长期短的作物,但因为荞麦的产量比较低,所以到秋后结算下来,各家分得的口粮还是比往年要少。

这对雨燕一家来说,立马显现出窘迫来,因为不管雨燕如何算计,到明年秋收还是缺三个多月的口粮,这一点弟弟们也心知肚明。于是在秋收后,雨燕和弟弟们一起投入到紧张的捡粮大战中,也就是等生产队收割完后,捡散落到地上的粮食,比如玉米掰完后,不管如何认真的社员,也免不了有一两个掰不到的玉米棒子。

这时可就看出孩子们的智慧来了。文龙、文虎是随大流到处去找,靠腿脚勤快抢在别人前面取胜。而文豹却带着文彪专往红薯地里跑,因为红薯是埋在地里的,没有人能确认每棵薯秧下到底长了多少个红薯。而当时为了抢收,社员们是按照每天收获的数量计算工分的,一些投机取巧的人就会图快,专拣大个的薯出,这样遗落的和那些小个的就会继续埋在地里。

文豹文彪哥俩占据一片红薯地,从头到尾仔细地把地翻

嫂娘

一遍，不管大小全要，差不多每天都能搞回一口袋，大约有六七十斤的样子。

雨燕看在眼里暗暗称奇，口头上也就表扬这哥俩多一些。文龙和文虎有些沉不住气了，后来也改成去翻红薯。有一天运气不错，他们找到了地边上隐没在草丛中被社员遗漏的一条垄，这小半天下来，哥四个挖出了二百多斤红薯。文虎先背回家一小口袋，然后拿着麻袋推着手推车再去取，无奈哥四个人小力单还是无法全部收拾回家，后来遇到了巡查的文勇大哥，专门给送回家来。

到家时已经天黑了，雨燕不见弟弟们回来等得正着急，一看弟弟们挖回这么多的红薯来，又是高兴又是心疼。赶紧请文勇大哥一起吃饭，文勇推说已经吃过告辞而去，谢过文勇后，她张罗着给弟弟们上饭。姐弟几个边吃边说，叽叽喳喳的好不快活。

就这样没黑夜没白天地拼了半个多月，地里的庄稼全部收割结束了，姐弟几个方才松了一口气。雨燕仔细地盘算了一下，觉得这样下来，节省一点，明年还会缺一点口粮，但也差不了太多。

生产队的秋收忙完，雨燕就带着弟弟们忙自己家里的秋收。她先是带着弟弟们在自家院子里挖了一个地窖，把红薯分类，拣大的好的，一部分切成片晾晒成干，另一部分放入地窖储存起来，等来年开春青黄不接的时候再吃。小一些的和带伤的尽快吃掉，特别小的和薯须之类的东西磨成浆、沉淀出淀粉来，准备拿出祖传的看家本事漏些红薯粉条来给弟弟妹妹们改善生活。又过了将近一个月的时间，把成熟的大白菜收回家，挑拣出大的好的放入地窖储存，小一些的码进缸里腌成酸菜冬季吃。

雨燕心细，还事先准备了一捆带根韭菜、一捆带根芹菜、几个大冬瓜、十几个熟透的黄瓜种、一筐大萝卜也一起放进地窖里。

文虎看着韭菜和芹菜嘟囔着说："这东西怎么能放这里呀，没几天就烂掉了，多可惜呀！"

真个是说者无意，听者有心。文豹听完马上叫上文彪，不大一会儿俩人抬回一大筐的河沙。雨燕一看喜上眉梢，一喜弟弟们懂得如何过穷日子，二喜弟弟们人小鬼大，懂得动脑筋解决困难，三喜弟弟们遇事不推不靠。雨燕表扬了文豹和文彪，然后用河沙把韭菜、芹菜根部掩埋起来，喷上一些水，管保能长时间储存。

清理出来的白菜根、芹菜根也都收集起来，清洗干净用开水焯一下去除苦味，然后切成条码放在罐子里放上盐腌成咸菜，两天后就可以吃了，孩子们头一次吃这些东西，吃到嘴里，咸滋滋、脆生生的，很是好吃，不由得赞不绝口。

这一家姐弟六个，就像一群小松鼠一样不停地忙活着，为了寒冷的冬天、为了来年的春天，储藏着食物，储藏着快乐，储藏着希望。

三十二

这一年的天气就是怪。

夏季该下雨的时候大旱，几乎滴雨未下。这不，刚一入冬

嫂娘

就下起雪来，而且一下就是好几天。鹅毛大雪纷纷扬扬下个不停，妆裹得天地皆白，一派银装素裹的壮观景象。地面上的积雪已经快到孩子们的膝盖了，天气还没有放晴的意思。

这可乐坏了文虎以下的哥三个，堆雪人、打雪仗，整日疯玩疯跑。

等到雪后第七天，文虎一早就开始张罗上山捡野兔子。文虎的话一出口，就得到了兄弟几个的全部支持，就连一向不喜欢参与三个弟弟活动的文龙也摩拳擦掌，大有一展身手的架势，小妹文凤也嚷嚷着要跟哥哥们一起去玩。

雨燕却搞不明白如何捡兔子，因为她只听说过用枪打兔子、用钢丝套套兔子，长这么大还是头一回听说捡兔子。不由得好奇心大起，也很想亲眼看看是如何个捡法，所以文虎、文龙稍一邀请，她也就痛快地答应了。

临行前几个弟弟们忙活着做准备，也让雨燕照猫画虎地学着做。先是穿上棉鞋，然后用宽布带打上绑腿，就像电影里解放军战士一样，要规规矩矩地打到膝盖上才算合格。雨燕学做一遍，文虎说不合格，亲自动手拆开，然后紧紧地给雨燕打上，文龙帮着小妹文凤也如此这般地武装一番。

姐弟六人刚一上山，雨燕就发现打绑腿的必要。因为山上的积雪没膝，如果不打绑腿，一迈步雪就会灌进裤腿里，而裤腿里的温度一定会比外面高，雪进去就会化掉变成水，想想裤腿里面全是冰冷的雪水那还能走路吗！还有，在雪地里一脚踩下去就是一个雪窝，打着绑腿时容易抽出腿来，走路利落多了。

翻过几个小山头，进入大山腹地，姐弟几个虽然是拄着木棍行走，也已经是累得气喘吁吁、汗流浃背了。小妹文凤人小腿短自己走不动，几个哥哥轮番背着。文虎跑在最前面，还要不断返回照顾后面的人，这样往返着比别人要多走不少的路，此刻他头上冒着白烟，嘴里哈着热气，眉毛上结着白霜，真正的一个白眉大侠。

雨燕此刻心里后悔跟来。原本以为到了雪地里就可以随手捡上几个兔子，甚至当时还想，要是捡多了怎么往家运啊！运到家里往哪里放啊！很为此犯过愁。现在看来，如此走法不但兔子捡不到，还很有可能自己累倒冻死，让野狼来捡自己。

转念又一想，要是没有这般艰难，那还不漫山遍野都是捡兔子的人，哪还有我们姐弟几个的份，如此想来又感觉心里平衡了不少。一边迈着如灌铅般的腿走着，一边胡思乱想着，不知不觉间爬上了一个小山岗。只听一片欢呼，前面传来了弟弟们的大喊大叫声。

在前面不远处背着文凤的文龙马上蹲下身放下小妹，回头喊了一声："嫂子，你们待着别动。"转身就往左前方斜着奔跑过去。

这个平常喜欢看书、文静如处子的二弟，顷刻之间变成了虎虎生风的小老虎，此刻已经不能用奔跑来形容文龙，他是在雪地里蹦着、跳着前进，有的时候干脆是在雪地里翻滚着往山下溜。

雨燕把小妹揽在怀里，搜寻着几个弟弟的位置，发现弟弟们已经形成了一个包围圈，再沿着文龙前进的方向看去，终于在洁白的雪地里发现了目标。

　　因为离得远再加上雪地反光,如果不仔细看根本发现不了那只灰色的兔子,现在它正朝着文龙的方向跑来,说是跑,不如说是蹦更合适一些,因为雪太厚,兔子每跳跃一下就会立即埋没在雪地里,然后只得再用力跳跃,正常情况下它前腿短后腿长是有奔跑优势的,但在这雪地里恰恰成为它的劣势,这种跳跃奔跑非常消耗体力,根本坚持不了多长时间。

　　但它也非常聪明,它往文龙方向跑的原因就是发现这里是阳坡,经大风一刮,有些岩石裸露出来,只要它一跑上岩石地带,那就任何人都很难抓住它了。

　　文龙急于往前冲,也就是发现其他三面已经被三个弟弟占领,自己这里是个缺口,如不尽快迎面堵上,它可能就会攀上岩石逃脱。

　　在四面合围之下,兔子掉头朝沟底跑去。再看兄弟四个,一看兔子跑向了沟底,就谁也不急着去追了。就连刚才还势如奔马的文龙,也把帽子摘下来拿在手里,边擦额头上的汗水边慢吞吞地往前走着。

　　那只兔子一到沟底,只往前跳跃了一下,就陷进一米多深的积雪里,窝在那里再也动弹不了。到此,只有文虎直接奔兔子走去,其他三兄弟站在原地一动不动地看着文虎。

　　文虎在兔子的背后挖开积雪,提起两只后腿用绳子绑上,然后用手里拿着的木棍在绑着的两腿之间一穿,担在肩上往雨燕和文凤站立的山头走来。

　　至此,雨燕方才如梦初醒,真正明白了为何叫捡兔子。在

SAO NIANG

嫂娘

　　这里"捡"是最后一个动作,用手到擒来形容都是多余,用捡那是十分的贴切。但此前的追赶真个是惊心动魄,文龙当时几乎可以用拼命来形容。由此可见,世上事易中存难,难中含易,难易原本互相存在,如果单纯地弃难求易只能是水中月、镜中花而已。

　　连续五天时间,弟弟们每天下午放学后上山,天快擦黑才能回来,除第二天外每天都有收获。几天下来,一共捡回六只兔子、一只野鸡,外加几捆树枝。最后两天捡回来的兔子和野鸡都是死的,据文虎解释,山里的野兔和野鸡可以七八天不吃不喝,再长时间就会因冻饿而死了。

　　这一下可以好好地改善生活了,雨燕看到这么多的野味,十分高兴,拿出看家的本领炖了一大锅的兔子野鸡肉,给亲朋好友都送上一些,让大家尝个鲜。

　　众亲朋好友先是惊奇,就好像商量好的一样问哪来的兔子野鸡肉,听完孩子们介绍后当然是异口同声地夸赞,这让分别去送东西的孩子们感到无比的自豪,回来后就兴高采烈地向雨燕描述亲朋好友们的夸赞和感谢情景,几个孩子叽叽喳喳地抢着说话好不热闹。

　　从他们的语音和情绪之中能感觉到那份靠自己的力量帮助别人的快乐和骄傲。雨燕看在眼里喜在心头,自然而然地为弟弟们的成长感到高兴和自豪。

　　此后的闲暇时间里,也不知文虎从哪里学来的本事,自己动手用芒硝把兔子皮熟化,做成了皮板交给雨燕保存起来。

三十三

俗话说，下大雨大雪那是老天爷给老百姓放的假。

这场大雪过后，忙活了大半年的雨燕终于可以停下来歇一歇了。看看家里实在是没有什么活计可干，雨燕还有点不大习惯，东瞅瞅西看看地总想趸摸点事干。

最后打开了婆婆锁着的柜子，开始一件件地整理婆婆遗留下来的东西。在整理婆婆的衣柜时，在柜子的底部发现了一套书，书皮是用报纸包裹的，打开一看发现是线装繁体字的全图绣像《三国演义》。更为惊喜的是这本书是清初毛宗岗评本，这种版本的书籍已经很难见到了。

其原因，一是新中国成立后自1956年起推广简体字，1964年推出汉字简化字总表后教育系统全面实施简体字教学，年轻人接触繁体字的机会很少，接触到了也会因大部分字不认识而放弃；二是"破四旧"活动焚毁了大量的古书，这样的繁体绣像版本基本上都被当作四旧给消灭掉了；三是流行的反潮流和交白卷让年轻人觉得读书无用，更不会去读这种不认识、看不懂的书籍。因此，这本书能够完整保存下来是个奇迹。

雨燕一打开书，就什么也不顾了，原本要收拾的东西也不收拾了，柜子的盖子也大敞着。立在柜子边上，如饥似渴地读了起来。

雨燕能够熟练认识和书写繁体字那要感谢她的读书启蒙人

嫂娘

——爷爷。因为雨燕在上学之前是和爷爷奶奶一起生活的,爷爷是新中国成立前的读书人,读的书自然是繁体字,雨燕自打识字开始就在爷爷的教导下读繁体字本。

人们都会有这样的感觉,就是小时候学到的东西一辈子都忘不了,雨燕自然也不例外。再加上上学后学的是简体字,二者之间雨燕能够很好地转换,加之她自小喜欢读书,天文地理、文史艺哲涉猎颇多,所以不管是简体字还是繁体字版本,她是拿起来就读,毫不费力。不过,可能是怀念与爷爷奶奶相聚的日子有关,抑或长时间不读的缘故,读起繁体字的书来,雨燕感觉更加亲切。

就这样站着,心无旁骛地读着。自打"话说天下大势,分久必合,合久必分"开始,一直读到"曹操煮酒论英雄"。她竟然一个姿势站着看了很长的时间,可见她对此书的喜爱达到了何种程度。这部书的不同版本她不知看过几遍,如今读来还如初见,此书的魅力也确实非同一般。

直到小妹文凤叫她,雨燕方从曹操纵论天下英雄的场景中回到现实。回头才发现弟弟们都已经回来,文虎四脚八叉地躺在炕上,文豹、文彪坐在炕沿上晃悠着两条腿,文龙则拉着文凤的小手站在离自己不远处,几个孩子虽姿势各异但全都目不转睛地看着自己。

雨燕一下子没有反应过来,左手拿着书本,上下看了看自己,以为自己哪里出了问题,弟弟妹妹们才会这样一声不吭地看自己。看完后才注意到自己左手的《三国演义》,自嘲地一笑,一边折上书页合上书本,一边笑着说道:"看上瘾了,忘了时间呢！你们回来一会儿了吗？今天这是怎么了？像一群小猫似的安静？"

文龙也笑着说："小妹在门外挡着我们，不让打搅你，我们保证不出声才让我们进来。"

"小妹真乖，谢谢你！"雨燕边说边俯身亲了文凤一口。

"什么书啊！这么吸引你。"文龙问道。

"是《三国演义》啊！你没看过吗？在娘的衣柜里。"

文龙走上前接过雨燕手里的书，翻开看了看，摇了摇头。文虎呼地一下坐起身来，说道："我见过这本书，是爹拿回来的，说是从'破四旧'现场拿来的。当时就把妈吓坏了，裹了裹塞进了衣服堆里。后来我偷偷地翻出来看过，看不懂，就又塞回去了。"说完自己嘿嘿笑了起来。

雨燕微笑着说道："这可是一本好书，是中国的四大名著，你们应该看看。"

20世纪70年代，学生们的课外读物原本就很少，"破四旧"一烧更是所剩无几。那时能够读到茅盾的《白杨礼赞》都会让文学青年崇敬半天，这样的长篇小说在村里原本就很难见到。

雨燕紧忙活着照顾弟弟妹妹们吃过晚饭，一大家子人围在一盏油灯前，弟弟们做作业，小妹在一边玩耍，雨燕则靠后一些侧身捧着《三国演义》看得入神。

弟弟们写完作业，开始各自收拾自己的东西准备休息。下雪后，为了节省柴火，雨燕已经让弟弟们搬过来和自己住在一起。还是和以前一样，弟弟们住在炕头暖和的地方，中间用一块布单分开，自己和小妹住在炕梢上。弟弟们收拾完毕看嫂子

嫂娘

时,雨燕还是没有停止的意思。几个弟弟见到嫂子如此专心致志地看书,都对这本书产生了好奇心。

看着目不转睛的嫂子,还是文龙打破了沉寂,他咳嗽一声,清了清嗓子,叫道:"嫂子,不早了,早点休息吧!"

雨燕这才恋恋不舍地把目光从书上移开,扫视一圈发现弟弟妹妹们都在看着自己,于是立即合上书本,张罗着叫弟弟妹妹们睡觉。直到躺在被窝里,雨燕还在回味着书里的场景,睁着眼睛不肯睡去。

在暗夜里,只听睡在第一铺的文龙说道:"嫂子,你以前看过这部书吗?"文豹接话道:"真的有那么好看吗?""有打仗的没有?"这是文虎的声音。

孩子们一开腔,也就不好好睡觉了,你捅鼓我、我胳肢你地嬉闹了起来。

雨燕没有像往常一样制止。而是想了一下说:"这真的是一部好书,每一个中国人都应该读一读。一方面了解当时的一些历史;另一方面也学一学古人的为人处世、机智和计谋;再就是学学作者的讲故事能力和完美的叙事语言。"

"听妈说'老不看《三国》、少不看《水浒》',那是什么意思啊?"还是文虎的声音。

雨燕笑出了声,接话道:"还有这样的说法?我还是头一回听说。"她思忖了一下说道,"可能是老人们怕孩子们学坏吧!"停顿一下又说道,"《水浒传》一书描写的是一群杀家造反的人,也许老人们怕年轻人没有分辨能力,看过书后也跟着打打杀杀的不好管教。而《三国演义》一书里描写了太多的计策与智谋，年龄长的人看了跟着学玩心眼，那还不遍地心机，如何相处啊！我这是猜测而已，不知是不是这个道理。"

"我觉得有道理。"文龙接话道，"唉，嫂子，你今天看得那么起劲，给我们讲一段呗！"

"对，讲一段，反正也睡不着。"文豹赶紧应和道。

"哈哈，你们这是联合起来考我呀！好，今天就给你们讲一段。这本书我看过好几个版本，大致情节还都记得，要不还真让你们几个小鬼头给考住了呐！"

弟弟妹妹们一下子安静下来。雨燕也就拿出平生的本事从头开始讲起了金氏雨燕版本的评书《三国演义》。

由于雨燕对这部书的喜爱，再加上她聪慧的头脑和超强的记忆能力，还有她良好的叙述功底，把《三国演义》讲得天花乱坠，弟弟妹妹们听得身临其境一般如醉如痴。

自此，这姐弟六人就开始了夜晚睡前的读书、讲书活动，形成了郝家风格的"夜余"生活。

第二天，雨燕看到弟弟们如此喜爱读书，自是十分高兴。不过光听不看，永远也体会不到读书而后掩卷沉思的快乐。于是雨燕找来一张大纸，用文龙的蘸水笔，把《三国演义》一书中的繁体字按照书中出现的先后顺序写成一竖列，再在后面写上对应的拼音、简体字和大致含义。此纸刚一贴到墙上，就受到了弟弟们的欢迎。文龙、文虎、文豹哥三个只要一有空闲就捧着家里这部《三国演义》狂看猛学，不懂之处随时请教嫂子，晚上躺在炕上再轮流坐庄复述一遍。

如此学法，好像前无古人，但效果确是出奇得好。几个月下来，弟弟们不但全部认识了书上的繁体字，连带着扩展了不少的词汇和语句，对他们语文成绩的提高有很大的促进作用。更主要的是让他们养成了爱看书的习惯，同时也锻炼了他们的记忆、演讲能力。

随着时间的推移，雨燕姐弟的读书范围和内容也在不断地扩大，几乎涵盖了在村子里能够找到的一切书籍，包括诗词歌赋、文哲历史、名人传记、天文地理等等。

文豹还不知从哪里搜罗来一本繁体字的《周易大全》、一本《奇门遁甲》，下狠功夫研究了一段时间，无奈内容太过深奥，语句枯涩难懂。请教嫂子，雨燕也是一窍不通，最后只得作罢。

时间一长，村里人发现，老郝家的孩子们说话办事与别人家的孩子们不一样了。

三十四

转眼到了期末考试时间，雨燕更加精心地照顾弟弟们，极尽可能地让他们吃好睡好。

几个弟弟也是十分争气，在各自的班级里全考第一，受到了上至校长下至同学们的一致好评。每个人都乐滋滋地拿着奖状向雨燕报喜。其中文豹拿回三张奖状，分别是"三好学生""优秀班干部"和"先进红小兵"。

雨燕兑现诺言，把弟弟们的奖状全部贴在了墙上。如此一来，北墙上的奖状在阳光的照射下金光灿灿，映射得满屋生辉。

一家人每每看到，自都是乐不可支。

　　不过烦恼也随之而来。眼看文龙已经高中毕业，可未来朝何处发展却是未知。只因自1970年起已经取消了高考，代之的是工农兵学员上大学的推荐制，而报名者必须当过三年以上的工人、农民或者士兵。

　　但到了村里，这些规定就成了一个人为界定的橡皮筋，一些干部子弟即便没有任何这三项的经历，也一样可以上工农兵大学，而毫无背景的农家子弟，即便学习如文龙，考试成绩年级第一，也照样没有被"推荐"的机会。

　　为此，急坏了嫂子雨燕，她跑完公社跑大队，希望能够靠文龙的学习成绩争得一个推荐的名额。无奈名额有限，竞争者来头很大，而文龙又耍起了倔脾气坚决不让雨燕找人走后门。所以，结果不用说也知道，文龙只能扛起锄头当农民。

　　巧的是当年征兵比往年晚了俩月，这又让雨燕燃起了希望。于是她背着文龙找民兵连长去报名，那民兵连长一看雨燕有求于己，乐得屁颠屁颠，一连声地大包大揽满口答应，那副哈巴狗摇尾乞怜般的讨好让雨燕感到恶心，但为了二弟的前途和未来，也只得皱着眉头周旋。

　　好不容易拿到了报名表，可就是天不遂人愿，文龙的体检倒是合格，但因其长得太过瘦弱，和同龄人站在一起差不多比人家矮半头，尽管雨燕找到招兵的军队领导说情也还是没有躲过被淘汰的命运。

　　雨燕觉得命运对二弟不公。可文龙倒是毫不在乎，还跟以

嫂娘

前一样该干什么还干什么。在文龙的内心里,母亲去世前的嘱咐已经牢牢地扎根发芽,不让一个弟弟妹妹饿死,不把一个弟弟妹妹送人,那才是他奋斗的目标,至于自己今后干什么无所谓。他怕自己离家,怕自己离家后被村里人说成是文英大哥那样抛家舍业的人,怕自己离家后嫂子一个人支撑不了这个家。这些想法消磨着文龙的锐气,他逐渐变得消沉,变得缺乏活力,变得更加寡言少语。

这一切看在雨燕的眼里,心里暗暗着急。因此也就更加上心地利用一切机会和渠道为二弟谋划未来的路。

三十五

1976年7月28日凌晨3点42分,河北省唐山市发生了强烈地震。地震波及了这个离唐山不足200公里的小山村,村里的老旧房屋倒塌了不少。好在村里的房子都是木框架起脊结构,抗震能力比较强。虽然伤了几个人,但基本都是皮外伤,没有伤筋动骨,更无生命危险。

雨燕当时发觉地震,立即大声呼喊,让住在西屋的弟弟们往屋外跑,自己则抱起小妹拉开窗户直接跳了出去。到得院子里,地震已经过去,但因刚才的动静十分吓人,一家人还是心有余悸。

雨燕招呼弟弟们往自己身边靠拢,连喊几声却没人响应。借着星光仔细一看,方才发现弟弟们除二弟文龙穿着一个小三角裤衩,其余一律全裸,哥几个蹲在地上双手抱膝一动不动。

再看自己也是一袭背心一条短裤，小妹更是光溜溜的一丝不挂。

此刻更深夜静，蚊虫的嗡嗡声此起彼伏不绝于耳，如此状况根本抵御不了蚊虫的攻击，用不了一会儿，就都成"包"大爷了。

雨燕见此，马上就向屋门走去。文龙见机，明白了雨燕的用意，急急地喊了一声："嫂子你别动，我进去取东西。"话音未落，人已经蹿进了屋里。

随着两个屋里的油灯先后亮起。不大一会儿，文龙抱着一堆衣服跑了出来，借着屋里的亮光把衣服分给嫂子和弟弟们。他自己三下五除二地穿上衣服，转身又跑进屋里，端着油灯拿出两条艾蒿点燃，浓浓的艾烟飘起，耳畔的嗡嗡声一下子就没有了。再转身看时，嫂子和弟弟妹妹都已经穿好了衣服，正在寻找各自的鞋子。

雨燕好像想起了什么，告诉文龙，放开嗓门喊一喊左右的街坊邻居，看有没有需要帮助的。几个弟弟一起喊起来，在这空旷的暗夜里十分清晰，左邻右舍听到后也大声地回应着。在这不幸的夜晚，人们用这呼朋唤友之声抵御着巨大灾难带来的恐惧，不大一会儿这呼喊声就传遍了小山村。

时候不大，家门口外亮起了大号手电的光柱，随后传来了文勇大哥问候的声音。听到文龙和雨燕说家里人都没事，文勇方才放下心来，嘱咐说今晚最好不要回屋睡觉了，当心余震伤人。嘱咐完转而向下一家走去，原来他是在挨家挨户地查看灾情。

文龙和弟弟们找来小板凳，在院子里和嫂子坐成一圈，周围燃烧着艾蒿。对于地震，弟弟妹妹们根本是头一回经历，所

嫂娘

以就围着雨燕打听这、打听那的。雨燕对地震的了解也不多，只能尽自己所知回答弟妹们的提问。

伴随着两次余震，天开始下起雨来。一开始是滴滴答答的小雨点，慢慢地变成了细密的雨丝。雨燕感觉这雨会越下越大，后半夜降温后的寒冷也不期而至，只得安排弟弟妹妹们搬进堂屋在靠近门口处坐着。

为防万一，雨燕让弟弟们大敞开前后屋门，并告诉他们，再有地震老二、老四往前门跑，老三、老五往后门跑，自己抱着小妹往前门跑。她是担心从一个门往外跑，四兄弟会被"一网打尽"，这样分开跑，即便遇到个三长两短，总会有幸存者，不至于让老郝家断根。至于自己的安危倒没放在心上。

就这样一家人坐在一起，一边讲故事聊天，一边竖直了耳朵听着外面的动静。一个多小时之后天也就麻麻亮了，只是还在淅淅沥沥地下着小雨，天空阴沉得可怕，人们的心情也像这天空一样压抑和沉闷。

凑合着吃完早饭，大队干部们挨家挨户地上门通知，说刚接到县里通知，这次的地震可能不小，此后还会有较大的余震，要求村民们不要住在家里，要在空旷的地方搭建防震棚。另外最近会有大雨，要注意雨水带来的二次灾害。

大队干部走后，冒着细密的小雨，雨燕带着弟弟们马上行动起来。找出家里的椽子和粗一些的木杆，至于地点，姐弟们想得完全一致，就是出后门在后山上搭建防震棚。等把木材搬到后山半山腰，姐弟们才发现光有木材还不行，上面一定要有东西既能遮风挡雨又能防晒才行。

雨燕提出找两床旧被子搭在上面，然后再在上面铺一层塑料布之类的东西挡雨。正说着，文虎一拍脑袋大叫一声："有了，你们跟我来！"转身往家里跑去。文龙一愣也跟着跑去，文豹、文彪一看也随后跟去。

不大一会儿，哥四个抬着一大捆黄绿色的东西走了过来，看来东西比较沉重，四个人都憋得满脸通红头上冒汗。走到近前一看，原来是一大块苫布。

雨燕一声欢呼，这东西太好了，简直是天赐的搭建防震棚材料，忙问弟们是从哪里找来的。文虎心直口快说道："这是我大哥当拖拉机手时的拖拉机苫布，一直闲着没用着，就放在家里了……"

怕文虎再往深处说，文龙使劲咳嗽一声马上接过话茬儿："看这天恐怕要下大雨，咱们赶紧搭棚吧！"

恰好此时文勇肩上扛着一大圈铁丝，手拿钢丝钳走来。一看雨燕和文龙各拿一根橡子在那里比画，不由自主地笑了起来，说道："我就猜你们搭不好，还真让我猜着了。你们这个搭法，一天都撑不住准趴窝不可，这么细的绳子哪有那么大力量绑住橡子啊！"

说完放下铁丝和钳子。却并不急着搭棚，而是上下左右仔细地观察了一遍地形，然后走到苫布前，叫文龙兄弟们帮忙把苫布摊开。好家伙，这块苫布可真不小，大约有两间房子那么大，估计是连拖拉机头和拖车一起都能盖起来。文勇轻声赞叹一声："好东西！"

然后指挥雨燕和弟弟们一起动手搭建起防震棚来。过了一会儿二大爷、李芳爹和东院的三哥也赶过来帮忙,大家一起动手速度就快多了。等到搭完架子,蒙上苫布,用铁丝固定好后一看,这哪是窝棚啊!这简直就是一间大房子。

　　文勇又带着文龙、文虎扛来从家里卸下来的门板,在离地半米高的地方搭建了一个地铺,孩子们一看那个乐呀,对文勇大哥佩服得五体投地。

　　其实,在部队里搭窝棚那是野战部队的基本功,更何况文勇是侦察兵出身,干这个更是小菜一碟。孩子们不知道啊!还以为这是文勇大哥自创的绝技哪。

　　待文勇在门板上铺上炕席,老五文彪和小妹文凤马上爬上去,在上面滚来滚去的,高兴得不亦乐乎!

　　文勇大哥、二大爷、三哥和李芳爹走后,雨燕趁着雨势变小,赶紧带着小弟弟们往窝棚里搬被褥和御寒的东西。文虎和文龙则拿着锹镐在窝棚周围挖了一条排水沟,顺便用土石把苫布的下摆压住,一则防雨,二则防各类蚊虫进入。由于选址在半山腰上,再加上排水沟的作用,即便是下瓢泼大雨窝棚里也不会进水。

　　看到如此妥帖,雨燕那颗悬着的心方才放下。从家里翻弄出几个装化肥的空塑料袋,把里外擦洗干净,用剪子沿着边缘豁开,与一块棉布褥单缝在一起做成门帘,白天可以掀起通风,晚上放下既遮风又挡雨,十分妥帖。

　　转眼已到中午时分,雨燕让弟妹们在窝棚里看书玩耍,自己回家做饭,文龙也跟着回来帮忙烧火。好在窝棚离家几步之遥,弟妹们在窝棚里的一举一动都能看见,雨燕也就不怎么紧

张了。

吃过午饭，就见天空中电闪雷鸣，地面上狂风大作。雨燕不敢耽搁，顾不上收拾碗筷，赶紧叫上弟妹们跑到窝棚里避雨。不一会儿天空下起了瓢泼大雨，姐弟几个看着窝棚外的大雨，一开始还有说有笑的，慢慢地就沉寂下来。

雨燕内心里开始担心起五保户张奶奶来，也不知道老人家现在如何？还有李芳家和二大妈家地势低洼，也不知防震棚搭建在了何处？要是在院子里，马上就会被水淹了。另外文勇大哥家不知情况如何？他家的老爷爷和老爹也不知安顿好了没有？这样想着心情愈发不安起来。

文龙看出了嫂子满脸的忧虑，但不知是何原因。沉思了一下，轻声地问道："嫂子，看你好像不高兴的样子，在想什么呢？"

雨燕看了文龙一眼说道："我是在担心张奶奶，岁数大了，不知道安顿好了没有？"

文龙马上说道："那好办，我去看一眼不就知道了！"

"这么大雨，你怎么去呀！"

"这点雨算什么呀！这雨顶多叫'倾盆大雨'，比这大得多的'倾缸大雨'我都经历过，小意思！"文龙的话音一落，逗得姐弟几个全都笑了起来，因为他们实在想象不出"倾缸大雨"是什么样子。

文虎也张罗着要跟文龙一起去。雨燕马上表示同意，立即着手给哥俩准备挡雨的东西。家里没有雨伞，雨燕因陋就简，找出用剩下的塑料袋子，用剪子在一个角上剪出一个能够露出

嫂 娘

脸来的洞，然后往身上一套，一个简易雨衣就做成了。

　　文龙体型偏瘦，套上后还可以，可给文虎套上就费劲了。等好不容易套上了，塑料袋被绷得紧紧的，文虎大呼小叫，说比绑住还难受。

　　等到哥俩一走动，立刻惹得弟弟妹妹大笑起来。原来，被塑料袋套住后，手臂不能动，走起路来就好似僵尸一般晃动着走，自己不舒服放在一边，让别人看起来也是十分滑稽。

　　雨燕边笑边招呼哥俩回来，脱下塑料袋，在两个肩膀处各豁开一个开口，把手臂伸到塑料袋外面。如此一改动，文虎穿上也就不紧绷了。哥俩对自己的新雨衣十分满意，跟嫂子打声招呼就消失在白茫茫的大雨之中。

　　也不知道过了多长时间，雨燕感觉时间已经不短了，还是不见文龙和文虎回来。看着窝棚外的大雨，雨燕不禁担心起来，怕的是村里的沟坎坑洼很多，里面注满了雨水，一个不小心掉进去就会危及生命。

　　其实这种担心根本没有必要，文龙和文虎对这个村子里的每一条河、每一条路，甚至是每一块石头都熟悉无比，闭着眼睛都能找到。这正所谓关爱生焦虑吧！雨燕是越来越不安起来！直到听到文虎的声音才放下心来。

　　原来，哥俩先到了张奶奶家，得知大队已经派人在奶奶的院子里搭了个防震棚，可奶奶说自己年纪大了，早死晚死没什么区别，死活不去防震棚，自己就在屋里住着。哥俩劝了半天没有效果，再看看外面下着的瓢泼大雨，只得先由着奶奶。

　　哥俩从张奶奶家出来后顺路到文勇大哥家，看到文勇安排得很是妥帖，两位老人已经住进了搭好的防震棚，一切齐备不用担心。然后又到二大爷家和李芳家转了一圈，果如雨燕判断，他们两家搭在院子里的防震棚已经被雨水给淹了，根本不能住人。哥俩就请几位老人搬到山上的防震棚去住，最后商量的结果，二大爷和李芳爹留在家里看家，二大妈和李芳妈等雨停歇时搬到山上和雨燕她们一起住，等天晴后再想其他办法。

就这样，雨燕家的窝棚里住满了人。几天后雨过天晴，文龙、文虎把张奶奶也接了过来一起住在防震棚里。文龙和文虎则搬回家里居住，晚上睡觉时都大敞着门窗，防备着有个风吹草动的可以顺利逃离。

同时，又有十几户人家在山坡上搭起了防震棚，不过都离家较远十分不方便。所以，雨燕就主动邀请大家在自己家里做饭，粮食、蔬菜、柴火随便用，村民们也主动从自己家里有什么带来什么，不分彼此地共享。

这样一来，雨燕家就成了公共食堂，大家吃住在一起，过起了临时的集体生活。

三十六

地震后的第二天，文龙接到大队干部通知，让带上锹镐等工具参加修路。接到通知后大家还有些纳闷，这个节骨眼上修的哪门子的路啊！

一打听才知道，唐山遭遇地震重创，人员伤亡惨重，路桥均断，交通受阻，上级决定用直升飞机把重伤员运到本地县城，

嫂 娘

然后由当地政府组织车辆外运到辽宁的大医院治疗。当晚,文龙回家后告知,第一批重伤员最快可在当天后半夜运到,大队选出十几个人由文勇带队作为向导和跟车护理人员,跟着运送伤员的车去辽宁,文龙也被选上了,特地回家告知一声。

雨燕一听再也坐不住了,把弟弟妹妹托付给住在一起的二大妈和李芳妈,自己找到老支书打听,看能不能帮上什么忙。老支书沉思了一下,说道:"你来对了!我琢磨着这样的大规模车队运送伤员,后勤不一定能跟得上,要不你组织几个人,烧些热水给伤员们喝?"

雨燕一听,立马答应,绕村子一转就组织了二十几个年轻妇女,临时砌起锅台,找来四口大锅和柴火就生起火来。雨燕心细,感觉光有热水还是不够,又回家拿来一小袋小米,有十来斤重。说起来,这还是去年雨燕带着文龙和文虎在粮店买来准备还给二大妈几家的,人家死活没要,雨燕又舍不得吃才保留到今天,不想此刻派上了用场。

当晚半夜时分,天上又下起了蒙蒙细雨,山风一起颇有凉意。大约凌晨快两点的时候,运送第一批伤员的车辆停在了村口,文勇逐个车查看,然后安排人上车带路和照顾伤员。雨燕则带着姐妹们,端着一碗碗的小米稀粥送到伤员和司机师傅面前,其中的一位伤员哽咽着说道:"太谢谢你们了,我们已经一天一宿水米未沾了,真想不到在这里还有热粥吃。"一句话说得在场的人唏嘘不已,却也找不到合适的话语来安慰。

在场的老支书见此,立即决定,由大队出 50 斤小米,用于接待转运车队和伤员,他带着感情说道:"50 斤小米不多,但那是我们的心意。"

其实，即便这50斤小米，也是用留存的种子粮到粮站兑换来的，这已经是这个上年遭受严重旱灾的村集体能够拿出的最大力量了。在巨大的天灾面前，人是渺小的，但团结一致的人心却可以战胜任何的困难。

随着时光流逝，人们已经从初期的紧张不安和茫然无助中缓过神来，在转运伤员的同时，也逐渐恢复了正常的生产作业。因为人们知道，要生存就必须战胜困难，天上永远不会掉馅饼。从来就没有什么救世主，更没有神仙皇帝，要创造人类的幸福，全靠我们自己。人们耳熟能详的《国际歌》，很好地诠释了这个小山村里纯朴村民们大灾后的内心和现状。

三十七

地震后的第七天，转运伤员的任务圆满完成。

这天中午，太阳异常毒辣，晒在大地上，让走在上面的人感觉脚底板发烫，人们吃过简单的午饭，躲在防震棚里休息。周边是那样宁静，只有高低不平的蝉鸣和偶尔传来的一两声蛙叫，仿佛在提醒着人们，这个世界上还有生机。

就在人们昏睡之时，突然传来清脆的铜锣声。锣声并不响亮，也不连贯，透露出敲锣人的无奈和勉强。这锣声是那个年代特有的讯号，告诉人们又有不寻常的事件发生了。

慢慢地由远及近，锣声沿着村北小道来到了防震棚集中的这个小山坡前。被锣声惊醒的人们，昏头涨脑地走出窝棚，循

嫂 娘

着锣声观看着带来讯息的两个人。

这是一对男女,走在前面的男人手拿铜锣,很不情愿地偶尔敲一下,头深深地低着,几乎要埋在胸前。女人披散着头发把自己的脸面全部遮住,也是深深地低着头。看得出,他们是不愿让人看见自己,却又敲着铜锣宣告自己的存在。这是多么不和谐的画面。

等二人走到近前,人们才惊奇地发现,男人的脖颈上还挂着一个刨地用的镐头,而女人的脖颈上却挂着一双布鞋。雨燕明白,他们脖颈上悬挂的东西是"搞破鞋"的意思,也就是男女之间不正当的性关系。是谁在这大灾之际还有心思搞这些个闲篇?

雨燕边寻思着边看着迎面走来的两个人,那个女人雨燕确认没有见过,但这个男人看着面熟,待走到跟前,雨燕猛然发现,男人就是本村的民兵连长。这一发现非同小可,让雨燕着实吃了一惊。这是个靠造反起家的人,当上民兵连长后在村里威风得很,大凡有批斗活动,都是他给别人戴高帽或是在脖颈上挂牌子,怎么风水轮流转,这回轮到他被游街示众了!

待二人羞愧地在众人面前过去,人群里传出了小声的议论:"活该!拿着鸡毛当令箭,天天整别人,这回轮到自己了吧!""人哪!还是本分点好!""不是不报时候未到。"人们附和着、议论着,话里话外透露出解恨的意味。

雨燕跟这两个人都不熟,和那个女人根本没见过面,所以说不上有感情,她是发自内心不赞同这种侮辱人格的做法。继而想到自己的父母会不会也被这般地折磨和侮辱?想到此,在这炙热的大中午，雨燕不由自主地打了个寒战。

再往深处，想起了二大妈听到她说可以和文勇认干兄妹时的惊愕表情。她此刻才意识到那个想法的幼稚和可笑，孤男寡女认了干兄妹，如果传了出去，在这个思想落后、传统封闭的小山村里，那后果将不堪设想。至此，也就理解了二大妈的厉声制止实在是为了他们二人好。

看着两个远去的背影，雨燕深深地叹了一口气。站在雨燕身后的二大妈快人快语地说道："这样不要脸的人，有什么好同情的！"

雨燕回头看着二大妈，微微一笑，没有接话。一来她觉得二大妈没有理解她叹息的原因，二来觉得解释了也未必有用。

这叹息，五味杂陈。既包含着对民兵连长二人行为的不齿，也包含着对纯真爱情的渴盼，还包含着对自己爱情的灰心。如果说此前她对美好的爱情还有一丝的期待，那么此刻她已经心灰意冷，对自己未来的爱情不抱任何的希望了。

这种思想的巨大变化，源于她目前的处境。带着这么多的孩子，既要考虑孩子们的感受，还要自己中意；既要两情相悦，又要彼此包容。在这个小山村里，哪里有如此合适的人选呢！此前，她可以在精神上依恋文勇大哥，可今天的一幕就连这一点点想法都被扼杀掉了。

因此，这声叹息更多的是哀叹。叹命运的不公，叹世事多艰，叹人生的不如意。

当晚，大队召开批斗会批判民兵连长和那个女人，罪名是

嫂娘

"破坏安定团结,扰乱抗震救灾",要求全体社员参加。雨燕以身体不适为由让参会的二大妈、李芳妈和文龙代为请假,自己留在抗震棚里陪着张奶奶唠着家常,孩子们则不知道跑到哪里玩耍去了。

时候不大,二大妈、李芳妈和文龙就回来了。雨燕感到十分诧异,因为那时的批斗会一般会开很长时间。主要是参会人员都被要求发言,一个个地轮流说下来,两三个小时十分正常,开到后半夜的情况也很多,今天不到半个小时就结束的情况倒是少见。

雨燕好奇,就想打听原因。借着灯光看到二大妈脸拉得老长,满脸不高兴。再看看李芳妈和文龙倒是满脸含笑,不过不是那种高兴的笑容,而是想笑又强忍着不笑的那种诡异的笑容。

雨燕看着二大妈脱了鞋爬到地铺上躺在张奶奶的旁边,一句话没有,更是不明就里,用眼睛盯着李芳妈和文龙,透露出问询的目光。可二人愣是不理她这个茬儿,文龙好似有点忍不住的意思,一转身掀开门帘走到了窝棚外面。

雨燕再也忍耐不住,开口向李芳妈问道:"你们这葫芦里卖的什么药?怎么回事?怎么这么快就结束了?"

雨燕这句问话一出口,李芳妈实在忍耐不住,索性放开喉咙哈哈大笑起来。惹得二大妈十分不快,用脚轻轻踹了李芳妈一脚,轻声骂道:"笑什么笑,喝了浪老婆药么,笑个不停!"

李芳妈躲了一下,仍然大笑着说道:"你是老鸹不知自己黑,还不是你惹的祸,反倒怨我们笑你。"同时,也传来文龙在窝棚外面的笑声。

看着一恼二笑的三个人，雨燕和张奶奶成了丈二的和尚摸不着头脑。眼看着李芳妈拍手打掌笑出了眼泪，引得雨燕也笑了起来，拉着李芳妈的手央求着说道："婶子，什么事儿这么好笑啊？给我们说说呗！"边说边摇晃着。

　　好大一会儿，李芳妈才止住笑声，绘声绘色地讲起了参加批斗会的经过。

　　原来，当时经常开批斗会，人们都已经疲沓了。而且今天批斗的内容也就是个男女不正当关系问题，要提升到破坏安定团结、破坏抗震救灾的高度发言批判，对这些老实巴交的山里人来说实在是有难度。所以发言也就不热烈，气氛有些冷场。主持会议的大队干部就点名要求发言，不承想第四个就点到了二大妈发言，而且提要求说："前面三个发言都是温吞水，不痛不痒的，起不到'惩前毖后，治病救人'的作用，你要批深批透。"

　　二大妈这个人别看平时大大咧咧，敢说敢干的，可一到人多的正式场合就紧张，让他这样一逼那就更加紧张。而且二大妈认为根本就不应该让她发言，内心里带着愠怒。所以站起来一开口就声音挺高："你让我发言，我能说什么呀！"

　　大队干部不依不饶："你想说什么就说什么，反正你今天必须得说！"

　　二大妈有点急眼："你这不是难为人吗！我一个大字不识的'大流氓'会说什么呀！"

　　话一出口，全场哄堂大笑。连大队干部和两个被批斗的对象也忍不住跟着笑了起来，现场秩序一下子就乱了，无论如何也没办法继续批斗下去。大队干部只得宣布免去民兵连长的职务，由郝文勇出任新的民兵连长，然后无奈地宣布散会。

听过李芳妈惟妙惟肖的学说，雨燕和张奶奶笑得前仰后合。此刻二大妈也坐起身来跟着大笑，边笑边解释说："我本想说'大文盲'来着。都怪我前面发言那三个人，老说大流氓、大流氓的，愣让他们把我带沟里去啦！"

就这样，一场精心准备的批斗会让二大妈给搅黄了。

三十八

转眼到了9月9日，这时离地震已经过去了一个多月，人们逐渐适应了这样的抗震生活，紧张和不安的心情也渐趋平静。可命运之神就好像专门和人们作对一样，偏要在这平静的水面制造一些波浪。

下午快4点钟的时候，村里的高音喇叭突然响了起来。先是大队干部通知说，全体社员在4点钟停止一切活动收听中央人民广播电台的重要广播。

不大一会儿，大概是4点钟到了，大喇叭里突然传出了低沉的哀乐声，随后传来了播音员缓慢沉重的声音，沉痛地宣布了伟大领袖毛泽东主席逝世的消息。

那一刻，全村的人震惊了，好像整个地球都停止了转动。村民们除了哭泣之外，根本不知道自己该做些什么，他们为失去自己爱戴的领袖而悲痛万分。

雨燕哭红了双眼。此时此刻，她内心里既有村民们那种朴素的敬爱之情，也有毛主席逝去后父母的冤案将永无出头之日的失望。雨燕始终认为，父母是被坏人陷害致死的，只有毛主席才能管得了那些坏人，才能让父母沉冤得雪。两种感情叠加，更让雨燕痛不欲生，哭泣不止，弟弟妹妹们紧紧地围在她的周围，手足无措地看着她，既不知道劝解，也不知道自己该干些什么，就那样呆立着、啜泣着……

按照上级的统一安排，9月18日下午，全体社员和学生集中到公社中学大操场，和全国各族人民一道，参加追悼大会。

中学操场的北侧正中布置着灵堂，黑色的布幔上悬挂着毛主席像，参加追悼会的社员们身穿素装、臂上裹着黑纱、胸前佩戴白花，入场后脱帽肃立，队形整齐，人们的脸上挂着泪珠，表情哀戚，心情沉痛。

文勇带着民兵布置在灵堂四周，认真地做着安全保卫工作。

3时整，在场的全体人员在广播的统一指挥下，肃立、静默致哀3分钟，向毛主席遗像三鞠躬，全国的汽笛鸣笛3分钟致哀。

期间有人因过度悲伤外加体力不支而倒地昏厥，在外执勤的文勇和公社卫生院的大夫赶紧把人抬走并采取紧急救治措施，人们沉浸在万分悲痛之中。

此刻，雨燕和所有人一样，内心里除了悲痛还有着深深的忐忑和不安，他们不知道接下来国家会发生什么，今后的日子会变成什么样，他们自己会面临什么样的命运。

10月21日早晨，公社紧急召集社员参加广播大会，人们预感到又有大事件发生了。

果然，广播里传达了中共中央于10月6日一举粉碎"四人帮"的消息。会后，公社干部、大队干部带领学生、社员，冒着霏霏细雨走上街头游行庆祝，热烈庆祝粉碎"四人帮"的历史性胜利。紧接着召开了声讨"四人帮"罪行的群众大会。

文虎、文豹、文彪响应学校号召，参加了文艺演出队、板报队、揭批演讲队，课余时间忙得不亦乐乎。文龙对此十分不满，动不动就讽刺三个弟弟，对三个弟弟忙于参加活动减少家庭劳动时间也颇有微词。其实他是担心弟弟们做事没有分寸，给这个原本风雨飘摇的家庭带来不必要的麻烦。

雨燕却不以为然，她内心里觉得，在三个弟弟的年龄，不管参加什么活动都是一种锻炼，只要不存心害人、不干坏事即可。

三个弟弟看到嫂子并不反对，干劲也就更大了，在各自的小组里都成了骨干。文豹在演出队里还男扮女装演起了女角，村里人见人夸，颇有点人气爆棚的意思。

同时，哥三个起早贪黑地拾柴火、割猪草，家里家外的活计也没有落下。

三十九

随着秋收的结束，人们盘点着当年的收成。

这一年虽然经历了诸多大事，也遭遇了大灾，但当年的收成却好于上年。雨燕家里由于文龙也参加了生产劳动，多了一个人挣工分，所以分得的口粮比上年多出不少，再加上几个小弟弟继续着上年的作法，额外收获了一些红薯、玉米等捡来的粮食，雨燕暗自盘算了一下，节俭一些，明年全年的口粮算是够了。这让雨燕很是开心，她感觉，这个家庭朝不保夕的苦日子快熬过去了。

随着天气渐冷，人们逐渐告别防震棚搬回家里居住。雨燕是个闲不住的人，趁着农闲，把不能穿的破旧衣服找出来，裁剪出还能用的部分，一层层地用糨糊粘在一起，做成鞋底，然后用麻绳细密地纳过一遍。就这样一针一线地劳作，给张奶奶和五个弟妹每人做了一双新布鞋。这是个非常耗时的活计，所以到春节前才全部做好。

她还从自己预留的钱里拿出几块，给文龙做了一身新裤褂；然后把文龙替换下来的衣服浆洗后给文豹穿；文虎和文彪的衣服还能凑合，再加上正是长身体的时候，身高变化很快，就不做新衣服了，浆洗后重新缝补一下对付着再穿一年；扯了一块花布给小妹文凤做了一件新棉袄，准备过春节时穿。

把一家人都打点妥当，唯独没有想到自己。文龙也几次提出要几块钱给嫂子买块布料，无奈雨燕坚决不同意，说自己的衣服还能穿，绝不能再乱花钱，文龙无奈，只得作罢。

转眼进入了腊月。腊月初八俗称"腊八节"，雨燕早早起来，打点家里的各种粮食，熬了一锅腊八粥。还挖空心思精心准备了一锅炖菜，里面放上留存的一小块腌肉，加上茄子干、

嫂娘

豆角干、黄瓜干、葫芦条等各种干菜和粉条、冻豆腐，一开锅即香气四溢，引得弟弟妹妹们馋涎欲滴，围着锅台转来转去不肯离去。等到饭一出锅，就争抢着狼吞虎咽起来，看着弟弟妹妹们吃得香甜，雨燕自是高兴，一边给弟妹们夹菜，一边提醒着慢点吃当心烫着。

雨燕是个刚强人，自打上年端午节以来，无论大时小节，只要别人家过的节日，自己家也要过上一过，不在乎吃得好坏，要的是那个节日气氛。

腊八节后，雨燕带着弟妹们打扫屋里屋外，重新糊了窗户纸。还买了两张年画分别贴在炕头、炕梢两面墙上，阳光一照，与北墙上贴着的弟弟们的奖状相映生辉，显得屋里光灿灿、亮堂堂，洋溢着昂扬向上的氛围。

到腊月二十三小年这天，雨燕让文虎请来二大爷和文勇大哥帮忙把那头较大的猪杀了，另一头小一些的等到来年端午节前后再说。这也是上年处置两头猪时学来的经验，因为村子小消费能力有限，猪肉太多卖不上好价钱。

等到头晌时分，二大爷和文勇大哥把一切都收拾利落。雨燕盘算着，留下猪下水和一个后座自己吃，其余的一百多斤猪肉全卖了换钱。文勇大哥把准备留存的猪后座卸成小块，码放在一口小缸里用盐腌上留待来年苦夏时再吃。

雨燕还特别要求文勇大哥，一定要把猪身上的骨头全部剔下来单放。她自己动手把其他的下水收拾干净，做了一桌丰盛的饭菜，让弟弟们请来张奶奶、二大妈一家、李芳爹妈、文勇大哥和他爷爷、爹爹以及几位近亲们吃顿团圆饭。文龙去请文勇的爷爷和爹爹，无奈两位老人死活不来，只得作罢。饭桌上几位老人赞不绝口，特别是在这苦寒之时，能够吃到鲜嫩的韭菜、芹菜和冬瓜，让人觉得不可思议。

按照当地老辈子传下来的规矩，家里宴客时孩子们是不能上桌吃饭的。这源于当时物资匮乏，怕东西少不够吃，二来也是怕孩子们没个眉眼高低，抢饭抢菜的影响气氛。因此，今天只让文龙坐在桌上当作主人陪客，以下的弟妹们跟着雨燕忙里忙外地照应。

文龙知道东西少，所以很少往自己碗里夹菜，而是不停地往几位老人碗里拾掇，生怕客人吃不好，雨燕看在眼里，觉得二弟真的是长大成人了，懂得人情大礼，今后挑梁过日子一定错不了。

待亲朋们吃完饭纷纷告辞，雨燕还装了一大碗饭、一大碗肉菜让文勇大哥带给他爷爷和爹爹，文勇推脱不过，只得带上。这样一来，锅里剩下的饭菜就很少了，小弟弟们不说什么，失望的眼神那是一看便知。

雨燕微微一笑，叫文龙和弟弟们重新收拾桌子和碗筷，一家人围坐在一起。她先是从酱缸里撇出大半碗酱汁放在桌上，然后就像变戏法似的端出一大盆热气腾腾的猪骨头，顿时香气满屋。

雨燕快乐地对弟妹们说道："这是拆骨肉，猪身上最好吃的肉了，香而不腻。劳累了一大年，今天管够啊！"

边说边拿起一个骨头，用筷子拆下一大块肉蘸上酱汁放在小妹文凤的碗里。看了看呆坐着的四兄弟一眼，笑着说："怎

么；不喜欢啊！那我拿下去了啊！"

听到此话，文虎倐地伸出手，拿起热气腾腾的猪尾巴在酱汁里一滚，带着淋漓的酱汁就啃了起来，瞬间一大口肉随着喉结咕噜一动进了肚里，速度之快让雨燕瞠目结舌。吓得雨燕赶紧约束："烫，慢点，慢点，多的是，管够，别噎着！"话是这样说，文豹和文彪根本顾不上答应，也伸手抄起一块骨头，狼吞虎咽地啃下了一大口。

在那个连饭都吃不饱的年代，能够让孩子们痛痛快快地饱餐一顿大肉的家庭毕竟太少，所以孩子们先是不信，继而是放开肚皮大快朵颐。

雨燕用筷子夹了一块骨头放到文龙碗里，自己和文凤共同拆着一块骨头，脸上洋溢着怜爱和笑意，看着弟弟们高兴地吃着……

到如今已经过去四十多年，文龙五兄妹还是忘不了当时的那种醇香味道和家庭氛围。每逢兄弟聚会，必会亲自下厨煮一锅猪骨头，不加任何的调料就是用清水煮，然后和弟弟妹妹们直接上手，拆下骨头上的肉沾上大酱汁，边吃边涕泪横流，在深深的怀念之中，嘴里嘟嘟囔囔、絮絮叨叨地回忆儿时的那些幸与不幸的时光。

儿时的味道成为永恒的记忆，在五兄妹的心里从未有过一刻的湮灭。他们深深怀念的不仅是那难忘的味道，还有创造这味道和氛围的那个人。

四十

  1977年的夏天似乎来得比往年稍早一些，一进6月就热不可耐，人们想尽一切办法躲避着毒辣的日头。孩子们贪玩，外加天不怕、地不怕的性子，注定了他们不会安分。所以，天一热，孩子们就三五成群地跑到大河里玩耍，手脚伶俐的很快学会了"狗刨"，但也仅仅是能够在水里瞎扑腾，离会游泳还差着十万八千里，也有怎么也学不会的，就在浅水滩里泡着解暑。

  正应了"常在河边站哪有不湿鞋"的道理，这天中午传来消息，本村一个和文彪同岁的10岁孩子在玩水时不慎滑进了深水区不见了。得知消息后公社和大队干部马上组织人马沿河去找，四个小时后在离孩子下水地点5里地外的芦苇边找到了尸体，孩子的家长哭得死去活来。有孩子的家长更是胆战心惊，开始死死地约束孩子不准下河玩耍。

  雨燕也和所有的家长一样，每天检查三个小弟弟有无下河洗澡。办法也很简单，把弟弟们拉过来挨个地用指甲划胳膊上的皮肤，出现明显白印的即是下河者，不太明显的即是没下河的，这个办法实在是没什么科学依据，只能是没有办法的办法。即便如此，也挡不住文虎偷偷地下河洗澡。更让雨燕担心的是，这哥几个全是旱鸭子，都不会游泳，全靠胆子大在河里瞎扑腾。

  雨燕思来想去，光靠这样死死地管着也不是个长久办法，于是硬着头皮找到了公社中学教体育的季老师，由于季老师是天津下乡知青的缘故，彼此是熟识的，说话也比较投缘，只是

嫂 娘

各忙各的见面不多。

雨燕一见季老师就开门见山地说:"季老师啊,我有个事情想请你帮忙,你可不能不答应。"

季老师爽朗地笑了起来,操着一口地道的天津腔应道:"大姐,您这是强人所难啊!看来我是不答应不行了!行吧,只要是我能办到的啊,您说话!"

雨燕回应道:"这事是你这个当体育老师的专长,肯定能办到。是这么个事情,我们这些个山里孩子吧,就没有会游泳的,可村子离大河如此之近,又没办法阻止孩子们去玩水,所以想请你设法组织孩子们学游泳。全都会游泳了,出事故的几率就会小一些。"

季老师沉吟了一会儿,答应了雨燕的要求。不过提出现在已经进入夏季汛期,河水混浊而且流速太快,根本不适合学习游泳,可以等暑假后秋凉前那小段时间,天气、水流、水温都合适的时候安排几次体育课教会孩子们。

回家的路上雨燕边走边想,季老师说的理由虽然有道理,但这杆子支得有点远,还要等到暑假后,这个暑假如何安全度过都成问题,这已经淹死一个了,莫不成再淹死一个才当成大事情?

雨燕是个说干就干的性格,很看不上拖拖拉拉的习惯。于是利用中午休息时间,带着文虎沿着大河靠近自己村子的东岸仔细地查看了一遍。

功夫不负有心人,第三天里就发现了一个十分合适的地方。它不在青龙河上,而是在其支流也就是村里的南河上,离村子约有两里地的距离。这是一个废弃的养鱼塘，在南河与一个小山湾的拐角处因势就简地修成，紧靠南河主河道却又自成一体，鱼塘的上游有一个入口水闸能够放水进来，下游也有一个水闸能够放水出去。鱼塘约有一亩半地大小，里面的水约有一米半深，不过通过上下游的水闸可以控制水深。文虎找了一根木棍比画着量了量，根据上下游地面的落差推算，最浅可以到1米，最深可以到2米左右。水面平稳、宽宽敞敞、干干净净，实在是一处难得的做游泳池的地方。

不过听文虎说以前也有人在此洗澡玩，但每次都有人把脚扎坏，说明里面有很多玻璃碎片之类的东西，后来就再也没人来玩了。雨燕一听，感觉这倒是个大问题，如不能解决，这个地方还是不能用。

雨燕回来后马上找季老师商量。季老师也正是血气方刚的年龄，让雨燕一鼓动也坐不住了，下午借了辆自行车亲自跑去查看了一番。回来告诉文虎说这个地方太好了，让文虎下学后告诉雨燕嫂子，叫她晚上来学校一起商量清理池塘的事情。

吃过晚饭，雨燕带着小妹文凤到学校找到季老师。这是雨燕吃过柳林的亏后学来的谨慎，只要是与男人单独相处，她就一定会带上一个弟弟或妹妹。

俩人很快商定由雨燕出面找一下大队领导，因为这个鱼塘归大队所有。大队同意后再找学校领导，表明这是大多数学生家长的意愿。然后让学校领导出面找公社领导，请公社支援一台水泵帮助抽干池塘里的水。季老师自己会带领学生们义务劳动，清理干净池底的淤泥和玻璃碎片。

嫂 娘

谈完正事,两个人聊起了在天津生活的经历,两个人年龄相仿,家里住的地方和彼此的学校也距离不远,可聊的话题太多,话匣子一开是再也止不住了。再加上季老师一个人住在学校,学生们放学一走就剩他自己,连一个说话的人都没有,好不容易找到一个知音,那还不天南地北地神侃一通。

直到小妹文凤困得打盹,雨燕告辞两次,季老师才依依不舍地送雨燕出来。然后主动抱起迷迷糊糊的文凤,一直把雨燕送到家门口才不太情愿地返回学校。

这季老师来了精神,很想在雨燕面前表现表现。没等学校领导出面,他自己就直接去找了公社书记,书记也很痛快,马上答应由公社出动拖拉机和水泵抽出水塘里的水。所以季老师第二天中午就通知男同学们下午从家里带铁锹和水桶、扁担,清理淤泥。

当天下午下学只有文彪按时回家,文虎和文豹全跟着季老师清理池塘去了。晚上雨燕做好饭等着这哥俩回来,是左等也不回来、右等也不回来,只得安排文龙、文彪、文凤先吃饭。自己却不吃,想等文虎、文豹兄弟俩回来一起吃。

等了一阵,还是不见两个弟弟回来。虽然听文彪说过,知道文虎和文豹去清理池塘了,但眼看已经昏黑日末还不见孩子回来,开始心神不安起来,生怕季老师年轻气盛,把握不住局面出点事情。再者说这件事是自己提议的,真出点事情自己也脱不了干系。最后实在是忍耐不住,就安排文彪在家照顾小妹,自己带着文龙打着手电前往水塘看个究竟。

离水塘还有一段距离，就看见了火光，然后听见拖拉机的响声、水泵抽出来的水流声以及孩子们的叫喊声，热闹非凡。走近一看，雨燕立刻看到了大会战的场面，池塘里点着十几个松明子做的火把，大约有五六十人的样子，既有孩子也有来接孩子的家长，全部参加了劳动。

看样子是在做最后的清理，因为这些人全都围在很小的一处低洼处在做清理工作，大人小孩分成二十几组，有的用铁锹往水桶里装淤泥，有的俩人一组往池塘外面抬水桶。人群中不时传出一片欢呼声，原来是在淤泥里又发现了大鱼。也难怪，这地方原本就是养鱼塘，再加上几年没有清理，有大鱼那是再正常不过的事情。

时候不大，水塘彻底清理完毕，就听见季老师召唤学生们到池塘岸上集合。雨燕和文龙站在池塘岸边的暗处，看着孩子们清理各自带来的工具，然后就听季老师大喊了一声："好了啊！今天真棒啊！我们很好地完成了任务啊！下面我们要奖励大家呀……每人两条大鱼。"现场立刻传来一片欢呼声。

季老师十分细心，先让文虎和另一名高年级学生每人挑出四条大鱼，分别送给公社派来的拖拉机手和管水泵的师傅。然后才大小鱼搭配起来，给每一位学生发两条鱼。最后还剩下不少，季老师让文虎带几个同学找来柳条穿上鱼嘴，用铁锹柄穿起来抬回学校，准备给老师们分分尝尝鲜。

此时文龙主动露面，上前帮着文虎他们把鱼送回学校。季老师和文虎这才发现雨燕也来到了现场，立刻迎了上来，不顾满身、满脸的泥水，笑着跟雨燕打招呼。那份自豪，就好像完

嫂娘

成了一项超大型工程一般。

雨燕看着他们,也高兴地笑着。忽然想起他们从中午至今还没有吃饭,便问道:"看把你们饿坏了吧?"话锋一转便埋怨起来:"也没有你们这样干的,今天干不完明天接着干吗!哪有你们这么拼命的呀!"

季老师边穿鱼嘴边解释说道:"大姐啊!是这么回事啊!公社拖拉机明天要出门,今天搞不完就不知道哪天有空了。您看啊!还是人多力量大,这不,一努力也就赶出来了啊。不过,孩子们可真有点累坏了!"

听到此,雨燕也就不再接话,而是催促着赶紧收拾,好马上回家吃饭。在雨燕和文豹的邀请下,季老师也来到雨燕家吃晚饭。

雨燕放下工具,马上安排文豹打水让季老师洗脸。自己则点火热饭、热菜,还专门炒了个鸡蛋,里面放上些豆瓣大酱,那叫鸡蛋酱,是雨燕自创的一道菜,吃起来别有风味。她又嘱咐文彪去菜园子里摘来新鲜的黄瓜、生菜和大葱蘸大酱吃。考虑到天热口渴,把高粱米和小米做成的二米粥兑上井拔凉水变成水粥。季老师一吃,赞不绝口。其实人在饥饿到顶点时,吃什么都是人间美味。

季老师今晚明显有点话多,赞美的语言有点不着边际,眼睛也是在雨燕的身上瞥来瞥去,大有酒不醉人人自醉的意味。文虎和文豹就不禁纳闷起来,季老师今天也没喝酒啊!

雨燕是何等精明之人,季老师言谈举止中传递出的信号她焉能不明白。于是顷刻间变得庄重起来,目不斜视,语不轻出。

待季老师吃完饭，立即下逐客令，虽然面带微笑却不容置疑，让文龙送季老师回学校早点休息。

四十一

季老师教得起劲，孩子们学得来劲，这游泳训练班很快就出成绩了。不仅如此，附近村子的学校和本村小学也把这里当作游泳培训基地，请季老师任教。这季老师也豁出去了，暑假也没回天津，而是专心致志地教孩子们学游泳。教会了蛙泳教自由泳，还教会了文虎仰泳和侧身游泳。这半个学期外加一个暑假教会了不少学生，文虎、文豹、文彪学得十分起劲，很快就全学会了。整个暑假里，每天只要一有空闲，就马上跑去连游带玩地闹腾一阵。雨燕几次催促文龙也抽空学学，无奈文龙根本不感兴趣，所以始终不会游泳。

随着孩子们的口口相传，村子里不少孩子的父亲和兄弟也挤时间跑来看热闹，而后忍耐不住便跳进池塘跟着学起来。这一夏天村子里七八成的男人学会了游泳，一时间小山村里兴起了一股游泳热潮。

此后，父子兄弟相传，孩子们差不多都会游泳，村里再也没有发生孩子被河水淹死的情况。

不过因为贫穷和物资的匮乏，这里根本没有游泳裤，有了也买不起。所以，除了季老师穿游泳裤下水，其余的无论大人还是小孩，全是赤裸上阵。这就造成了一个现实局面，女孩子没法学习游泳，这不能不说是一个很大的遗憾。

嫂娘

　　季老师往雨燕家跑的热情与教游泳的热情一样高涨,几乎是每天一次。来了就先向雨燕报告孩子们学游泳的进展情况,然后就是讲教游泳过程中遇到的各种好玩好笑的事情。

　　雨燕对季老师保持着不冷不热的距离,来了热情接待,走了绝不远送,始终保持着一个普通朋友的关系。但即便如此,时间一长,村子里的人们也就都知道了季老师的用意,正所谓司马昭之心,路人皆知了。

　　如此一来,文勇就明显地露面少了,有时甚至是刻意地回避。雨燕了解文勇,那是一个义薄云天的人,为了别人他可以牺牲自己的一切,他回避是希望雨燕能够找到一个称心如意的归宿。

　　可他却不了解雨燕此时此刻的心情。雨燕在人前虽然还和以前一样有说有笑,但每当独处时,便会轻声地叹息。因为她清晰地知道,季老师家庭背景显赫,来这里下乡只不过是个过渡的办法,为今后发展打打基础而已。而自己的处境和身世均决定了不可能和季老师有任何的发展,更何况季老师是一定要回天津发展和生活的,自己走了这些孩子们怎么办?再者说了,自己已经下定决心不再嫁人了,又怎么会和季老师在一起呢!不过,这些实情既不能向文勇大哥解释,也没有必要告诉村里人,只得自己想办法尽快断开与季老师的联系。

　　一想到此,雨燕便下定决心要尽快和季老师谈清楚。无奈季老师也是认死理的人,雨燕谈过几次,分析了各种的困难和存在的问题,季老师的回答也很干脆,这些问题在他那里均不是问题。他愿意等，等雨燕认为合适的机会到来再谈婚论嫁；他愿意接纳，接纳雨燕和弟弟妹妹们；他可以留在农村，艰难困苦均不是问题，只要能和雨燕在一起。

既然谈不拢，雨燕也没有别的好办法，只得顺其自然，并尽量疏远季老师。忧思加焦虑诱发了胃病，仅仅一个多月的时间，雨燕就瘦了十来斤。

季老师一看雨燕有意疏远自己，反倒更加来劲。这也正应了那句老话：越是得不到的东西就越想得到。

他挖空心思找到文龙，希望文龙帮助自己说服雨燕。一来文龙对季老师印象不错，二来也觉得嫂子是该有一个合适的归宿，三来觉得自己已经长大，可以照顾弟弟妹妹们，不能这样继续拖累嫂子了。于是他答应了季老师的请求，回家后很郑重地与嫂子谈论起季老师，并很真诚地劝说嫂子接纳季老师。

让文龙没有想到的是，他的劝说不但没有管用，反倒是起到了完全相反的效果。没等文龙说完，雨燕就断然打断了他，并且斩钉截铁地说道："文龙你别说了，我生是老郝家的人死是老郝家的鬼，我此生绝不会再嫁。请你转告季某人，让他趁早死了这份心。也请你郝文龙记着，从此以后再也不许提起此事，否则就是你本人想赶我走。但我告诉你，你不能也没资格赶我离开这个家。"

雨燕这番话一出口，虽说是自己深思熟虑的结果，但也说得太过绝对，这样一来就等于彻底封死了自己的路。

文龙十分后悔。此后几天一有空闲就围在嫂子的周围低声下气地解释自己完全是一番好心，请嫂子谅解。无奈雨燕心坚似铁，再也不理文龙这个茬口了。

四十二

1977年10月21日，中国各大媒体同时公布了要在全国恢复高考的消息。季老师兴奋地找到雨燕，希望雨燕和自己一起参加高考，报考同一个学校。他相信自己和雨燕一定能够考上，到那时，他们出入在一起，雨燕就一定会接纳他的。

雨燕冷静地回绝了季老师的好意，明确地告诉季老师，自己是绝不会参加高考的，孩子们离不开她，她也离不开孩子们。同时劝季老师一定要努力复习，争取考上一个称心的学校，千万不要浪费这等了十年的机会。

雨燕的回绝虽然让季老师不爽了几天，但高考的诱惑实在太大，马上就把他拉进了紧张的复习之中。

12月10日，季老师和全国570多万名考生一起走进考场，并且成为当年全国被录取的27万名大学生中的一员。季老师走前极力想再见雨燕一面，雨燕拒绝了。他上大学后的第一个学期还给雨燕来过几封信，无奈雨燕坚决不回。

音讯就这样断了。

雨燕从季老师那里得知国家发布高考的消息后，非常高兴，但不是为自己，而是为文龙。雨燕专门跑到公社找来一张登载着消息的报纸，一溜小跑地往家里赶。一进门就问文龙收工回家了没有，一看文龙还没有回来，自己从头到尾、从尾到头地把消息看了一遍又一遍，心里感慨地默念着：老天有眼，老天有眼，文龙这下子出头有望了。

雨燕对文龙的才学和能力是非常有把握的。她相信，只要文龙报名参加，好好准备，考上大学的可能性非常大。

傍晚，在堂屋收拾晚饭的雨燕一见文龙收工回来，就迫不及待地拿出报纸让文龙看，可文龙不用说看，连接都没有接，嘴里嘟囔一句："我知道啦！"直接走进自己住的屋子，一下子把雨燕晾在了那里。

雨燕不明就里，紧跟着进了屋，还在兴奋地说着："这回好啦，咱们谁也不用找、谁也不用求，靠本事就可以上大学，你赶紧抽空报名参加吧！"

"我不去！"文龙声音不大，但语气却很坚决。

"为什么呀？"雨燕明显提高了声音，显示出了对文龙回答的不满意。

"不为什么，我就是不想参加。"文龙的回答也很干脆。

雨燕还想说些什么，看文龙一脸的不高兴，也就硬生生地把话咽了回去。转念一想还有时间，也就不再急着说下去了。放下报纸，转身回到堂屋，顺便叫着弟弟妹妹们一起吃饭。

眼看报名截止日期已经临近，文龙还是没有任何的动静。雨燕终于沉不住气了，这天吃过晚饭，她叫住转身想走的文龙，平静地说道："文龙啊，我想知道你到底是怎么想的？再不报名就错过机会了呀！"

文龙坐在炕沿上，低着头没有接话，雨燕最不喜欢的就是

225

嫂娘

文龙这种缺钢少火的性格。看着文龙没有接话的意思，雨燕提高了嗓门，加重语气说道："文龙，今天必须把事情说清楚，报名的事情不能再拖啦！"

文龙头也不抬地回应道："有什么好说的呀！我就是不想参加考试，我自己的事情让我自己做主好不好？"

"什么叫你自己的事情啊！这是全家人的事情，而且是大事情。你以为装成闷葫芦不说话就能拖过去啦？今天你不说出个一二三来就别想睡觉！"雨燕的话里带上了火气。

"你到底想让我说什么呀？"文龙的音调也越来越高。

"说什么你不知道吗？这都好几天啦，你一没动静二没解释的，你不该给我讲清楚吗？"

"我不是跟你讲了么！我不参加考试。"

"理由呢？告诉我你不考的理由。"

"没理由，就是不想考。"

眼看两个人你一句我一句的声调越来越高，文虎以下的弟弟们有点不知所措。还是小妹文凤机灵也敢说话，她先是在炕上爬到文龙背后，摇着文龙的胳膊说道："二哥你有话慢慢说，别跟嫂子闹气。你看嫂子都累一天了，别让她着急了，好吧！"

文龙扭过头看了小妹一眼。两年过去，小妹已经长高了一个头，模样也越来越俊俏，几个哥哥对她那是更加爱护。所以文龙一听到文凤的声音，马上闭嘴不再说话。

文凤扭过头对着嫂子说道："嫂子你别着急，让二哥再想一想，明天他想明白了，就会自己去报名了。"

看着懂事的小妹，雨燕也没有再说什么。吩咐弟弟们把吃饭的家伙收拾一下，然后去写作业。自己带上文凤去二大妈家，一是散散心，二来也想让两位老人帮忙劝一劝文龙。

这文龙是铁了心不想报考。在二大爷家里，尽管两位老人磨破了嘴皮，也没能劝他回心转意，最后反倒把两位老人给说服了。文龙的理由很简单，一是嫂子还年轻，不可能就这样老死在老郝家，一旦遇到合适的人家很有可能改嫁；二是听说季老师已经来家里劝说嫂子和他一起参加高考，以嫂子的水平考上的可能性很大；三是娘临死时亲口把弟弟妹妹们托付给自己，如果自己考上大学走了，于心不忍。总而言之，是担心自己考学走后，弟弟妹妹们无人照料，外加对嫂子能否长期守下去没有信心。

这些话，只能在背后讲，无论如何不能在嫂子面前说。所以，当雨燕问起时他死活不做正面回答。此时在二大爷和二大妈跟前一吐为快，两位老人一听也有一定的道理。虽然说他们对雨燕已经十分了解，知道她是尽心尽力地在维护这个家。但毕竟与几个弟弟妹妹们没有血缘之亲，再加上有文英逃婚在先，如果哪一天雨燕改变主意要离开这个家，那也是天经地义的事情，任何人都无法拦阻。果真如此，没有文龙支撑，这个家还真就无人照料，马上面临散架。

结果，文龙放弃了参加1977年高考的机会。

四十三

对文龙放弃高考，雨燕一直觉得十分惋惜。但她始终不知道文龙不参加考试的真正原因。

嫂 娘

　　转眼之间到了1978年的春天，报纸上又发布消息，宣布将上小学、升初中、读高中的开学时间由十年来一直执行的春季，改为夏秋之际，这样小妹文凤的上小学时间就往后推迟了半年。同时宣布了当年的夏季，也就是7月份再进行一次高考的消息。

　　得知这个消息后，雨燕陷入了沉思。她至今不知道文龙葫芦里到底卖的是什么药，担心贸然去劝，未必有好的结果，联想起连一向支持自己的二大爷和二大妈也支持文龙的选择，那其中必有缘由。

　　思来想去，觉得还是从二大妈处着手比较方便。一来二大妈和自己经常交流，方便不说，说深说浅的二大妈也不会计较；二来二大妈心直口快，心里藏不住话，比文龙和二大爷好对付。

　　主意已定，找准二大爷不在家的时机，雨燕拿着女红去找二大妈，以请教为名边干边聊，无意之中把话题引到了文龙身上。果如雨燕所料，了无心机的二大妈很快就把文龙的担心毫无保留地全盘托出了。雨燕是曾经沧海的人，对此并没有大惊小怪，而是丝毫不漏边际地转移了话题。

　　知道了事情的来龙去脉，再对症下药就简单多了。

　　这天晚饭后收拾好家务，雨燕看文虎、文豹和文彪三个弟弟写完了作业正在收拾书包，文龙在一旁看书，就招呼几个弟弟妹妹们坐在一起，郑重地说道："今天啊，有几个事情需要咱们一起商量一下，你们都听一听啊！"

　　一看嫂子如此郑重，哥几个全都停下来抬头看着雨燕。

雨燕一看哥几个都挺紧张,微微一笑,然后不紧不慢地说道:"是这样啊!到今年呢,文龙就年满20岁了,按虚岁说是21岁了,一转眼就该找媳妇、结婚、生孩子了;文凤后半年也该上小学了,马上就成大姑娘了;文虎你们小哥三个也都老大不小的了,总不能和我天天挤在一处住吧?即便我不在乎,你们也觉得不方便不是。我最近估量着,要办好这些事情,需要再盖一处房子,否则就可能没人给介绍对象啦……"

"嫂子你别说啦!我是不会找对象的!"文龙急急地打断道。

"这可是你说的呀!你们都听见了,文龙说他不找对象。"

"是我说的,我这辈子不会找对象。"文龙回答得很干脆。

"那好,你定下来不找了。那文虎他们三个找不找啊?"雨燕凝视着文龙问道。

"这……"文龙拉长了声音回答不出来。

文虎抢过话头道:"我也不找。"

"三哥你别抢话,先听嫂子说。"机灵的小文凤好像明白雨燕话中有话,立马打断了文虎的插话。想接话的文豹和文彪硬生生地把快到嘴边的话头咽了回去。

"好。看样子你们都不想找对象,老郝家一下子冒出四个光棍,那你们老郝家可是真正的'光'荣之家啦!"雨燕语带揶揄地说。

哥几个咧了咧嘴,脸像僵住了一般,谁也没有笑出来。

他们不傻,刚才话赶话才张口就说,等真的到现实中,成家立业那是任何一个男人躲不过的话题,更何况哥四个全都不

嫂娘

结婚打光棍,那怎么可能。可是,要结婚就需要房子和票子,再加上当时流行的结婚四大件,哪一样不需要花钱?家里到现在还欠着亲朋们两千多块的饥荒,到哪里再去找钱呢?四个小脑瓜不约而同地低垂了下去,空气似乎凝固了一般,屋子里静极了……

雨燕要的就是这个效果,但感觉力度还欠缺,她要再加一把火。于是打破僵局说道:"我记得在娘临死时文龙答应过娘的,要好好地照顾弟弟妹妹们,莫非就是这么个照顾法?让弟弟们全都打光棍?"

……

文龙的头扎得更低了,弟弟妹妹们看看他再转过头看看嫂子,也不知如何接话,屋子里充满了沉重的窒息感。

嫂子的这几句问话就像铁锤一般重重地砸在了文龙的心坎上,让他感到无地自容。是啊!自己可以不娶媳妇,难道也不让弟弟们娶媳妇吗?那要我这个当哥哥的又有何用?自己作为男子汉又有何面目生长于天地之间?可是,可是这样的家庭现状,我又能有什么办法改变呢!

正在胡思乱想之际,耳畔再次响起了嫂子的声音,好像从很远的地方传来的一般,带着嗡嗡的回声在耳边萦绕着:"我知道这是个难题,对我们家来说更是个天大的难题。遇到难题怎么办?躺倒认尿还是勇敢面对?遇到困难并不可怕,想办法解决就是了,没什么大不了的;可怕的是遇到困难就退缩,遇到困难就做缩头乌龟,遇到困难束手无策,那才是真的无可救药,神仙也帮不了。"

"我也不想退缩,我也不想做缩头乌龟,可我又有什么办法呀?"文龙猛地抬起头来,带着浓重的鼻音高声说道,眼里含着泪花。

"你有办法,就看你想不想!"雨燕的语气斩钉截铁。

……

又是一阵沉默,有时候沉默比说话的效果还要好。老话讲"万言万当,不如一默",看来自有其深刻的道理。

"嫂子,你有什么好办法给我们说说呗。"文豹试探着说道。停顿一下看看雨燕没有不好的反应,就紧接着又说道:"嫂子你肯定有好办法,你就直说吧!我们都听你的还不行吗!"

雨燕用手把头发捋到了耳后,慢声说道:"其实我也没有什么好办法。你们都知道,我已经把老家的房子都卖掉了,咱家里欠的饥荒也只是还了不到三分之一。到如今,我除了这些衣服再也没有什么可卖的东西了。所以哪,我的办法就是指望着你们,指望着你们有出息,指望着你们自己能够养家糊口,指望着你们成家立业,指望着你们能给我养老送终。"

在这静夜里,听着雨燕语句清晰地谈论这些沉重的话题,弟弟妹妹们全都坐直了身子,一股热气在每个孩子的心里升腾着、升腾着,凝聚成一股巨大的能量,带来了生机与活力。

"嫂子,是我无能帮不了你。"文龙满怀愧疚地说道。

雨燕慢慢地摆了摆手,继续往下说道:"在娘临死时我就说过,我是绝不会改嫁的,后来又多次重复过这句话。去年底我和文龙闹气,还说过从此不许再提这个话题,如果你们再让我改嫁,那就是赶我走,我和你们不会善罢甘休!"

嫂 娘

说到此自己笑了一下，转头问文龙道："你还记得我说过的话吧！"文龙使劲点了点头应道："我记得。"

"我不走，是因为我舍不得你们，是因为我觉得我们共同努力一定能够战胜困难，是因为你们都是可造就之才。假如你们是一群不懂感恩不知上进的傻子，我可能当时转身就走了。"弟弟妹妹们小声笑了起来。

"今天我跟你们说的事情是咱们家马上要面临的大事情，你们别觉得我刚20岁还小哪！娶媳妇成家的事情不急。细想想，我来你们老郝家已经三年多了，当时你们还都是孩子，可现在都要谈婚论嫁了，多快呀！三年就是一眨眼的时间，如果现在不筹划，等三年后文龙24岁了还没有房子、没有对象，那还不得哭天抹泪地想媳妇啊！"孩子们大声地笑了起来，文龙也不好意思地咧嘴笑了笑。

"老话讲，'吃不穷穿不穷，算计不到就受穷'，凡事都要提前想明白，提前谋划好，提前做准备，这样等事情真的来临时，才不会束手无策。所以啊，盖房子、娶媳妇的事情现在就得着手做准备。"

"嫂子你说吧，今后该怎么办我们都听你的。"文龙爽快地说道。

要的就是这句话。

雨燕挖空心思，转了这么多的弯子就是想让文龙说出这句话。现在终于听到了，雨燕内心里松了一口气。但还是不紧不慢地对着几个弟弟妹妹们问道："文龙说了听我的话，你们听不听啊！"她这是要砸死文龙的话，不让他再有反悔的机会。

"听！"几个小弟妹们大声嚷着回答。

"那好，我就说说我的打算。"

雨燕恢复了和蔼可亲的面貌，嘴角带着笑意有板有眼地说道："现在看，以我们家的现状，要解决好这么大的难题是非常困难的。再者说了，你们哥四个每人盖一处房子，那我从现在开始筹划钱，然后马上动手也得一直干到我入土为止，还不一定能够干成，即便干成了也是欠一屁股债，你们猴年马月才能够还清啊！"

雨燕停下来看了弟弟们一眼，继续说道："所以，我估摸着我们必须借助外力。"

"最近，我仔细地研究了一下报纸，也打听了一些消息，还真有这样的好事情，前提是得我们自己努力去争取。"说到这里雨燕停顿了一下，转圈看了看围坐在一起的弟弟妹妹们，他们全都伸着小脖子认真地听着。

雨燕加重了语气："这个好事情就是参加高考。你们看啊！只要考上了大学，吃是国家的、住是国家的，完了毕业后国家还包分配，只要一参加工作，月月有工资，结婚时国家还给分配住房，一切都由国家给包啦！那是多美的事情啊！"

"可是我考大学走了，你们怎么办啊？"文龙轻声说道。

"怎么办？好办！"

雨燕扳着手指头说道："这第一，你一走家里少了一个吃饭的大肚汉。"听到此，小妹文凤咯咯地笑出了声。"能省下不少粮食吧！这第二，你一参加工作就按月领工资，就能补贴家用了吧！这第三，你结婚时国家分配住房，那就不用我在家

嫂娘

里盖新房了吧！当然也就不用再向亲戚朋友借钱拉饥荒。还有这第四，大学里女孩子有的是，凭你这小白脸怎么着还不找一个媳妇回来？你看，这娶媳妇的钱不也就省下来了吗？"

听到此，几个弟弟妹妹全都笑了起来。文虎又开始不老实，用手捅鼓文龙，文龙有些气恼，用白眼瞪了他一眼，他却冲文龙吐舌头。

"我是说，我一走家里少了一个劳动力，你一个人里里外外的怕把你累坏了。"文龙郑重地说道。

"刚一开始，你不也是在上学吗？也是我一个人家里家外忙活呀！不也过来了吗？"雨燕接着说道，"况且这次和以前不一样了。以前呢！是根本看不到尽头，现在是清清楚楚的有盼头。四年，读大学不就是四年吗？一晃就到，毕业了就有工资，到那时我们家可是鸟枪换炮喽！"

文龙点了点头，没有说话，到此刻他已经完全理解了嫂子的良苦用心。他心里清楚，自己的人生选择已经不是自己一个人的事情了，而是关乎着这个家庭的未来。

而这也恰恰是雨燕此刻正准备说的话："如果你们全都考上了大学，成为有用之才，既实现了你们自己的人生梦想又能为国家做贡献，同时还能让国家养起来，那家里就剩我一个人，我自己劳动养自己，那还不是小菜一碟。"

屋子里静极了。

"到那时啊，我就会有大把的时间吹牛喽！"

"嫂子你吹什么牛啊？"文凤笑着问。

雨燕语音一变，操着一口地道的天津腔说道："我就吹啊！

南来的啊！北往的啊！瞧一瞧看一看啊！看我们老郝家祖坟冒青烟了啊！出了五个大学生啊！我们家门楣上不贴'光棍之家'啦！改贴'大学生之家'啊！"

弟妹们轰的一声，开怀大笑起来。

四十四

目标一明确，文龙就像变了一个人似的，白天参加生产队劳动，业余时间全部用来复习功课。

由于此前的学校教育并不正规，所以可参考的教科书少得可怜。文龙就背着雨燕给季老师写了一封信，请他帮忙给找一些能用得上的参考书籍。季老师也很慷慨，给文龙寄来一堆的复习资料。文龙是不管有用没用见书就读，这样一直拼到高考前一刻。他的拼命苦读，点点滴滴都被弟弟妹妹们看在眼里，无形之中树立了榜样，对弟妹们的影响之大，在此后几年里陆续显现出来。

雨燕看到文龙拼命苦读，那是看在眼里喜在心上，默默地做好后勤工作，天天变着法地准备可口的饭菜，尽最大的努力让他吃好、喝好、休息好。

1978年7月20日，文龙走进了高考的考场。

功夫不负有心人。高考成绩一出，文龙以全县第一的成绩被哈尔滨工业大学录取，成为全村历史上第一个大学生。雨燕从见到录取通知书的那一刻起，就好像考上大学的不是文龙，

嫂娘

而是自己一般的高兴。

第二天一大早,雨燕煮了一块肉、一碗粉条、一碗豆腐,放在篮子里提着,快步奔向公公婆婆的坟地。到了坟前,把三碗供菜摆开,又拿出四双筷子分别摆在碗的空隙里,拿出三只香点燃后插在坟前,自己跪在坟前恭恭敬敬地磕了三个头,然后拿出一张黄表纸点燃,边一张张添纸边小声祷告:"爹、娘,我给你们上坟来了。顺便告诉你们,托你们的福,文龙,文龙他考上大学了……"话未说完,悲从心起,大滴的泪珠顺着脸颊滑落下来,打在挂满露珠的小草上,小草弯腰弹起,弹得水花四溅,分不清是泪水还是露水。

雨燕泪眼迷离地看着坟头,仿佛一下子回到了婆婆临终时。那一刻,是婆婆眷恋不舍的眼神深深地打动了自己,激得自己不计后果地担起了这份责任。三年里自己经历了生活的艰难困苦不说,还承担着人们的不理解甚至是误解,还被柳林那样的小流氓欺负,也被李芳妈骂得狗血淋头。到如今三年过去,自己没有辜负婆婆的嘱托,没有违背诺言,没有在艰难困苦中垮下来,终于迎来了文龙高考成功。

想到此,她对着燃烧着的黄表纸喃喃说道:"爹、娘,我没让你们失望,我对得起你们……"

悲中带苦,苦中含乐,乐中存傲,傲中有悲,这三年里经历的苦辣酸甜涌上心头,以至于无法自抑,禁不住想放声大哭,但强烈的自尊又限制着她的行为,她低下头嘤嘤地哭泣着,从背后看去只见她紧缩着身子,低垂着头颅,随着哭泣的节奏身子也在剧烈地起伏颤抖着。

SAO NIANG

嫂娘

"哭吧！都哭出来吧！这样硬憋着会憋出病来的！"身后传来男人轻轻的说话声。

雨燕吓了一跳，赶紧回头，发现是文勇在自己侧后不远处的一个小土坎上坐着，手里还夹着半截老旱烟。文勇一打岔，打断了雨燕的悲苦思绪，她长叹了一口气，用衣袖擦了擦双眼就想站起身来，没想到久跪腿麻怎么也站不起来，索性往一边一歪顺势坐在了草地上，此时露水正浓，她的膝盖处已经洇湿了一大片。雨燕一边用右手敲打着麻木的双腿一边问道："大哥，你怎么在这里？"

"我收工回家路过这里，看到你在这里跪着烧纸，这么大的露水，怕你待久了着凉受病，就过来提醒你一下。"顿了一下，接着说道："你的所作所为感天动地，叔婶地下有知也会高兴的，他们也一定希望你保重身子。天不早了，早点回家吧！"温馨的话语，和声细语地从文勇口里说出，雨燕还是第一次听到，这让雨燕心里升起一股莫名的幸福感，情不自禁地接话道："多谢大哥惦记，你、你也要多保重自己！"四目相对，情义相通，千言万语尽在这不言中……

雨燕知道哈尔滨的严寒，她立即着手为文龙准备行李和衣物。先是找出文虎熟好的野兔皮板，仔细地裁剪好并缝在一床薄褥子上，做成了一床兔皮褥子；又把自己结婚时带来的一床被褥拆洗干净重做，准备给文龙带上；连夜赶工做了一双千层底的新布鞋；把文龙日常穿的所有衣服全部清洗一遍；原本想再给文龙做一套新衣服，但经过仔细盘算，手头的积蓄去除路费以后所剩无几，出门在外总不能手里一分富余钱也没有，因此做新衣服的事只得作罢。

亲戚朋友们听说文龙考上了大学，都来家里祝贺。大家知道这个家庭困难，就这个三块那个五块地帮衬着，二大妈更是一下子送过来20块钱，还有的亲戚拿来家里仅存的几斤全国粮票，死活让文龙带上，说是"穷家富路"。这样一凑就有了差不多将近60块钱，雨燕全塞到了文龙的书包里。文龙偷偷地拿出20块钱塞在了炕席底下。姐弟俩这样塞来塞去，无外乎都想让对方过得松快一些。

紧忙活着，到了文龙要出发的日子，雨燕一大早起来，用鸡蛋和面烙了几张葱花饼，煮了小米水粥，摊了一盘鸡蛋酱，让文龙饱餐一顿。剩下的饼用油纸包上带给文龙，留给他路上吃。

一家人和亲朋一道送出文龙好远好远，一路上雨燕细细叮嘱文龙一定要保重身体，吃好睡好，不要惦记家里，缺东少西的立马给家里来信，家里好给他寄去。

文龙眼含泪花，点头答应，不时地嘱咐弟弟妹妹们一定要听嫂子的话，好好学习，多做家务，别让嫂子一个人受累。

已经走出了好几里地，来到了青龙河边，众人把文龙和行李送到了船上。恰好县里的班车也来到了河的对岸，文龙的船顺着河水往下游漂去，他站在船头，转过身来与大家挥手道别。

雨燕站在岸边凝望着文龙，直到班车带着滚滚烟尘，消失在绿柳成荫的河堤之后。

从此，她的心里又多了一份对远方的牵挂……

嫂娘

四十五

小妹文凤开学的日子快到了，等到临近才发现没有书包。这难不倒心灵手巧的雨燕，她用自己的花头巾裁剪缝成了新书包，背在小妹身上还蛮漂亮的。开学这天，雨燕把小妹打扮得精精神神，拉着文凤的小手送她去学校，办好了入学手续方才放心。

不几天收到了文龙的来信，他在信里详细地介绍了自己的学校，看得出他很以自己的学校为荣，结尾嘱咐弟弟妹妹们听嫂子的话，并再三嘱咐嫂子保重身体。

雨燕把文龙的信反复看了两遍，几天后的晚上又让文豹读给大家听，知道文龙发自内心地喜欢学校、喜欢读书，生活无忧，雨燕一颗悬着的心方才放下。从此后，文龙的来信，成了这一家人晚上诵读的内容之一，雨燕除自己亲笔回信外，还要求弟弟们给文龙回信，汇报自己的学习情况。

文龙的来信给弟妹们打开了一扇通往外部世界的窗户，他们通过这往来的鸿雁，了解外面的世界，感受社会的变化，接受来自远方亲人的鼓励、支持和启发引导。而文龙自己的亲身经历也给弟妹们树立了前进的活样板，让弟弟妹妹们学有榜样，赶有目标，超有对手，大大地激发了他们的学习热情。自此后，在弟弟妹妹们的学业上，雨燕再也没有过多地操过心。

秋收过后，村子里开始架设电线杆，家家户户通上了电，用上了电灯。虽说是电压不太稳定，灯光忽明忽暗，而且每周都要停几次电，但这明显好于点煤油灯，弟弟妹妹们晚上学习和做作业方便多了，这让雨燕十分知足。

这天晚上小弟文彪讲了一个有关电灯的故事，让大家笑了一晚上。原来村里用上电灯后，前街八十多岁的老爷爷举着烟袋锅对准电灯想点烟，左点点不着，右点也点不着，一气之下用烟袋锅敲碎了电灯泡。大队跟他要五毛钱赔灯泡钱，他死活不肯给，最后还是点自己的煤油灯。雨燕听后笑着跟弟妹们解释说，凡事兴一利必有一弊，利弊之间互存互依，原本就分不开，人们为人处世，尽量趋利避害也就是了。嫂子的话语像涓涓细流一般，浸润着弟妹们聪明的小脑瓜，给他们知识、给他们力量。

这年秋天，上级取消了"割资本主义尾巴"政策，农民们可以种自留地了，大家感觉到政策的变化和宽松，心里憋着一股劲，都希望把生产搞好，盼望从今以后粮食够吃不再挨饿。

这天晚上，广播里通知全体社员到生产队小队部开会，要求全体参加不准请假。雨燕早早地安顿好家里来到队部，和二大爷二大妈坐在一起唠闲嗑。等会议开始才知道，上级来文件要求封山育林，特别是要求现有的山羊全部圈养或者处理掉，生产队长叫大家来商量，看看如何处理队里养的一百多只山羊。

由于过度放牧，再加上冬季烧炕取暖，山上的柴草基本上已经全部割光，树木也都砍伐得没剩几棵，原来山上随处可见的药材、蘑菇和其他山珍野果也全没了，那可是村民们赖以生存的零花钱啊！让大家更加担忧的是，山上连柴草都不长，过几年后烧什么？

嫂 娘

现在好了，国家统一管起来，再搞几年植树造林，山上又可以变成聚宝盆了，所以大伙对植树造林没有意见。

倒是如何处理山羊产生了明显的两派，一派认为即使圈养也还应该继续养下去，另一派认为趁早全部卖掉，给社员分些钱让大家改善一下生活。在雨燕看来，这两种意见都不可取。

大家吵得一塌糊涂，两派互不相让，唯独雨燕一个人一直微笑着没有说话，眼神却透露出她有自己的想法。队长说谁谁不听，只得转移话题大声说道："大家都别吵，咱们也听听雨燕的意见好不好？"

没有人应声，雨燕也没有接话，但吵嚷声渐渐停了下来。队长转头对雨燕说道："雨燕你在大城市生活过，见多识广，你说说你的看法呗！"

雨燕见大家全都在看自己，不好意思地笑了笑说："叔伯长辈们商量事情，哪有我说话的份啊！"

二大妈快人快语说道："队长让你说你就说，说错了也不输房子不输地，不用怕，你就大胆说吧！"

到此雨燕不好再推脱，用手拢了一下头发，声音不高却语句清晰地说道："那我就说两句，说得不对你们纠正。"

"我记得有句老话叫'靠山吃山，靠水吃水'，咱们这里八山一水一分田，如果不吃山还真的没别的可吃。所以我思忖着，还是要在山上打主意。"雨燕停顿了一下继续说道。

"结合着今天传达的上级政策，一是育林，二是处理啃青的山羊。我觉得我们应该拓宽一些想法，咱们村这么多的荒山荒坡，何不顺水推舟合理利用哪？所以我想，我们就在育林上打主意。把山划分成两等，一等山种果树，果子下来可以卖钱补贴社员；二等山栽种刺槐、桦树等速生林，解决村民烧柴问题。"

此刻有人在背后小声嘀咕："说得好听，栽果树，栽什么品种？几年下来果子？果子卖给谁？再说了，山上坡陡石头多，栽果树能不能活？要是这么简单老辈子人不早就栽树了，至今没栽那就是不可能。"

雨燕平静地回答道："我说过这是和大家商量。不过我觉得这世上就没有干不成的事情，就看我们敢不敢干。现在山上几乎寸草不生，如果我们不从现在起开始改造，那到我们儿孙时靠什么糊口？靠喝西北风？大家都听说过遵化沙石峪的故事，人家能在'青石板上夺高产'，我们的条件比他们好多了，只要我们一门心思干，也一样能做到，而且会比他们干得好。"

"这到底得怎么干？雨燕你详细说说。大家都仔细听一听啊！别没事人儿似的扯闲篇。"队长大声地说。

雨燕咳嗽一声清了清嗓子，详细地端出了自己的想法。

"我们这里一年只能种一茬庄稼，收了庄稼社员们就歇冬闲了。闲着也是闲着，何不把劳动力调动起来开辟新的生财之道呢！办法很简单，就是从现在开始，组织愿意干的劳动力上山挖鱼鳞坑。山脊上和坡度比较陡的地方鱼鳞坑挖得密实一些，用于栽种刺槐和白桦树；坡缓土质厚的地方鱼鳞坑挖得远一些、深一些、大一些，用来栽种果树。至于栽什么品种，我们可以到县上、到林业学校打听一下，选择那些别人没有而又适合我们这里气候、土壤、生产条件的品种栽种。另外，我觉得不管种什么最好选单一品种，这样便于管理，也能出产量，品种太

多管理起来太费人工。至于买树苗的钱从哪来？我觉得把山羊卖掉，用卖羊的钱买树苗基本上够了。羊是集体财产，卖掉分钱匀到每个家庭没有多少钱，既解不了急也帮不了忙。但如果买树苗，树还是集体的，发展起来了大家都有份，总算也给子孙后代留下了念想，不至于孩子们今后生活没着没落。还有，从村里选出两三个年轻小伙子派出去学习果树管理技术，自己的事情自己做，我相信一定会成功。"雨燕话音一落，周边传来了七嘴八舌的议论声，仔细听赞成的占大多数，当然也有说风凉话打横炮的人。

这时二大爷清了清嗓子开口说话了："大家都静一静啊！刚才我边听雨燕说边琢磨着，觉得这是一个好主意。现在上级政策宽松了，又要求处理散养山羊，提倡封山育林，这是好机会呀！我们这里别的没有，荒山有的是，劳力有的是，利用起来不就是财路吗？把这几件事情一串，就是一个好主意。我们真该给后代子孙们留点念想了，要不子孙们会戳着我们的脊梁骨骂大街的呀！"

二大爷一表态，人们的议论声明显少多了。人们把目光投向了生产队长，看这个当家人是个什么态度。队长狠狠地吸了一口老旱烟，然后使劲把烟屁股扔到了地上，好似下了很大决心似的说道："我也觉得这样干可以。这样吧，雨燕你看下一步该如何走，你说个章程，让大家都参谋参谋。"

雨燕大大方方地接过话头："这不难办，大家看这样好不好。让二大爷带着两个人一起商量着把羊卖掉；队长带两个年轻人去县里和林业学校打听种什么品种；再选一个能张罗的人，组织社员上山勘察地形和打鱼鳞坑。不过这回挖鱼鳞坑要先制定标准，按每个合格的鱼鳞坑给工分，挖得多的多挣工分，挖得不合格的不给工分，不知大家同意不？"

"同意——"声音拉得好长。

队长等人们静下来才大声说道："我看，咱们也给这次活动起个名字。对啦，就叫'封山育林突击队'，我提议由雨燕来当这个队长，大家看好不好？"

没有反对的声音。事情就这么定了下来，人们开始分头行动起来。

四十六

第二天一大早，雨燕就带领人马上了山，大致规划一下，分派开劳力，人们热火朝天地干了起来。

不过说起来容易干起来难，山上全是石头十分难挖。即便是土质较厚的山坡，也已经完全冻透，一镐下去只是出一个白点，干活的进度十分缓慢，普通的劳动工具很难完成这样的任务。雨燕当然明白"工欲善其事必先利其器"的道理，立即找队长商量，用卖羊的钱给每一个参加挖鱼鳞坑的社员配置一把两面刃的尖镐。如此一来，工程进度大大地加快了。

雨燕既要规划区域，又要安排社员劳动，还要在每天收工前组织验收和记录，自己为了多挣工分也是拼命地挖鱼鳞坑。眼看她忙里忙外，一天要比别人多走几倍的路，身体一天比一天地瘦下来，不过精气神倒还是一如既往。

嫂 娘

　　这年的春节，文龙没有回家。他知道家里困难，一是考虑到来回的火车加汽车票钱就得花费近四十块钱，不回家就能省下这笔钱；二是哈尔滨学校的寒假很长，差不多有两个月的时间，自己刚离家也就三个多月，家里冬季是农闲时节，回家也是闲着没事干，因为当时雨燕没有告诉他生产队在挖鱼鳞坑，所以在他心目中还是老印象；三是他申请在学校打工得到了学校的批准，而且得到了两份工作，白天在图书馆整理图书，晚上住在校值班室护校，吃住免费。

　　两份工作合起来每个月有35块钱的收入，两个月收入70块钱，而且是提前支付，这是他二十多年来挣到的最大一笔钱，所以在春节前给嫂子写了一封长信，并寄回60块钱补贴家用，自己留10元应急。看到文龙考虑得如此周全，而且把绝大部分的钱寄回家里，雨燕十分感慨，为有这样知书达理的弟弟而感到骄傲和自豪。

　　雨燕带领社员们拼了一冬一春，盘算下来，社员们一共挖了一万八千多个鱼鳞坑，还在劳动中总结出一个新名词叫"围山转"。又把鱼鳞坑两侧斜着修出小小的沟渠来，这样可以挡住雨水，让雨水更多地流入鱼鳞坑渗入山体而不是白白地流走。离远看倒真像一排排的鱼鳞，看起来十分壮观。

　　按照县林业局的意见，也听从了林业学校老师的建议，生产队开会商量决定，缓坡上的四千多个鱼鳞坑种植苹果树，山顶上的鱼鳞坑一部分种植了松树，大部分种植了刺槐和白桦树等速生林木。在春天队里植树期间，县林业局免费送来了树苗，还派来技术员具体指导植树造林工作。

植树造林工作全部完成后，县林业局专门发文件在全县范围内表扬和推广雨燕他们队的做法。这是该村有史以来第一次受到县里的表扬，极大地鼓舞了本队社员们的士气。

从第二年起，本村其他几个生产队也开始像雨燕他们队学习，开展了大规模的植树造林运动。在以后的几年里，每到冬天就掀起挖鱼鳞坑的热潮，用了五六年的时间，基本上把全村所有的荒山荒坡都进行了绿化，成效十分显著，取得如此成绩，雨燕功不可没。

为了管好苹果树，大队成立了林业队，专责果树管理。众望所归，大家一致推举雨燕做了林业队长。从此，雨燕一门心思扑在了林业上。

四年后，第一茬栽种的苹果树已经开始挂果，由于当地良好的地质和水资源条件，特别是受惠于昼夜温差大的得天独厚的气候条件，他们生产的"国光"苹果个大、色艳、甜度高、口感好、耐储存。运到北京和天津去卖，深受当地老百姓好评，成为远近闻名的名优特产品，销路一直很好，卖出去的价格也比别人的高。全村人从此才有了真正意义上的现金收入。

四十七

1979年的夏天来到了。

今年的气候有些特别，一进入夏季就开始起雾，几乎是每

嫂娘

天的后半夜开始起雾,到早晨达到最大,太阳出来后慢慢消散。雨水也比往年多,而且是风调雨顺,不但庄稼长得好,就连山上的草木也疯长起来。封山育林的成效开始显现,随之而来的是各种山货特别是蘑菇长得比往年又好、又大、又多。

三个弟弟抓紧时间,起早贪黑地挖药材、采山货、捡蘑菇,小妹文凤不甘落后,也嚷嚷着和哥哥们一起去。不到半个月的时间,家里晾干的蘑菇已经有满满的一麻袋,哥四个抬到供销社卖了32块钱。

文虎做主给小妹文凤和小弟文彪各买了一根冰棍,自己和文豹却舍不得花一分钱。文彪和小妹也很懂事,举着冰棍让两个哥哥吃,不吃不答应,四个人边往家走边你一口我一口地嗍冰棍。村民们看着四个孩子你尊我敬的场景,都十分感慨,觉得老郝家的孩子比自己家孩子懂得谦让。

连续起早贪黑,让孩子们显得十分疲劳。外加大雾弥漫,空气中水汽太大,每天早晨孩子们回来都会是浑身上下湿透,特别是脚底下穿的军用胶皮鞋,一旦被水打湿,里面就如一个小水塘一般,脚一直泡在水里,回到家里脱下鞋子,脚都会被泡得发白起皱。

尽管雨燕多次阻拦,不让孩子们上山,但还是挡不住孩子们为家庭做贡献的热情。所以变成了雨燕阻拦得越厉害,几个孩子起来得越早,为的是在雨燕还没起床时他们就已经出门上山了。

孩子们努力挣钱养家的拼劲让雨燕感到高兴,但一直担心这样长时间的疲劳会影响孩子们的健康。所以一边约束孩子们减小劳动强度,一边尽量准备可口的饭菜保证孩子们吃饱,一边准备好干衣服和鞋子,让孩子们上学时能够换上干爽衣服。

这天早晨,都过了吃早饭的时间,四个孩子还是没有回来,这是以前从来没有出现的事情。雨燕有点坐卧不安起来,眼看自己上工的时间快到了,还是没见孩子们的影子。

雨燕跑到大门外好几次,除了漫天大雾,远处的山峦一概看不见,想出门去找,又不知弟弟们去了何方。正在愁眉不展之际,忽然听到大雾中传来小妹文凤急切的喊叫声:"嫂子,嫂子,快来快来,五哥肚子疼。"

雨燕三步并作两步朝浓雾中迎了过去,刚跑出几步,就见文虎背着文彪,文豹在后面抬着文彪的两条腿一起小跑着从浓雾中闪了出来,文虎和文豹的头上冒着热腾腾的水汽。

雨燕一步跨上前去,从文虎的背上抱过文彪,快速往家里跑去,边跑边喊:"老五啊,老五,你醒醒,告诉嫂子你哪里不舒服?"

只见文彪双目紧闭,面色苍白,牙关紧咬,呼吸急促,却并不答声。雨燕越发紧张,回头对文虎说道:"文虎你快去公社卫生院请大夫,文豹你去找二大妈过来帮忙,小妹你去西屋把褥子铺上。"

三个孩子答应一声,飞奔着去完成自己的任务。回到家里,雨燕已经是气喘吁吁,她把文彪抱在怀里,快速地脱去文彪已经被雾水打湿的衣服,用文凤递过来的毛巾给文彪擦了一遍身子,然后拉过一条薄被裹住文彪,边用手掐着人中边呼喊着文

嫂娘

彪的名字。

看到文彪没有任何的反应,吓得雨燕花容失色、声音变调,不由得大声地叫着:"老五啊!老五,文彪,文彪你快醒醒,你可别吓唬嫂子,你快醒醒……"

恰在此时,二大爷和二大妈还有路上碰到的李芳妈一起闯了进来。二大妈骗腿儿上炕,从雨燕手里夺过文彪,掀开被子放倒在褥子上,掀开眼皮眼皮不睁,捏开牙关牙关合上,再往下看,只见肚子大得出奇,好像里面充满了气体一般把肚皮撑得明亮,回过头来问雨燕:"他说过哪里不舒服吗?"

雨燕正想说话,小妹文凤抢着回答:"我们正在捡蘑菇,就听见五哥大喊说'我肚子疼',然后就见他从山坡上滚了下来,用手捂着肚子在地上打滚。我喊来三哥、四哥背起他就往回跑,到家他就这样了。"说完撇嘴哭了起来。

雨燕赶紧搂过小妹安慰着。就见文虎提着药箱冲了进来,边跑边说:"大夫来了,老五怎样?"一看文彪躺在那里一动不动,放下药箱就摇晃文彪的头,哭着喊道:"老五你怎么啦?你倒是说话呀!"

二大爷一把搂住文虎,给刚进来的陆大夫让开地方。大夫打开药箱,拿出听诊器从上到下仔细听了一遍,很疑惑地看着雨燕。雨燕又把刚才文凤说过的病情简要复述一遍,大夫更是流露出匪夷所思的表情,沉吟了一下说道:"这种病我从来没有遇到过,不敢确定是什么病。但从听诊来说,好像问题不大,心肺功能都没问题,但肚子如此之大又超乎常规,说是肠胃毛病他又不拉不吐,说是肠梗阻小肚子又不硬,更没有其他明显症状。这个病我确实是看不透。"

听大夫如此一说，更让雨燕惶恐，拉着大夫的衣袖不撒手，哭着说道："大夫，大夫，无论如何你也要救一救他，他还那么小，大夫你可不能撒手不管啊！"

"不是不管，而是看不透是什么病，我不敢随便下药啊！"陆大夫为难地说，"要不这样，你们赶紧往县医院送人，别耽误了病情。"

听大夫如此一说，屋里的人们全都慌了手脚，他们理解陆大夫的意思是恐怕没救了。因为村子离县城有60里的山路，而且要坐船渡过青龙河，再翻过两座大岭，坐拖拉机也要三个小时，文彪这个状况恐怕在路上就没命了。

正在惶恐之间，李芳妈轻声地对着二大妈说道："送县城肯定不行。二嫂子，你扒开孩子的屁眼看一看，是不是里面长满了水泡，我怎么看着像是番症。"

一句话提醒了二大妈和二大爷。二大爷赶紧上炕帮着二大妈扒开文彪的肛门，一看吓了一跳，只见整个肛门长满了紫色的血泡，肿胀得十分厉害。

二大妈一声轻呼："不怕，这病能治，不用担心。"

转过头来对着陆大夫说道："你那里有酒精药棉拿出来，你带没带三棱针？"

陆大夫马上答道："酒精药棉有现成的，没有三棱针，倒是有针灸用针。"

"那个针不能用，老头子你快跑两步，回家拿我那个黑包包吧！"二大爷答应一声，转身下炕，冲出门外。雨燕赶紧让

嫂娘

文虎跟去，拿到东西后赶紧往回跑，速度好快一些。文虎答应一声跟着跑了出去。

这里也不闲着，二大妈指挥雨燕和李芳妈帮自己把文彪移到炕沿边上，面部朝里屁股朝外侧身躺着，屁股在炕沿外一点点，让雨燕去找一个大一点的洗脸盆来放到炕沿下方。

刚刚准备就绪，文虎喘着粗气冲了进来，把手里拿着的小黑布包递给了二大妈。二大妈让李芳妈上炕帮着掰开肛门，让雨燕端着脸盆接血水，自己从大夫手里接过药棉，看了一眼药棉后抬头瞪着眼骂道："你个小气鬼，拿这么一点，你当是蘸香油啊！"

吓得陆大夫从盒子里抓了一把递了过去，二大妈接过来在文彪的屁股上使劲擦了一遍，然后抽出三棱针用药棉略作消毒就开始挑破血泡。那血泡层层叠叠大小不一，等挑到肛门深处时，文彪哼了一声，李芳妈大声说道："有门，接着挑啊！"

二大妈对准肛门里最大的血泡一挑，只听得一声爆震，既像轮胎爆裂又似裂帛一般，文彪放出了一个超级大屁，紧接着血水带着稀屎喷涌而出，几乎全部溅到了雨燕的身上，霎时间满屋子腥臭无比，吓得陆大夫拔腿就想跑。看看雨燕纹丝不动，又想到自己的职业才强忍住没动，但也是赶紧捂住口鼻，以免晕倒。

恰此时二大爷掀起门帘进屋，闻到臭味不忧反喜，口中说道："猜对了，确是番症无疑，让他拉出来，拉出来就好了。"

只见文彪一骨碌爬了起来，挣脱开按着他的李芳妈，边转身下炕边喊道："让开，我要拉屎。"

光着身子跳到地上往屋外跑去,到了月台之上,蹲下就拉,拉一会儿往前挪一步,不大工夫已经有十几摊,纵向排成一排,很是壮观。

二大爷手拿铁锹,从灶膛里铲出草木灰跟在后面覆盖,一拉一盖,爷俩配合得十分默契。拉到最后,眼看文彪已经蹲不住了,文虎和文豹一左一右拉着文彪的两只胳臂往上提着,以保证文彪不会坐在自己的超级作品之上。

同时,屋内的李芳妈在炕上已经打开了所有能够打开的窗子,二大妈拉开了北墙上的两扇窗户,好让臭气早点跑掉。雨燕也已经换好衣服,在二大妈和李芳妈的帮助之下,收拾好了屋内的一切。

陆大夫在昏乱之中清醒过来,一连声地央求二大妈把这个治病技术传授给他。二大妈爽快地答应,此后真的将诊断和治疗的窍门毫无保留地教给了大夫,在以后的岁月里,陆大夫也确实救治了不少类似的病人,而且再也没有嫌弃过病人的脏和臭。

此刻大夫嘱咐雨燕赶紧准备点稀稀的小米粥,尽快给文彪吃上,以免拉脱水产生其他症状。恰好当天早晨雨燕准备的就是小米粥,只不过已经放凉了,点火热一热立马能吃。

二大爷已经将月台收拾干净,看到文彪再也拉不出东西,就把他抱进屋来。雨燕早已准备好温水要给他好好地洗一洗屁股免得感染,于是二大爷端抱着文彪坐在炕沿上,雨燕轻轻地给文彪擦洗,二大妈和李芳妈也都松了一口气,或坐或站地在一旁看着。

嫂娘

恰巧雨燕无意之中碰到了文彪的小鸡鸡，原本闭着眼睛耷拉着双手有气无力的文彪突然精神起来，瞪大眼睛并且急速地缩回双手捂住了小鸡鸡，动作之迅速简直难以言表。二大妈一看大笑了起来，说道："看不出来，你个小兔崽子还挺封建，有本事长大了别让你媳妇看。"

一句话把雨燕说了个大红脸，十分不好意思地把头扭向了一边。李芳妈和陆大夫也闻言大笑起来。

只有二大爷板着个脸训斥道："越老越没正经，瞎胡说什么！"

四十八

8月初，文龙放假回家了。

一进大门就大声地喊叫嫂子，雨燕忙放下手里的活计从屋里迎出来，文龙往前一扑差点扑到雨燕怀里，雨燕忙伸出双手死死地按住文龙的双肩。边从文龙身上往下摘挎包边上下端详着文龙，满面含笑，嘴里嘟囔着说道："瘦了、瘦了，瘦了不少。"

文龙看着嫂子，傻傻地笑着却不接话。一直端详着文龙的雨燕问道："是学习太累还是吃不饱饭？怎么瘦了许多？"

文龙此刻好像明白过来一般，马上伸出胳膊攥着拳头晃了晃，笑着回答道："一点没瘦，还长了一斤秤哪！我们吃得好，住得也好，学校可好啦！"他左右看了看问道："弟弟妹妹们没在家吗？他们去哪儿了？"

"割柴火、割猪草去啦，一会儿就回来。来，赶紧进屋吧！"边往屋里走边说道："早就饿了吧？你稍歇会儿，我马上做饭，一会儿就好。"

原来，接到文龙的信，知道他要回家，但不知道确切的到家时间。雨燕估摸着今天怎么着也该到家了，所以请假在家等着文龙，其他弟弟妹妹们还是该干什么干什么。文龙从哈尔滨出发到滦县火车站下车，因到达太晚，当天已经没有回县城的班车，只得在当地找家大车店休息一晚。第二天一早转乘去县城的班车，下午到县城后也是没有回村子的班车，只能在县城再住一晚。第三天早上乘班车从县城出发到青龙河西岸，弃车乘船过河。剩下的山路全靠两条腿步行回家。那时的交通条件就是这样，回趟家在路上要用两天半的时间，所以谁也预测不准他到底何时到家。

雨燕这里饭快做好的时候，文虎、文豹、文彪、文凤四个弟弟妹妹也回到了家里。文龙听见声音，赶紧下炕，三步并作两步跑到院子里，顷刻间院里乱成一团，笑声、吵闹声连成一片，好不热闹。

文龙拉着弟妹们回到屋里，从包里拿出一个俄罗斯大列巴和一根哈尔滨红肠，弟妹们看着这个巨无霸却不认识，小妹文凤怀着满心的好奇问道："二哥，这个是什么呀？是锅盖吗？"

一句话问得文龙大笑起来，捧着小妹的小脸亲了一下，笑着说道："你这个小脑瓜可真会想象。这个是面包，是吃的东西，这可是苏联人常吃的主食，在哈尔滨人们叫它大列巴。"

文龙拿着面包和红肠递给嫂子，请她用刀切一下。雨燕把

嫂娘

面包的三分之一切成片,和切好的红肠一起,放在一个大搪瓷盘子里,让小妹端上桌。文龙帮着嫂子往桌上端饭菜,一会儿的功夫摆满了一桌。姐弟六人围坐在一起,吃着一年来的团圆饭,说说笑笑之间温馨无比。文凤突然说道:"二哥你把面包捂酸啦!"

文龙赶紧笑着说:"不是捂酸了,原本就是这个味道。怎么,不好吃吗?"

"好吃是好吃,就是有点酸!"文凤表情十分认真地回答道,引得嫂子和哥哥们笑成一团。

当晚,文龙带上嫂子切出来的面包和红肠去看望了张奶奶、二大妈、李芳妈和文勇大哥四家。虽然带的东西不多,但那是文龙的一份孝心,老人们十分高兴,拉着文龙的手问长问短,最后总要感慨地讲一遍雨燕在家带着弟妹们是如何不容易,嘱咐文龙不管发展到何种地步都不要忘记嫂子的恩德。文龙严肃地听着,然后郑重地表示会永远牢记几位老人对他们一家的恩情,更会孝敬嫂子,友爱弟妹,请老人们放心。

文龙到家第二天就跟着嫂子下地干农活挣工分,没有一点大学生的架子。村里的老人们一见到他就会打听上学情况,文龙总是停下脚步十分耐心地回答乡亲们的提问。晚上抽空去看望那些帮助过自己家的亲朋好友们,不到半个月的时间差不多全村家庭走访了一个遍。

亲朋好友们见到雨燕就向她夸奖文龙,说他知书达理,知恩图报,尊敬长辈,友爱亲朋,前途无量。雨燕嘴上说着客套话，内心为文龙的成长感到骄傲和自豪。晚上回到家里把亲朋们对文龙的评价讲给其他的弟弟妹妹们听，嘱咐弟妹们要向二哥学习，学会做人、懂得感恩。

榜样的力量是无穷的，弟妹们耳濡目染，也在内心立下志向，一定要像二哥一样做一个受人尊敬的人，一个对家庭负责任的人，一个对社会有用的人。

文龙的暑假非常短暂，二十几天的时间转眼就过去了。和一年前相比，这次文龙明显地缺少豪情满怀闯荡世界的劲头，不太愿意离家，总在雨燕跟前转悠，想说什么不知如何开口，想帮嫂子做些什么，可又不知道从何处着手。

雨燕似乎明白文龙的想法，就在文龙准备走的头一天晚上，把弟弟妹妹们聚拢在一起，让弟妹们向文龙汇报自己一年来的学习和生活情况，同时也要把对二哥的期望说出来。最后雨燕说道："文龙你听到了吧！这一年来，弟弟妹妹们都以你为榜样，刻苦学习，努力养家，我们什么事情都没有被落下，所以请你放心。你现在就是弟妹们的标杆，你做得有多好，弟妹们就会有多高的目标。因此你不用惦记家里，我们都会保重自己，努力学习和劳动，等你下次回家的时候，一定会有更大的成绩告诉你。"

听得文龙泪眼婆娑，频频点头，喉头哽咽着说不出话来，过了半天才平静下来，带着浓重的鼻音嘱咐道："嫂子，千言万语就是一句话，请你多多保重自己。"

雨燕听后爽朗地笑了起来，说道："我们会照顾好自己的，

嫂娘

你不用再嘱咐了，婆婆妈妈的都赶上碎嘴老太太啦！"

听到此话，弟弟妹妹们都笑了起来。

四十九

1980年的冬天异常寒冷，而且是那种寒透骨髓的冷，雪也比其他年份下得少，即便下雪也是那种似米粒一样的雪，打在脸上很痛，和刺骨的北风搅在一起，让人睁不开眼睛。

在这个寒冷的冬季里，雨燕和往年一样，参加挖鱼鳞坑会战，没有一刻的空闲。所不同以往的是她的胃痛的毛病发作得更频繁了，这让她吃不好睡不着，再加上繁重的体力劳动，严重地透支着她的身体。有时到晚上收工，连回家的力气都好像没有了，腿就像灌了铅一般沉重，走路也是深一脚浅一脚的好似踩棉花的感觉。即便如此，她还是一声不吭地硬撑着，胃痛厉害了就含上一口小苏打粉，中和一下胃酸，以减轻胃中的搅闹和恶心。

进入腊月，眼看离春节还有十来天的时间，雨燕的身体状况越发不好。

这天收工回家的路上，她停下来休息了两次，这让小伙伴们十分纳闷儿，以前雨燕是往家赶得最快的一个，路上从不会耽搁，因为她惦记着家里的弟弟妹妹们。所以，伙伴们抢过雨燕的工具扛在自己的肩上，一路护送她回到家里。

送走伙伴，转身走进堂屋，看到灶台上的锅里冒着热气，知道是文虎和文豹已经热好了饭菜，内心里十分赞赏弟弟们的自理能力。心里高兴却忘记了脚下的灶膛里插着烧水的余子，脚下一绊，余子侧倒，滚烫的开水一下子浇到了右脚上，疼得雨燕"妈呀"大叫一声，扑倒在堂屋地上。

在里屋写作业的文虎和弟妹们听见声音，一下子蹿了出来，看见嫂子倒在地上，伸手就想去扶，被雨燕厉声喝止，原来热水洒了一地，雨燕怕烫到弟弟妹妹们。等到在弟弟们的搀扶下爬起身来，雨燕才发现自己身上沾满了泥水，还冒着热气腾腾的水汽。

雨燕一瘸一拐地挪进东屋，小妹文凤十分机灵，打开嫂子平时存放衣服的柜子，给嫂子找来一身干净衣服，把三个哥哥推出东屋插上屋门，帮着嫂子脱下湿衣服好换干衣服。等到雨燕脱下右脚上的袜子，文凤一声惊呼，原来随着袜子脱下，带下了雨燕脚踝处的一大片皮肤，露出里面嫩肉，文凤的眼眶里一下子溢满了泪水，撇着小嘴哭着说："嫂子，你特疼吧？"随即转过身对着堂屋大声喊道："三哥、四哥，你们快去请大夫，嫂子的脚被烫伤掉皮啦！"

只听堂屋里传来文豹的声音："三哥你去请大夫，我去找二大妈，老五你去找前屋李婶。"

片刻工夫，大门口传来了李芳妈的声音，两家斜对门住着，自然到得最早。文凤打开里屋门让李芳妈进去，老人家一看也是一声惊呼。正没奈何时，二大妈一掀门帘进来，三步并作两步骗腿儿上炕，看了一眼雨燕的右脚，口中"啧啧啧"地感叹连声，这才抬起头来，看着紧紧咬着下嘴唇的雨燕说道："我的个神仙爷，你可真能挺，这得有多疼啊！你竟然一声不吭。"

嫂 娘

转过头对着李芳妈说道:"你去给我找一颗大白菜来,要那种水气重叶子多的。"

这边话还没完,就听见堂屋里文豹的声音传来:"我去取,马上来。"

文豹、文彪兄弟俩跑到院子里的菜窖前,掀开盖子,文豹下去取白菜,文彪在上面接到后马上送到屋里。二大妈接过,利落地劈掉外面两层叶子,捡里面新鲜的连菜帮和叶一起剥下来,抬起雨燕的伤脚就把菜叶贴了上去。雨燕一机灵打了一个冷战,过了一会儿说道:"凉飕飕的好舒服,不像刚才那样疼得厉害了。"

二大妈脸上没有一丝的笑容,板着脸说道:"这只能解解眼前的疼痛,解决不了大事情。"忧虑之情溢于言表。

这时文虎陪着大夫进屋,似乎听到了二大妈的话,满脸的焦急,快人快语说道:"那怎么办啊?"语气中带着忧急。

陆大夫仔细检查后说道:"烫得不轻,最要命地是脱袜子蹭掉了皮肤,这样感染的几率就太大了,而且一定会很痛的。"

"别说那些个没用的闲篇,就说怎么治吧!"二大妈不耐烦地抢白大夫。

陆大夫也不生气,慢悠悠地说道:"没什么好法子治,咱们这里没有治疗烧烫伤的特效药。"想了一下又说道:"有个土办法倒是有奇效,可是一时半会儿搞不到手啊!"

"什么办法?"文虎、二大妈和李芳妈异口同声地问道。

"用獾子油,就是用山上的土猪子肥膘熬油,连续涂抹十几天,效果奇好。"大夫转头看了雨燕一眼后说道:"不过这东西仓促间到哪里去找啊！今晚会疼痛得很厉害。要不这样，我先给你一些去痛片，疼痛厉害时每4个小时吃两片，先挺一挺，我再想一些别的办法。"又对二大妈说道："你的那个白菜疗法也可以继续使用，降温消肿，多少也能减少一些疼痛。"说完收拾药箱准备走。

二大妈很不满意地哼了一声说道："跟没说一样，你就会瞎糊弄。"

陆大夫咧嘴一笑，也不在乎，把药箱背在肩上，嘱咐雨燕道："千万不能着水，破皮了要注意防感染。"雨燕答应一声并道了谢，看着大夫走了出去。

二大妈和李芳妈照顾雨燕吃了些东西，陪雨燕到很晚，雨燕几次催促才不放心地回家。临走时嘱咐文虎，一有事情马上告诉她们，这才回家休息。

这一夜雨燕基本没有合眼,但为了不打搅弟弟妹妹们休息，她强忍着钻心的疼痛，咬牙坚持着，一直到天麻麻亮时，才在极度的疲劳和去痛片的药力作用下睡了过去。

雨燕醒来时，太阳已经爬上了窗户，平时的这个点，她应该是已经劳作一阵子了。在昏沉沉中醒来，不是因为烫伤的脚痛，而是胃里烧得痛，想想原本就有胃病，再加上服止痛药的刺激，难免胃里不舒服。

强打精神坐起身来，听到李芳妈和小妹在堂屋里小声说话，却是在说文虎他们三个男孩子的去向。只听小妹说道："我一睁眼就看见他们的被窝都空了，也不知道起那么早干什么去了，

嫂娘

这不太阳都上窗户了还不见回来。"

随后是李婶安慰文凤的声音："没事，他们三个在一起肯定没事，你别告诉你嫂子啊！免得让她担心。"

这边话音没落，屋里已经传来雨燕的声音："文虎他们干什么去啦？怎么现在还没回来？早饭也还没吃吧！"

李芳妈和小妹赶紧推门进里屋，边走边说："刚说不打搅你，让你多睡一会儿，没承想还是把你吵醒了。"

雨燕对着李芳妈笑着说道："是我自己刚刚醒过来，没有吵醒我。文虎他们三个到底干什么去啦？"

小妹文凤摇了摇头表示不知道。因为现在是学生放冬假时间，所以雨燕总想让弟妹们早晨多睡一会儿，不让他们早起。因此今天都已经过了吃早饭的时间了，三个兄弟同时消失，却是不同寻常，这不仅让雨燕担心起来。

李芳妈赶紧接话说道："不用担心，这三个鬼机灵在一起肯定没事。倒是你自己的伤病要紧，今天疼痛好些没有？来，擦把脸赶紧吃饭。"说着递给雨燕一条用热水浸过的热毛巾。

雨燕本想起身下地，刚一抬腿把脚伸出被外，就觉得疼痛难忍，不由自主地哼了一声，李芳妈一看伤脚吓了一跳，只见雨燕的右脚肿胀得十分厉害，有皮肤的地方肿胀得明晃晃地发着亮光，没了皮肤的地方往外渗着黄水，漾着细密的小水珠，脚背部分已经变成紫色，五个脚趾肿得胖胖地挤在一起，整个脚比原来快大出一半。

李芳妈抢前一步按住雨燕，把毛巾递到雨燕手上说道："我的老天爷，你都肿成这样了还敢下炕，快回被窝里，饭菜马上

就得。"

这边厢文凤已经开始忙活，先是把炕桌放在嫂子面前，然后拿上碗筷摆好，李婶也帮着往桌上拾掇。这是这个穷家里难得的一次丰盛的早餐，有金黄色的小米粥，一盘烤红薯，一海碗酸菜粉条冻豆腐，一小碟炒鸡蛋酱，还有一中碗的咸菜炒豆腐肉丁粉条，这可是稀罕东西，一般人家的媳妇坐月子才能吃到。雨燕一看睁大了眼睛，转而看着文凤，用目光询问这东西的来源。

文凤十分机灵，一看嫂子的目光就知道她要问什么，所以轻快地回答道："这是李婶起大早专门给你炒的，说是让你当咸菜，好多吃一些饭。"

雨燕转过头感激地看着李芳妈，没有说话。李芳妈看了一眼雨燕也没有说话，而是默默地拿过饭碗盛了一碗小米粥放到了雨燕面前。

人与人之间就是这样，心灵到了彼此相知相依的地步，几乎可以不用语言表达，相互之间的一个眼神、一个动作、一颦一笑都能表达出丰富的心灵语言。

天已近晌午，文虎兄弟三个还是没有回来，雨燕越发地担心起来，一遍一遍地抬起身听着屋外的动静，小妹文凤懂事地跑到街上打听，没有任何的消息。也难怪，估计文虎他们是天刚亮就走的，在这寒冷的冬季里，那时街上根本不会有人，自然也就不会有人看见。

二大妈过来帮着文凤做好了午饭，其实当时家家日子过得

嫂 娘

不富裕，一般家庭一到冬闲时节就只吃两顿饭，为的是节约一些粮食。雨燕家则坚持无论冬夏都吃三顿饭，这是因为雨燕认为弟弟妹妹们都是在长身体的时候，怕饮食跟不上影响孩子们的成长发育。虽然穷困吃不到什么好东西，但稀粥乱菜也一定要让孩子们吃饱。这份要强不知给雨燕增添了多少的压力和艰难，连二大妈都多次劝她不要太过逞强苦累自己，可雨燕认准的路，不管多苦多难都要走到底。

日头过午，终于听到了文虎兄弟的声音，雨燕忽地坐了起来。二大妈和文凤赶紧跑出屋迎了出去，只见文豹在前、文虎在后抬着一根木棍，木棍穿在两只獾子被绑住的后腿之间，那獾子被绑住的前腿在动，表明獾子是活的。两兄弟的身后是文勇，肩上扛着锹、镐，右手拿着两只大麻袋，再后面是文彪，有气无力地跟着，摇摇晃晃的样子像是马上要摔倒。

二大妈一见，拍手打掌地叫道："小祖宗，你们这是到哪里野去了？害得你嫂子提心吊胆大半天。"随后指着文勇骂道："你个小王八蛋，他们不懂事，你也犯糊涂，出去这么长时间也不捎个话回来，你们这不是要急死人吗！"

只见文勇咧嘴一笑，冲弟弟们挤了一下眼睛，示意少说为佳，要不挨骂都是小事情，惹火了老太太，屁股上少说也得挨上几烧火棍子。兄弟们如何不晓得？赶紧闭嘴并不接话，恰此时老五文彪高声喊道："大妈，有饭吗？我快饿死啦！"

"有，有，赶紧进屋，饭在锅里热着哪，麻溜吃还会烫屁股。"文彪一句话给兄弟几个解了围，看到二大妈招呼着文凤张罗上饭，文勇带着弟弟们洗手吃饭。

待一家人热热闹闹地坐在一起，雨燕方才开口问道："你们这是干什么去了？招呼也不打一个，一下子消失了大半天，多让人担心啊！"随后问道："大哥你怎么也和他们在一起啊！"

文勇朝文虎挤挤眼没有接话，恰此时二大妈端着一海碗酸菜粉条上来，接话道："干什么去了，还不是为了你，他们逮獾子去了。都怪大夫一张破嘴，要不他们哪想到会去逮獾子啊！"

五十

去逮一只獾子给嫂子治烫伤，是文虎和文豹在听到大夫说出口的那一刻就决定了的。

当晚，趁着家里人多混乱之际，由文虎和文彪打掩护，文豹独自跑出家门找到了文勇大哥，把嫂子烫伤和要逮獾子的想法说给他听，文勇一听立马答应，并且约定了早起碰头的大致时间和地点。

文豹找文勇是因为文勇大哥干的是看山护林的活计，有机会走遍了周围的每一座山、每一道沟、每一条河，而且昼伏夜出的经常和野兽打交道，哪里有什么野兽他几乎全知道。特别是他了解每一种野兽的习性,有他帮忙成功的机会也就大多了。这次不比以往，以前那是闹着玩，逮到了高兴，逮不到也无所谓，就当玩耍了。这次是为嫂子治病，那是只许成功不许失败。

文豹约好文勇大哥，跑回家里，找个机会通知了文虎和文彪，然后就跟没事人一般该干啥还干啥。

当晚文豹并未睡熟，听着嫂子强忍着疼痛翻来覆去地不断

嫂娘

翻身，自己感同身受，强忍着没有哭出声来，只让眼泪默默地流淌着，洇湿了枕巾。在他的内心里，嫂子既是母亲又是姐姐，他享受着母亲的呵护、姐姐的疼爱，所以自己时刻都感受着家的温馨和浓浓的爱，这让他对家有着无限的眷恋，对嫂子有着无限的敬爱。如今嫂子烫伤受罪，就像疼在自己身上一样，当他听到大夫说獾子油治烫伤有特效的那一刻起，就决心去抓獾子，哪怕搭上自己性命也在所不惜。

一大早，哥三个来到了约会的地方，却见文勇大哥早早地等在那里抽烟。如今是冬季，他看山护林的活计不需要晚上行动了。但他昨夜几乎没有合眼，朦胧中好像看到雨燕的脚已经坏死，那吓人的黑色顺着雨燕的小腿往上蔓延着，有人在文勇的耳边说道："把腿锯掉，要不然她会死掉的。"文勇挣扎着、呼喊着不让锯腿，却被人一脚踹进了无底深渊……

文勇一下子惊醒过来，发现自己浑身大汗，湿透了背心。他慢慢地卷上一只老旱烟，手有些发抖，划了三次火柴才点燃。他深深地吸了一口，想让自己平静下来，却发现那是徒劳的。

自从秀英死后，他内心里就断绝了再恋爱结婚的念头。

但雨燕的出现，特别是他从柳林手里救出雨燕之后，他的内心里不由自主地升腾起一股暖流。他下意识地保护雨燕、帮助雨燕、关心雨燕，随着时间的推移，随着他对雨燕了解的逐步加深，他对雨燕的好感也进一步增强。他渴望见到雨燕，希望和雨燕聊天，盼着能够陪伴在雨燕的身边。

嫂 娘

但秀英的死给了他致命的打击，他固执地认为秀英的死完全是他一手造成的，再联想到奶奶和妈妈的早逝，从而宿命地认为，他爱谁、喜欢谁就会给谁带来厄运。所以，他压抑、逃避爱情，在爱情面前他变成了一个地地道道的懦夫。为此他一直主动从事护林、看青这样的夜间活计，尽量避免与人接触，特别是避免与女人接触，并主观地认为不接触就不会给别人添麻烦。

可命运偏偏和他开了个玩笑，让他解救了雨燕。第一次面对面地和雨燕相处，他发现雨燕浑身上下散发着女人那种独特的魅力，成熟、大方、美丽、刚毅，处事干净利落，言谈简洁明了，思虑周详深远，为人宽厚大气。在他看来雨燕是个十全十美的女人，这让他十分着迷，却也是他苦恼的根源。

因为他忘不了秀英，忘不了秀英的一颦一笑，忘不了秀英对他的一往情深，更忘不了秀英为了他的前途和命运宁可献出生命。所以，他不能容忍自己对其他任何的女人产生感情，他就在这感情的深渊中苦苦地挣扎着，这种煎熬经常让他孤枕难眠，既忘不掉，又不敢面对。

他不敢奢望雨燕的爱情，当二大妈找他商量时，虽然表面平静，内心里却汹涌澎湃，全靠在部队里养成的克制功夫压抑着自己。他随口说出认干妹妹的话，那是他内心里激烈斗争的结果，当他发现自己没有勇气接受这份爱情的时候，他又舍不得失去雨燕，他渴望着能经常见到雨燕，所以他内心里想：既做不成夫妻，那就做兄妹吧！那份渴望达到了极点，以至于原本隐藏在内心深处的想法脱口而出。

此后,他尽心尽力地帮助雨燕,但绝不主动往雨燕面前凑,更很少和雨燕独处。他小心翼翼地维护着这份纯真的情谊,就像一个大哥哥一样,人前人后呵护着妹妹。他和雨燕一个孤男一个寡女,却十分难得地做到了没有半点的闲言碎语,他用心之良苦由此可见一斑。

五十一

在听到文豹要逮獾子想法的那一刻,文勇就已经决定要抓哪一窝獾子了。所以,他立刻告诉文豹在哪里汇合。

决定抓这一窝獾子是因为,第一,这是秋季刚从大山深处迁移出来的一窝,应该是公母各一只,獾子数量少迁来的时间短,又是新打的洞,所以应该比较浅,叉洞也会比老洞要少很多,抓起来比较容易一些。这是要给雨燕治病救急,所以成功率是最重要的考虑。第二,这一窝的新洞离村子比较近,现在是急着利用它们,越节省时间越好。第三,这一窝獾子把洞打在了庄稼地的梯田台堰上,它们对庄稼地的危害也比其他深山里的獾子大很多,要知道这东西的繁殖能力很强,一旦在这里扎下根,不出三年这里就会是它们的天下。

见到弟弟们到齐,文勇马上分派活计。让文虎跟自己去松林里砍松枝,叫文豹和文彪在附近找尽可量多的茅草和干树枝。等文勇和文虎每人背一大捆松枝回来,洞口附近已经堆起不小的一堆柴草。

这个洞口隐蔽得很好,是在梯田边上的一个大石侧后处,

嫂　娘

周围长着一人多高的酸枣树，附近杂草丛生，在酸枣树根部和大石之间隐藏着洞口，大约有30厘米，如果不是文勇这样在夜间亲眼见到它们钻进去的人，根本很难找到。

文勇脱下棉大衣，摘下棉手套，拿起镰刀仔细地把洞口周围的酸枣树和杂草全部清除掉，然后用尖镐翘掉梯田上的石头，把洞口扩大，里面的洞道比洞口要宽大，约有40厘米，再用铁锹往深处挖了有一米左右，把洞穴拓宽到60多厘米，随后把比较大的松树枝收拢，松针叶在前，树柄在后，塞进洞里当盾牌。接着把易燃的柴草厚厚地铺在洞口里侧，上面放上小一些的松树枝后点燃。此时正是隆冬季节，风干物燥，柴草着火即燃，烧到松树枝后冒起了浓烟，带着浓烈的松油味道很是呛人。

文勇嘱咐三个弟弟在附近寻找冒烟的地方，不管烟大烟小都要仔细地找出来，千万不能遗漏。

三兄弟立即领会，文豹爬上梯田在上面找，文虎和文彪分别往左右搜索。文豹最先发现了冒烟的地方，是在上一层梯田与荒山相接处的石墙根部，离下面洞口的直线距离3米左右。因为是梯田与山体的结合部，所以长满了荆棵，这东西是丛生灌木，一长一大片，冒烟的地方就隐藏在这丛灌木之后。随后文豹又发现了一处冒烟的地方，离先前发现的地方约有1米的距离，不过烟量比前一处小很多，是从梯田石墙根部的石缝里往外冒烟。

文勇并不理会文豹的发现，而是一边添柴加大烟火的浓度，一边叮嘱文虎和文彪仔细寻找，过了不大工夫文彪喊道："我这里在冒烟。"

文勇一听立即跑了过去,看到在一个小土堆的侧面,有一缕细细的烟柱在草丛的根部袅袅地升起,这地方在点火洞口的侧下方,横向大约有5米的距离,离文豹发现的洞口却只有不到两米的距离,他仔细看后满脸高兴地说道:"应该就是这里啦!"然后转身对文虎喊道:"你那里有发现吗?"

文虎仔细地在周围观察着,沉默一会儿后回答道:"还没有发现。"文勇又喊道:"待在那里别动,再仔细地找一下。"又回头对文彪说道:"你去把铁锹和麻袋拿来。"随后就用尖镐在冒烟的地方挖了起来。接过文彪拿来的铁锹铲开浮土,一个斜着向上的土洞口漏了出来,从里面冒出来的烟也随之大起来。文勇用事先准备好的树枝围成一个圈撑开麻袋口,把麻袋口对准洞口后让文彪帮忙扶住,自己拿出事先准备好的木橛钉在麻袋的四周,这样一个麻袋阵就布好了。

文勇喊来文虎,让他守在麻袋边上,告诉他獾子冲出来落到麻袋里要马上按住但不能脱离周边的木橛固定,因为獾子是群居动物,大的獾子群有十几只住在一起的,这一窝应该是两个,千万不能抓住一个跑了另一个。让文彪到点火的洞口看火,不能让火灭掉,让文豹扩大范围继续找,看还有没有冒烟的地方。

一切都在顺利进行之中,文勇的头上已经冒出细密的汗珠。

这时他拿起锹镐、捡起一支不大的松树枝,奔文豹发现的两处洞口走去。

文勇先走到那处冒烟小的洞口,用尖镐挖开洞口,这个洞口只有几厘米大小,他仔细看了看,把松树枝收拢,针叶朝前

嫂　娘

从洞口塞了进去。这才转身向旁边冒烟大的洞口走去。

　　文勇对这个大洞口的处理比较马虎，找来一块大石塞在洞口上，然后周边填土，看到还有一缕细烟从石头边上冒出，就让文豹对着石头边上的黄土撒泡尿，他用铁锹把变成泥状的黄土往石缝里抹了抹，见到不再冒烟，就在周边仔细搜索了一下。文豹也说没有发现新的冒烟洞口，他这才放心地叫上文豹回到点火的洞口，让文彪文豹看着火，自己坐在一边卷起老旱烟抽起来。

　　吐出一口浓烟，抬头细眯着眼睛看了看太阳，估摸着大约在九点到十点之间，一想来到这里快有三个小时了，时间过得真是叫快。

　　想到雨燕疼痛难忍，恨不得用手扒开洞穴提出獾子马上炼油。再想到心急吃不了热豆腐，心情稍稍平静，抽着烟看着弟弟们在忙活着添柴加火。

　　此刻柴草燃烧正旺，浓烟滚滚随着风势卷进洞里，文豹和文彪转过头来看着文勇，文豹问道："大哥，看样子你好像知道獾子要从哪条道跑出来，这么大的烟熏着，它们不会被熏死吧？"文彪紧接着问道："大哥，你为什么把上面的洞口封住啊！"

　　文勇看着两个弟弟笑了笑，轻松地说道："这就叫'再狡猾的猎物也斗不过好猎人'。"

　　停顿一下接着说道："獾子是很聪明的动物，你看一下它们挖的洞穴你就会知道啦！你们看啊！咱们点火的这个洞口叫进口，也就是它开始挖洞的起点，文豹发现的两个洞口，小的

SAO NIANG

嫂娘

那个是通风口，它的下面一定是粪坑，离地面大约不到一米，这原先是一个田鼠的洞，它给霸占后改造成通风洞。那个大的洞口是出口，它平时出洞一般走那个洞口。"

"那我们为什么不在那个洞口放麻袋呀！"文豹问道。

"问得好！"文勇赞叹道。

他吸了一口烟，继续说道："獾子的洞穴非常讲究，里面有卧室、有堂屋，还有厕所。这些地方是分别独立的，如果獾子多，里面会有好几条通道，最多的有十几个卧室。但常用的出口却只有一个，如果是春夏秋三季猎捕獾子，一般是在那个洞口下钢丝套子。但现在是冬季，獾子正在冬眠，它绝不会自己跑出洞来，所以要用烟熏的办法。你们注意到没有？獾子洞是从下往上挖的斜道，也就是说，它的出口在冬眠洞穴的上面，而且卧室是独立的一个洞，这样的结构能保证下雨时多大的水也淹不着它，烟熏时烟从它卧室上面的出口直接跑掉了也熏不着它。所以必须把出口严严实实地堵住才能让烟进到它的卧室，它被烟呛得受不了时，就会沿着事先挖好的逃生通道逃跑，然后从那里挖开土屯的洞口跑出来。"文勇指着扣着麻袋的洞口说道。

此刻文虎高兴起来，指着上面那个小的洞口说道："那个洞口还在冒烟，不如把它也堵上，烟量大、熏得快。"文勇笑而不语。

只见文豹略一思忖，笑着说道："三哥，那个洞口不能堵上，那是给烟留的气道，没有那个洞口，里面是封闭的，烟的进入量达不到把它们熏出来的浓度。"

文勇一拍大腿笑道:"好小子,真有你的,一点没错,就是这个道理!"

文彪歪着脑袋,十分认真地思考着什么,然后慢慢地把头转向文勇问道:"大哥你说,这么长的洞穴那得挖多长时间啊?它们怎么把那么多的土石运出来呀?"

文勇把烟屁股扔在地上用脚踩住,回答道:"说起獾子挖洞来还有一个故事,听老辈子猎人说'獾子挖洞貉子帮忙',说的是这两种动物是好朋友,经常住在一起,特别是秋末时分,獾子不停地挖洞,而貉子呢是一种随遇而安的懒家伙,它最大的本事是睡觉,到秋末时分它已经吃得大腹便便连动都不愿意动一下,这时它就钻进獾子的洞里睡觉,聪明的獾子把它翻过来让它肚皮朝上躺着,然后把挖出来的土石放到貉子的肚子上堆成小山一样,一只獾子咬着貉子的耳朵往外拉它,另一只獾子在后面用头顶着貉子屁股推它,这家伙还是不会醒过来,它满身光亮顺滑的毛皮,使獾子不用费多大的力气就能顺着这条向下的斜坡通道把土石运出来。到了外面,秋夜的寒冷让貉子清醒过来,它会自己死皮赖脸地跑回獾子洞躺倒继续睡过去,然后獾子继续用它往外运土石。"兄弟几个听文勇讲得神乎其神,有几分怀疑也有几分好笑,不由自主地笑了起来。

文勇也跟着笑了起来,停顿一下补充说道:"当然这都是听老辈子人说的,真实情况……"

"出来了。"只听文虎一声大叫,紧接着传来了动物的叫声,这声音有些像猪,又有些像鸭子被卡住了嗓子哑哑的。

文勇一步冲了过去,只见文虎已经手脚并用死死地按住了

嫂娘

麻袋。文勇并不帮助文虎，而是快速地拔下钉住麻袋的木橛，让文豹攥住麻袋口，自己拿起另一只麻袋用木橛钉在洞口上。然后才转过身来从文豹手中接过麻袋口，此刻文虎还在死死地按着麻袋底部，文勇打开麻袋口漏出獾子的两条后腿，用绳子紧紧地绑上，再往下退麻袋，漏出两条前腿也同样绑上，这才让文虎松手。

文勇把獾子从麻袋里提出来扔在地上。好家伙，这东西很是肥壮，有二十多斤重，虽然四腿被绑，还是张嘴到处乱咬。文勇用细麻绳做了一个绳套，把它的嘴也紧紧地绑住，随后就把它丢在一边不管，而是紧张地看着刚钉上去的麻袋，等了半天却一点动静都没有，文勇很是奇怪，却也无奈。

这一等就是一个多小时。眼看天已近午，哥四个已经是饿得前心贴后心。依着文勇，既然逮到一只，就暂时停止，先炼油治伤要紧。但文虎、文豹兄弟俩听文勇说如果此次逮不住，另一只逃脱后就再也不会回来，这哥俩坚决要求一网打尽，文彪尽管很饿也是强忍着。文勇一看弟弟们如此坚决，再一想如果雨燕的伤比较重，一只獾子油不够用，再去重新逮獾子那可就麻烦太大了。如此一想也就不说什么，只是蹲在洞口处仔细琢磨另一只獾子为何还不出来。

过了一会儿，文勇好像想起了什么，走到被抓住的獾子跟前，提起来看了看肚子说道："这是只公的，里面那只是母的，当时往外冲时公的在前，母的那只跟在后面，看到老公被擒住，母的那只退回去了。这样一来，母獾护着肚子里的崽子，它宁可被熏死也不会出来了。"

"那怎么办啊！"文虎焦急地问道。

"行了，把火灭掉吧！"文勇想了想说道，"没有别的办法，只能掏它老窝了。"

文勇一面用铁锹把烧过的灰铲出来，一面指挥文虎去松林里砍一个大大的松明子，还特别嘱咐要松油特多的那种，让文豹去砍一根细长柔软的槐树杆子。等文虎、文豹二人回来，文勇用细麻绳把松明子绑在了木杆的头上，自己趴在洞口试了试已经不热，而且烟也不呛了，想往里钻进一些，无奈身躯宽大，又穿着棉衣，进去有一米左右就卡住动弹不了。只得让文虎、文豹拽着两只大腿退了回来。

文虎说道："我进去试试。"说完趴下就想往洞里钻。

文勇一把拽住，想了想说道："你和文豹都不行，现在是要抓紧时间逮住它，否则时间长了烟熏的劲头一过，它会十分的凶猛，搞不好还会伤人的。这样，让文彪来钻。"

文彪一听立马摘下棉帽子扔在地上，紧了紧裤腰带，朝两只小手唾了口吐沫，就要往里钻。文勇拦住说道："这样钻可不行，我们需要做一些准备，然后你按我说的去做。"

说完拿起一根粗一些的绳子绑在文彪的腰上，拿起一根细麻绳绑在文彪的左手腕上，然后低头对文彪说道："你进去后，用右手拿着点着的松树明子尽量往前探照亮，用左手使劲往里推先前塞进去的大松树枝子，让它在前面当挡箭牌。不要害怕，獾子很机灵，如果它往外冲时被松针扎到，它会马上掉头往回跑的。獾子的进道一定会有一个大拐弯，到拐弯处你就不能再往里爬了，否则我们拽不回你，这个一定要记住。在那里你就

嫂 娘

把松明子火把尽量往里送，獾子看到火光就会跑出来的。还有，遇到獾子凶猛、里面烟气太大，或者任何你觉得不对劲的事情，马上扽两下左手的细麻绳，我们会立即把你拉出来。"说完文勇拍了拍文彪的肩膀问道："都记住了？"

"记住了！"文彪很干脆地回答。

文豹在一旁嘱咐道："别怕，越怕越坏事。嫂子还在家等着獾子做药呢！一定要成功。"

这句话十分顶用，一听说给嫂子做药，文彪立马变得精神起来，看了三个哥哥一眼，郑重地说了一句："放心。"立马趴在了洞口。

文勇点燃松明子，等到火燃烧得旺盛，把绑着松明子的木杆伸向了洞道的深处，然后拍了一下文彪的屁股。文彪得令，立即手举木杆向洞里爬去。

文勇手握粗绳以防万一，让文豹手拿细麻绳扽住，文彪一给信号马上告知，好立即往外拉文彪，让文虎继续守住麻袋。一切安排妥帖，文勇蹲在洞口处边松绳子边紧张地看着文彪往里爬。

文勇看到文彪不再往里爬了，估计是已经到达大拐弯处，随后看到木杆的下半部往里缩了进去。文勇喊了两声问里面情况如何，感觉好像是文彪在回答，但根本听不清里面在说什么。紧接着看到文彪的两条腿在剧烈地蹬、踹使劲，文勇的心一下子提到了嗓子眼，赶紧绷紧了绳子，浑身的力气全部灌注在两条臂膀上，只待文彪一有信号马上就能把他拉出来。

只见文彪用脚蹬了一下洞壁，绳子又往里进了一些，感觉他已经把身子由趴着变成了侧身在往前用力,应该是文彪在拐弯处随弯就弯把自己变成了虾米形状。文勇紧张得两手发抖,脑门上沁出了细密的汗珠,上牙紧咬着下嘴唇,屏住呼吸,侧着耳朵倾听着洞里的动静。

"出来啦!"只听文虎一声大叫,紧接着听到了獾子低沉的叫声。

"按住别动。"文勇也大叫一声,并不前去帮忙,而是小心翼翼地用力往外拽文彪。有时文彪的腿会别在洞壁上,文勇就停下来用铁锹把伸进洞里帮助顺一下,然后再往外拽,等到出了洞口,文勇一下把文彪提了起来,猛地抱在怀里,放在地上仔细认真地查看文彪。只见文彪小脸黢黑,鼻孔处有两道明显的烟痕,想必是洞道狭窄空气流通不畅吸入不少松明子烟的缘故,身上除额头上磕出了一处血印其余并无伤处,只是棉袄上有几处被刮破露出了棉花。文勇放下心来,拍拍文彪肩膀说道:"吓死我了。好小子,有胆量!擤擤鼻涕。"回身向文虎走去。

如第一只一般绑缚停当,从麻袋里提出獾子扔在地上,这才发现这只獾子的左前膀子处被烧掉了一大片毛已经露肉。看来这是文彪把火把直接戳到了它的身上烧痛了它,才把它赶出了洞穴,文勇不禁向文彪投去赞赏的目光。

在回家的路上,四人订立攻守同盟,绝不向嫂子透露具体经过,免得她担惊受怕。就这样,文虎、文豹抬着獾子,文勇扛着工具,领着文彪凯旋。

嫂娘

五十二

　　吃过午饭，文勇操刀收拾了两只獾子，把獾子的肥膘和板油切成一厘米左右的小丁交给二大妈，把獾子皮交给文虎去鞣制，让文豹去向陆大夫请教獾子油的炼制方法，自己把獾子肉卸成小块交给二大妈炖好后给弟弟妹妹们解馋。一切收拾利落，隔着窗户同雨燕打了一个招呼，推说有事先走了。二大妈看着文勇的背影，叹了口气摇了摇头表示无法理解。收回目光，转身忙着熬油去了。

　　她按照文豹从陆大夫处打听来的方法，找来一个小铁锅，里面放上适量的水，然后放入切好的獾子肥膘和板油，架在火盆上点火烧着，开锅后小火慢熬，两个小时后捞出油渣，锅里有了大半锅黄澄澄的獾子油。

　　陆大夫听说逮住了獾子，很是高兴，等忙完其他病人，在药房称了冰片和三七粉两味中药来到老郝家。恰此时獾子油已经凝结，他一看熬出这么多的獾子油，高兴得抓耳挠腮，连连称赞这是难得的好东西。

　　雨燕看见，明白他是医者仁心，见药心喜，只是耐于情面不好说出口而已。于是大大方方地告诉陆大夫，需要多少尽管拿走。

　　陆大夫一听，一连声地道谢，也许是激动过度，话就多了起来，把雨燕比作了救苦救难的活菩萨，二大妈一听抢白起来："我看你有点荒腔走板，不知道姓啥啦！别扯用不着的闲篇，赶紧配药给孩子上上要紧。"

陆大夫也不生气，拿出冰片边用擀面杖碾碎，边笑呵呵地絮叨："我这可是秘方，一般人我不告诉他们，獾子油是好东西，但单用它一种功效就来得慢，如果再加上我这两味好药，那才是嫩脸上搽胭粉，俊上加漂亮。"

"你这胡诌八咧瞎说什么呀！一点獾子油就把你欢喜成这样，瞧你那点出息。"二大妈不满地数落道。

"你还别瞧不起这獾子油，这东西我耗心费力好几年都没有淘换着，今个儿一下子看到这么多，我就是高兴。"停了一下，带着几分炫耀的口吻接着说道："这东西是治疗烧烫伤的圣药。你们不知道吧？它还有一样厉害本事，用它煎鸡蛋治疗胃溃疡有奇效，药圣李时珍说它有'起死回生之功效'，你说厉害不……"

"那我嫂子老是心口痛，是不是吃了也有效？"站在一旁的文凤打断了大夫的吹牛。

"这个、这个，心口痛那就是胃病，吃吃试试，应该有效。"

"让你吹牛，现世报了吧！有本事还接着吹。"二大妈幸灾乐祸地接话道。

陆大夫自己也笑了起来，边笑边说道："二嫂子我看你这人挺好的，怎么就管不住这张嘴呢！"

二大妈也笑了起来，说道："你这种人，有人说着还云山雾罩地找不着北，我要不说你，你还不得上天了吗！"

两个人逗着嘴，手里的活计却丝毫不停。陆大夫把一些冰片和三七粉倒进事先准备好的罐头瓶里，舀一勺獾子油，用力搅匀，再倒进一些药粉，再舀一勺獾子油，用力搅匀，直到罐

嫂 娘

头瓶完全装满为止。这样装了两个罐头瓶,看了看锅里还余下不到三分之一,才心满意足地停止。说道:"你们自己留一瓶给雨燕用,我带走一瓶给别人用,这东西金贵,平时不好找。锅里剩下的给雨燕煎鸡蛋吃,兴许能治心口痛。唉、唉,你们可别一下子都用了啊!一次一小勺獾子油加两个鸡蛋,连吃半个月试试。"停顿一下又接口说道:"都用了那可是糟蹋东西了。"

"根本没准的事,刚才还吹牛说是圣药,转眼就说'兴许'能治,都是骗人的鬼话。"二大妈嘟囔着道。

陆大夫也不接话,拿起一个罐头瓶走进东屋就要给雨燕上药,雨燕推说自己上即可,大夫还要坚持,二大妈从他手里夺过罐头瓶,说道:"没你啥事了,该干吗干吗去,这里有我,不用你瞎操心。"二大妈知道雨燕脚肿得太过厉害,没有穿裤子,雨燕面嫩,不愿让大夫看到。

大夫对着雨燕说道:"那我先回去,有事让孩子们再找我。你上好药后找一块白布简单罩一下脚,免得獾子油抹得到处都是。前三天可以多抹几遍,止住痛后一天早晚各抹一遍即可。"走到堂屋拿起另一个罐头瓶对着雨燕说道:"我替病人谢谢你。"文虎陪着将大夫送出大门之外。

偏方治大病,还真是应了这句老话了。雨燕脚上抹上獾子油的当晚就疼痛立减,睡了一个好觉。天快蒙蒙亮时做了一个梦,梦见弟弟钻进獾子洞逮獾子,獾子冲出来张着利齿咬向几个弟弟,文勇大哥挥舞着铁锹和獾子搏斗着,那獾子恼羞成怒向自己奔来,一口咬住了自己的脚,顿觉疼痛难忍,一下子惊醒过来，原来睡梦中伤脚乱动，被子的边沿蹭到了掉皮的脚踝处引起剧烈疼痛。

雨燕一夜好睡，觉得精神好了很多，看看身边熟睡的文凤，听着帘子另一侧打着轻鼾的弟弟们，雨燕感慨万千，因为从看到文彪棉袄刮破的那一刻起，她就知道弟弟们为了给自己治病，是拿着性命在逮獾子。这份亲情，那是用任何东西换不来的无价之宝。文勇大哥不顾一切地帮自己，真是一个有情有义的好男人，好在以后的日子还长，大哥的恩情待这几个孩子们都有着落后再报吧！想到此，雨燕内心里充盈着满满的幸福，渐渐地眼皮开始打架，她索性又合上了眼睛……

五十三

接到文虎的来信，已经是腊月二十七。文龙一看内容，脸色煞白惶恐不已，立即找学校保卫处负责老师请假回家。老师十分不理解，反而责问道："你嫂子烫伤跟你有什么关系？眼看到了年根底下，你让我找谁替你值班？"

文龙是个要强的孩子，上大学报到之初学校就登记过贫困学生，评审通过的同学可以享受困难补助，以文龙的家庭状况是完全够贫困生标准的。但听说名额有限而报名的同学比较多后，文龙宁可自己打工也不愿去争名额，所以压根儿就没有报名，后来写信告诉嫂子，也得到了嫂子的肯定和赞赏，说他有志气。因此学校并不知道文龙的家庭状况，管保卫的老师那就更不明就里了。

嫂娘

此时此刻，文龙听到老师如此一问，立即眼睛发酸、眼圈泛红、鼻子壅塞，勉强平息住自己的情绪，看着老师一字一顿地说道："我没了父母没了哥哥，只有一个寡居的嫂子带着我们五个弟弟妹妹们生活，嫂子就是我们家的顶梁柱，现在她受伤倒下了没人照顾，弟弟妹妹们也没人照顾。老师，没办法，我必须回去，请您无论如何照顾我一次。"说到伤心之处，泪水再也抑制不住，扑簌簌地落在了衣襟上，正所谓"男儿有泪不轻弹，只是未到伤心处"。

老师一看慌了手脚，马上站起身说道："对不起，我不知道你的家庭情况。要不这样，你先回家照顾嫂子，这里我再联系家在本市的同学顶一顶岗，你回来后你再上岗。"

就这样，文龙当天夜里就坐上了回家的火车，一路劳顿不表，回到家里恰好是除夕的中午。

文龙的归来给家里带来了意外的惊喜，连正在帮忙操持年饭的二大妈也高兴得合不拢嘴。

雨燕更是高兴，立即提出今年的年饭把二大爷也请过来吃，也免得两个女儿出嫁后二老寂寞，最好把李芳的爹妈也请上，干脆三家合一家一起过。

文龙大为赞成，马上拿出准备送给二大爷的两瓶二锅头来，他还拿出3块钱给文豹和文彪，让他俩去买鞭炮，两兄弟拉上文虎就跑，赶在供销社关门之前买回一挂鞭炮、六只高升炮和一盒摔炮，差几毛钱由文虎用卖药材的收入补上。

二大妈和李芳妈联手准备了一桌丰盛的年饭，一大家子人围在两个炕桌上,男人一桌,文彪和女人凑成一桌。男人那一桌由文龙陪着。文龙原本不想喝酒,二大爷不干,说:"老爷们不喝酒,那还叫什么男子汉!"再加上雨燕也怂恿文龙说:"男子汉闯天下,什么都要尝试一下。"

文龙一开始还有些扭捏,几杯56度的白酒下肚也就放肆起来,和两位长辈推杯换盏、拍胸打腿、勾肩搭背,就差称兄道弟,如此热闹非凡,成为这个家庭历史上最为热闹的一天。

吃过年饭,文虎带着弟弟妹妹们到院子里放鞭炮,清脆的鞭炮声在院子里炸响,满院子弥漫着火药的味道,随后六个二踢脚被依次燃放,这种炮有个别名叫高升炮,代表着这个家庭六个成员昂扬向上的追求。文彪带着小妹一个一个地向地上摔摔炮,听着一声声的脆响,开心地跑着笑着。这是村子里近几年来第一次听到这个家庭里响起鞭炮声。

看着这一切,二大爷借着酒劲发感慨道:"过日子过的是什么?过的是人,家里没有人,日子再富裕也没有气氛。比方说今天,文龙你不回来,再加上你嫂子躺在炕上,即便做一桌子的好菜也吃不香甜。你回来了,咱们一大家子聚在一起乐呵!又放鞭又放炮的,让全村的人都感受到咱们家的高兴气氛,亲戚朋友们看到了听到了也跟着高兴,这就叫人气。"

李叔也接过话茬说道:"不错,你二大爷说得在理。现在回想几年前,当时村里几乎没几个人相信你们家能够挺过来。人们在背后议论最多的,一是你嫂子能守几年?二是你们家送走几个孩子?到如今,再也不会有人这么想了。凭什么?凭的是你嫂子的气势,她有那么一股气势,只要她往那里一站,人

嫂娘

们就知道结果,她说的话人们就信。这可不是别人白给的,这是靠她自己拼命干拼出来的。就拿我们家你婶子来说,这一辈子她服过谁呀?谁都不服,现在你看到了吧!就服你嫂子,我背后问她:你也有服的人啊?你猜她怎么回答我?她说'要让人家服你,你得有服人的道行。我服雨燕,那是人家把事情做到头里了,你不服不行'。你听听,满盘子是理吧!"

"喝两杯猫尿长胆子了你,又说我什么坏话哪?"恰此时李芳妈端着一小盆冰冻安梨进来,边笑着边接话道。

"老爷儿们谈论大事,老娘儿们家别瞎掺和。"李芳爹嘴里喷着酒气说道。

"哟嗬,二两猫尿下肚你还长本事了……"雨燕赶忙打断李芳妈的话,说道:"婶子,难得他们爷儿们聚在一起聊天,就让他们说吧!咱娘儿们坐这边唠咱们的。"

李芳妈用眼横了老头子一眼,和二大妈一起坐在雨燕旁边,有一搭没一搭地唠嗑,偶尔回过头看一眼酒后热聊的爷三个,嘴角边挂着笑意,内心里暖暖的,感受着自李芳去世后第一次过得如此高兴快乐的春节。那种大家庭的温暖融化了一切的艰难困苦、劳累心酸和凄凉寂寞,在这寒冷黑暗的年夜里,弥漫着一股温馨的暖流。

在这温馨和睦的气氛里,雨燕心情格外舒畅。经过十几天的休养,外加每天獾子油煎鸡蛋的食补,她的胃口明显见好,胃痛和泛酸的毛病好多了,脸色又红润起来,体重也增加了好几斤,再一次焕发出成熟女性特有的美丽和风韵。

只是她知道那些鸡蛋是亲戚朋友们送来的，所以她绝不肯吃独食，煎鸡蛋她只是每顿吃几口，其余的全给了弟弟妹妹们。如果全吃下去说不定真的能治好她的胃病。

总而言之，雨燕的身体是一天天地好起来！烫伤的脚已经消肿，掉皮的脚踝处已经长出了粉红色的新肉，她已经能够下炕小范围走动，这让关心她的亲朋近邻们看着高兴。

在她躺在炕上的十几天里，家务活计并没有落下。除了有二大妈和李芳妈帮忙，最出人意料的是憨憨的文虎和机灵的文豹均学会了做家务，两个从没有摸过厨具的小男孩竟然学会了做饭做菜，而且味道不错，得到了二大妈的充分肯定和李芳妈的表扬。由此让雨燕想起了在不知哪本书上看过的一句话：孩子的潜能是无穷的，一旦激发出来，根本无可限量。事实充分证明了这一点，这也让雨燕暗暗高兴。因为她认为，弟弟妹妹们总有一天会离开自己去闯天下，他们多学会一点生活的技能，今后自己独立生活时就少受一些憋，他们自己的家庭生活也就多一分和谐。

文龙这次回家看到两个弟弟的表现，更是感到不可思议，因为他发现在料理家务上两个弟弟的能力已经远远超过了自己。这次匆忙赶回家里，原本是想照顾卧病在炕的嫂子和年幼的弟弟妹妹们。可他回到家才发现，实际上是弟弟们在照顾他，而且弟弟们一看他要上手干家务，马上就会把他赶到一边，嘴里还会说："瞧你笨手笨脚的根本不会干，干脆一边待着去吧！"

这让他很不自在，他在与嫂子聊天时提到了这种感觉，雨燕笑着安慰他说："你大可不必过意不去，弟弟们学会了照顾人你应该高兴才对。你没有学会是因为你没有经历这样的环境和机会,这也不用沮丧,给你机会马上就学会了。"

这样在家闲待七八天,他有点待不住了,再加上惦记着替自己值班的同学,内心里更加焦躁起来。虽然没有说出来,看他坐卧不宁的样子,雨燕也猜出个八九不离十,于是就催促文龙早一点返校。文龙看见嫂子已经能够下炕,并且可以简单地料理家务,弟弟们做事又十分靠谱,也就不再坚持,在正月初八的早晨告别亲人,踏上了返校的旅途。

五十四

正月十五元宵节,收到了文龙的来信。

雨燕正和文虎准备节日的晚饭,就让文豹拆开信封念给大家听,小弟文彪和小妹文凤听说二哥来信,也一齐聚集在堂屋里。文豹打开信纸,抑扬顿挫地读起信来:

尊敬的嫂子、弟弟妹妹们:

你们好!

我于今天晚上返回学校,一路顺利,勿念。到校后我立即办理了值班交接手续,你们可能想象不到,替我值班的正是我请假的保卫处老师。由于春节期间实在找不到同学替班,他就一直替我值了十天的班,这让我心里十分过意不去,只得记在心里以后有机会再补报。

交班时，老师详细地打听了咱家的情况和嫂子的病情，当他听说嫂子伤情明显好转时十分高兴，他还让我转达他对嫂子的问候，他说你是一个值得尊敬的人。他还表扬咱们一家人是"穷且益坚，不坠青云之志"的典范，他还说要找校领导反映我的情况，为我争取困难补助。我回绝了替我申请困难补助的好意，但他的话却久久地回荡在我的耳旁，这不是因为几句表扬的话，而是他的话和我这次回家亲眼所见弟弟妹妹们的变化让我感慨万端。

首先，弟妹们真的长大了，懂得了付出，知道了感恩和回报。从我得知弟弟们跑去逮獾子的那一刻起，我就对你们刮目相看、佩服不已，你们知道了心疼嫂子帮助嫂子。说实话，我在你们这个年龄还生活在懵懂之中。

其次，嫂子受伤后，你们敢于担当不等不靠，勇敢地承担起家庭的重担，把家里打点得井井有条，院子每天一扫，猪、鸡喂养得膘肥体壮。特别是听嫂子说这些都是你们自己主动去做没人指挥的时候，更让我自愧不如。因为我自己到今天还有惰性，遇到困难还会打退堂鼓，这一点我要好好地向你们学习。

第三，看到你们尊敬长辈、友爱互助、亲密无间，让我由衷地感到高兴。老话讲"家和万事兴"，从你们的身上我看到了咱家的未来和希望，也给了我巨大的鼓舞，我也将更加努力，争取不落在你们的后面。

嫂娘

　　嫂子，我是刚交接班完毕就在写这封信，因为老师的话让我兴奋。他和你远隔千山万水，但听我讲完你的故事后，他说他发自内心地敬佩你。他说他想知道，是什么力量让你一个弱女子既当爹又当妈支撑起这个残破的家，他还说他很渴望有机会亲眼见一见你。我已经邀请他暑假时和我一起回家，你欢迎吗？

　　夜已经很深了，窗外清冷的路灯光让我想念家乡。家里虽没有这里的灯火辉煌，没有这里的人来人往，没有这里的繁华热闹，但有亲人欢聚的喜悦，浓浓的乡音和无尽的亲情，这些让我思念在心、永生难忘。

敬祝嫂子

　　早日康复！

弟文龙　敬上
正月初九深夜

　　读罢文龙的来信，一家人谁也没有说话，屋子里静静的，他们咀嚼着信中的每一个字。雨燕眼角溢出了泪花，嘴角却挂着幸福的笑容，慢慢地、一个一个地看着身边的弟弟妹妹们，就像慈祥的母亲看着自己的孩子们一样，眼神里充满了慈爱。

　　受到文龙表扬和鼓励的弟弟妹妹们，更是心情久久不能平静，他们深切地感受到了自己微小的付出而得到的巨大鼓励，也使他们懂得了付出就会有回报，这让他们更加坚定了自己的人生方向和目标。

五十五

雨燕的伤好得很快，一出正月，她就正常出工下地干活了。

自在家养伤开始，雨燕日益关注社会时局的变化，她让文豹和文彪负责给她搜集一切能够找到的各种报纸。

报纸上不断披露的有关拨乱反正的信息让她兴奋，她敏锐地察觉到，自己父母冤案得以昭雪的日子越来越近了。

她开始准备申诉材料，有时到了废寝忘食的地步，她写了改、改了写地奋战了两个多月，写出了三万多字的申诉材料。从父母如何参加工作开始，详细地书写了父母十几年为国家建设所做出的贡献，反驳了强加给父母的罪名，明确提出了给父母平反的要求，也细述了自己至今未找到父母遗骸的遗憾。良好的教育背景和深厚的语文功底给雨燕帮了大忙，她写出的申诉材料思路清晰、说理明确、反驳有力、要求合理。修改期间还征求了弟弟们的意见，弟弟们也认真地看了申诉材料，并对个别的语句和错别字提出了修改意见，雨燕认真采纳。她让弟弟们帮忙买来复写纸，认真地誊写了三份，分别寄给天津市和中央有关部门，另一份寄给父亲的工作单位。此后，等待消息又成了雨燕每日的一项功课。

今年是文虎参加高考的年份，雨燕更加细心地照料着弟弟妹妹们的生活。

嫂娘

文虎已经明显地长高了,由于学习的紧张外加上家务的劳累,他明显瘦了下来,而不再像小时候那样胖墩墩的,在身形上更加像他的大哥郝文英,身材颀长而挺拔。雨燕拿出文英遗留下来的衣裤送给文虎,文虎穿在身上竟然十分合身。这让雨燕很是感慨,有时竟然错把文虎当作文英,感觉文英并没有逝去,而是还在自己的身边。

辛勤的耕耘收获了丰厚的回报。经过 1980 年的高考,文虎考上了武汉大学。

接过通知书的那一刻,文虎没有马上打开,而是当着在场的亲朋好友,转过身"扑通"一声跪在了嫂子面前,把通知书举在眼前,泪流满面地说道:"嫂子,我没有辜负你的期望。没有你就没有今天的一切,谢谢嫂子!"

目睹这一幕的亲人们也都眼含热泪,唏嘘不已。

这一次,雨燕没有阻止文虎下跪,而是郑重地接过了那份烫金的录取通知书。走上前,揽住文虎的头,把他贴在自己的怀里,任脸颊上的泪水滴在文虎的头上,嘴角满含笑意却哽咽着说道:"好兄弟,你成功了,嫂子为你高兴!"

五十六

时间进入 1982 年。这一年在新中国的历史上是不平凡的一年。

1982 年 1 月 1 日,中共中央办公厅、国务院办公厅联合下发一号文件,开始全面推广农村联产承包责任制,在广大的农村土地上掀起了改革的热潮。

雨燕一家分到了四口人的土地和果树，因为文龙和文虎的户口已经迁移到了学校，所以他们俩没有参加承包土地和果树的分配。

土地和果树分到了自家的名下，所有的劳动成果都由自己享有和支配，这极大地激发了农民干事创业的热情。雨燕开始了起早贪黑的劳作，劳动强度陡然增大了不少。但她的心情是愉悦的，对今年的收成充满了期待。她隐约感觉到，那种食不果腹的日子要一去不复返了。

更大的喜悦也随之而来。1982年3月17日，这个让金雨燕终生铭记的日子。在这一天，雨燕盼来了父母平反通知书。

十四年啊！十四个年头的苦苦期盼，终于等来了正义战胜邪恶，公理战胜强权，真善美战胜假丑恶。

手捧着平反通知书，雨燕感觉有千斤之重，因为那是父母的生命寄托。泪水一大滴、一大滴地滴落在这张薄薄的纸片上，滴答、滴答的声音像重锤一样敲击着人们的灵魂，屋子里静极了、静极了……

两位专程来送平反通知书的干部亲切地询问雨燕："雨燕同志，在我们来之前，领导专门交代，让我们认真听取你的意见，你有任何的要求都可以提出来，我们会如实地带回去，组织上会全力加以解决。"然后，郑重地递上了"户口迁移证明"和"城市待业青年就业通知书"。

雨燕没有去接这两份文件，而是泪眼婆娑地看了看在场的

嫂娘

公社干部，转过头对着天津来的两位干部急切地问道："我父母哪？我父母的尸骨在哪里？他们在哪里？"最后的这句问话已经是在嘶喊、在吼叫。

来人中稍年长一些的干部从挎包里取出一个小本子递给雨燕，轻声说道："雨燕同志请节哀，这是你父母的骨灰存放证明，现在存放在市殡仪馆二厅，你可以在方便的时候前去祭奠，他们会永久保存的。"

雨燕颤抖着双手接过那个小本子，贴在了自己的脸颊上，就好像和父母拥抱着一样，她喃喃地自语着："爸爸妈妈，女儿终于见到你们了。爸、妈，女儿想你们啊！"

说罢放声大哭，十四年来压抑的屈辱、痛苦和悲哀，在这一刻全部迸发出来，她哭得声嘶力竭，泪如雨下，几近昏厥。

两位来人没有去劝雨燕，而是跟着抹眼泪。他们这项工作，见到了太多苦难、太多悲痛、太多哀伤。他们知道，此时此刻，让当事人把压抑太久的悲伤发泄出来，可能是最好的选择。

待雨燕哭声渐小，来人中年长的那位抹去眼泪，轻声对雨燕说道："雨燕同志，请你节哀！"

年轻的那位再一次把"户口迁移证明"和"城市待业青年就业通知书"递到了雨燕的面前，说道："请收下吧！雨燕同志，这是组织上让我们带给你的，也是你应得的，请你收下，抓紧时间办理相关手续，去新单位报到上班吧！"

……

雨燕父母平反和她马上要回天津工作的消息，迅速传遍了这个小山村，成为了当天的重要新闻。

对这个刚刚平静的家庭未来的猜测，又一次成为全村热议的话题。

人们普遍认为，雨燕已经尽到了一个做嫂子的义务。通过自己的努力，完成了对婆婆的承诺，而且已经把两个小叔子送进了大学，于情于理均对得起老郝家人。现在有了这样的好机会，她离别老郝家，去追求属于自己的人生未来，那是天经地义、合情合理的选择，人们不约而同地表示理解和支持。

雨燕再一次来到了人生的十字路口，再一次面临着抉择。

这一夜，雨燕失眠了。

回天津，马上就会有工作有工资，那意味着马上就可改变贫穷与辛劳，生活的质量和现在相比不可同日而语。想到此，雨燕的眼前浮现出美丽的城市，安逸的工作，富足的生活。

可当初我为什么要留下？不就是为了这几个孩子们吗？我现在撒手离去，岂不是半途而废？我金雨燕做事岂能虎头蛇尾让人笑话。回天津，除了一份工作我还会有什么？没了！只是一份工作而已。我为了一份工作一分安逸，远离弟弟妹妹们，远离二大妈，远离文勇大哥，值得吗？一想到文勇大哥，这个屡屡帮她渡过难关的人在天津是不可能遇到的，这是她的精神依靠，是她生命中的灯塔。一想到此，她的内心里充满了离愁和不舍。

这时身边传来了小妹文凤睡梦中的呢喃声，她侧过身给小妹盖好被子，在黑暗中盯着熟睡的小妹，想着帘子另一侧的文豹和文彪两个未成年弟弟，眼前浮现的却是另一番景象：或者为了照顾弟弟妹妹们，文龙或文虎放弃了学业回家种地；或者

嫂娘

文豹、文彪、文凤辍学在家,一家人仍然在贫困线上挣扎。他们将在脸朝黄土背朝天中度过一生……

绝不能让过去贫穷的日子重演。雨燕灵魂深处的"母性"再一次迸发。

此刻她清晰地意识到,他们就是我的孩子,我已经离不开他们。弟妹们还小,他们的人生轨迹应该比我更丰富多彩。我不能在自责之中渡过余生!为了孩子,母亲没有什么不能舍弃的东西。只要孩子们成长快乐,自己做出一点牺牲又算得了什么!

想明白了事理,雨燕的内心平静下来。过度的疲劳袭了上来,她安然地闭上眼睛,进入了梦乡。

第二天,雨燕把文豹、文彪、文凤三个弟弟妹妹托付给二大妈和李芳妈,自己跟随来人去天津。

分别的那一刻,弟妹们抱着雨燕痛哭失声,一直送出去好远好远,从村里人们的传言里,他们忐忑地猜测着,嫂子此去可能再也不会回来了……

五十七

第四天傍晚,雨燕带着满身的疲惫和满脸的憔悴又回到了这个小山村。

四天的时间,雨燕仿佛老了十岁。

到天津的第二天,雨燕先是到殡仪馆祭奠了爸爸妈妈。然后去看了自己先前的家,这里已经不是雨燕印象中的模样,自己原来的家里现在住着三个家庭,他们共用一个厨房和卫生间,每家占用一间房作为卧室，三户人家都是年轻人，好像都是上山下乡返城人员，结了婚没有住的地方，就由组织上统一安排几家凑合住在一起，美其名曰"团结户"。听说即便这样的住宿条件，也不能保证结婚后就能够分到。

雨燕看过之后，感到很是失望，她原本是怀着故地重游的心情来回访的，结果旧时的模样荡然无存。她的心里空落落的，不但根本感觉不到回家的兴奋，反而觉得十分压抑，有一种想立即逃离的感觉。

她怀着无比的失望，离开了这个曾经生活了十几年的地方，回到组织上临时安排的招待所，感觉更加孤独和不安。她默默地想着，这个城市已经不属于她了，她只是这个城市的匆匆过客，如今连儿时的记忆也全部被时间给抹掉了，她在这里已经了无牵挂。

第三天，爸爸单位的领导见了雨燕。这是一个十分和蔼可亲的中年人，仔细地询问了雨燕现在的生活情况，并亲切地告诉雨燕，经过他们的努力，雨燕不用排队等待工作安排，如果她愿意可以明天一早就去上班，组织上给安排的单位是一个街道里弄的纸盒加工厂，主要给著名的泊头火柴厂生产火柴盒。领导特意告诉雨燕，这个厂子不大，待遇还可以，里面的工人绝大多数都是返城知识青年，人都不错，应该比较好处。这份工作是财政局多次争取才安排的，希望雨燕好好干等等。

雨燕根本没有走心，连领导说的是啥都没听清。因为，临来之前，她就决心要回去的。这两天到处走走看看之后，这种印象更加强烈。这一方面是她放心不下弟弟妹妹们，另一方面

嫂娘

也是感觉自己在这个城市里已经没有任何的牵挂,她已经不属于这个城市了。

领导看到她怔怔地没有任何表情,就转移了话题说道:"组织上补发了你父母的工资和补助,一共是一万块钱。我们带来了,你签个字,把钱拿走,也好置办一些临时用的东西。"

一听说要补发一万块钱,雨燕立刻眼睛放光来了精神,就好比一个溺水之人突然抓住了一段木头一般。家里还欠着亲朋好友两千多块钱,文龙、文虎上大学也正缺钱用,此时突然多出一万块钱,那可真是雪中送炭。领导一看,马上安排随行人员办理支取手续。

第四天一早,雨燕到殡仪馆办理了父母骨灰领取手续。殡仪馆的同志告诉雨燕,这个第二厅是存放领导干部骨灰的地方,雨燕不用把骨灰盒领走,他们可以长期保存。雨燕拒绝了人家的好意,买了一个手提包,把父母的骨灰盒装在里面,提着去爸爸妈妈的单位见了领导,告诉他们自己今天就回乡下老家,这几天让领导们费心了,感谢领导的关怀。

听说雨燕不要天津户口,不要组织安排的工作,父母两个单位的领导都惊讶得张大了嘴巴合不拢,一时不知如何是好,反倒怀疑雨燕对他们的安排不满意,以至于如此决绝,甚至神色紧张地提出一切好商量,让雨燕再仔细认真地考虑好以后再做决定。

雨燕爽朗地一笑说道:"这是我临来之前就决定了的,谢谢你们的好意。我家里有两个弟弟正在上大学,还有两个弟弟一个妹妹在家里读书,他们还小不能没人照顾。"

"你们家不是就你自己吗？怎么又跑出来这么多的弟弟妹妹？"母亲单位的领导十分不解地问道。

"是我婆家的小叔子小姑子们，婆婆公公去世了，我们生活在一起，由我来照顾。"

"噢，原来如此。你为了小叔子小姑子而放弃自己的前途和生活,令人钦佩,不过机不可失失不再来,你可要想好了啊！"好心的领导还在旁敲侧击地劝着雨燕。

"您老就放心吧！我早就想好了。这几天给你们添麻烦了，谢谢啊！我这就回去了，再见。"雨燕毅然决然地告别了那些关心着自己的人，头也不回地奔车站而去。

五十八

回到家的第二天，雨燕张罗着要回一趟娘家，准备把父母的骨灰埋进祖坟，永远陪伴在爷爷奶奶的身旁。文豹一听马上提出陪着嫂子去，文彪和文凤也坚决要求一起去。雨燕思忖一下，答应了他们的请求，为了不耽误弟弟妹妹的学业，她决定往后推迟几天，等星期天不上学时再去。

星期天吃过早饭，雨燕和弟弟妹妹们身穿整洁的素服准备出发。小妹文凤像变戏法一样拿出了亲手做的四朵白色纸花，用别针一一地给每个人别在胸前。看着这一幕，雨燕鼻子一酸落下泪来。

更让雨燕惊诧的是，文豹招呼文彪走到装着父母骨灰的提包前，先是恭恭敬敬地鞠了一躬，然后打开提包，一人抱出一

嫂 娘

个骨灰盒,庄重地捧在胸前,转身走在了前面,小妹走过来拉着雨燕的手随后跟着。这个看似不经意的举动却等于向世人宣告,两个弟弟视自己逝去的二老为父母,他们要代嫂子行孝。

看着眼前这一幕,雨燕再也控制不住情绪,嘤嘤地哭出了声。

就这样,姐弟四人庄严地行走在大街上。那些知道他们今天行动的亲朋好友们站在自家的门口,行注目礼般目送着这小小的送葬队伍。

三个弟妹的举动,让雨燕更加坚信自己选择的正确。

她拿出补发的一万块钱,先是一次性还清了所有欠账,然后把剩余的整钱分成五份分别存在了五个弟弟妹妹的名下。

零头部分她放在了自己身边,但她一分钱都没有花在自己身上。而是遇到亲朋好友、左邻右舍着急打忙的时候拿出来资助他们,特别是那些因病急需用钱的人家,雨燕会主动地送去一些,帮助人家渡过难关,这是真正的雪中送炭。所以,受过她资助的人家都时刻念她的好。

而让人更加敬佩的是,她现在已经有钱了,但她仍不改初衷、不改本色,仍然是一个不辞辛劳的老农民模样,又全身心地投入到了承包土地和果树的劳作之中。

1982年7月份,文豹在当年的高考中又创佳绩,考入了南开大学中文系,以自己的实际行动圆了嫂子的文学梦。

不久文龙也传来了好消息,由于成绩优异,经老师们的一致推荐,他考取了本校的研究生,成为家乡学历最高的人。

这年的秋天，雨燕盘点一年的收成，虽然比集体时起早贪黑辛苦，但却比往年多一倍还多，再也不用为食不果腹发愁了。

这一年，雨燕他们前几年栽种的果树也有了收获，当年卖出的苹果使得家家户户都有了现金收入，这在以前几乎是不可想象的事情。朴素的村民们手拿着崭新的人民币，时不时地念叨雨燕，因为没有雨燕的提议和领头拼搏，就不会有果园，也就不会有这份额外的收入。

到了年底，上级又下发文件，改公社为乡政府，改生产大队为村级政府。这些变化，昭示着国家的农村政策朝着更好的方向一往无前地发展着，老百姓们普遍感到有了盼头。

五十九

时光飞逝，转眼到了1985年的春节。

自去年起，雨燕就急迫地关注文龙的婚事，眼看文龙的研究生马上就要毕业，一转眼春节过后就27岁了，但文龙对自己的婚事还是马马虎虎，一天到晚只知道啃书本搞研究，根本不去认真考虑。村里倒是有几户人家主动提出把自家姑娘介绍给文龙，可文龙是既不写信也不联系，搞得人家很没面子。有时见到雨燕，也就话里话外带出不满来。雨燕既不能代替弟弟应承，也不能一口回绝撅人家面子，只得自己背后着急上火。

这样拖到春节前，雨燕觉得无论如何不能再拖延下去，所以提前写信把文龙叫了回来。一方面回家过节，另一方面也想讨得文龙一句实话，免得让村里人说三道四不好做人。

嫂 娘

文龙倒是简单，听嫂子和二大妈絮絮叨叨地谈论自己的婚姻大事，他却没事人一般抿着个嘴微笑不语，惹得二大妈心急火起，责怪文龙不顾嫂子的关心和家庭情况，只顾自己快活把婚姻大事当做儿戏，让亲戚朋友跟着着急上火，把文龙数落着骂了一顿。

二大妈一闹，吓坏了文龙，这才认真地向嫂子和二大妈保证，一定把这事放在心上，争取尽快解决。

二大妈仍然不放心，拿出老祖宗传下来的绝招，在除夕夜，命令文龙搬着个盛放荤油（猪油）的大坛子从东屋走到西屋，再从西屋走到东屋，来回折腾了好几趟，取"动婚"（动荤）之意，以期来年在婚姻上有个好彩头。

如此这般地来回折腾，让文龙头上冒出了汗珠，一边不情愿地挪着脚步，一边求饶。到最后是龇牙咧嘴实在是迈不动步，二大妈才算开恩。这迷信滑稽的一幕，惹得雨燕和弟妹们一场好笑。

也许是"动荤"起了作用，文龙返校后不久就来信提到了自己的婚事，不过信封上在雨燕的名字之外特别添加了"亲启"两个字，这是以前不曾有过的事情，所以文彪和文凤都没有拆看，而是等雨燕晚上收工回家后直接递给了嫂子。雨燕一看也很疑惑，所以打理好晚饭后让弟妹看着烧火，自己回到里屋拆开信封看了起来。

嫂子：

你好！

请允许我继续这样称呼你。

这次春节回家，你们为我的婚事操心，我很感动，也很不以为然，因为你们并不了解我的内心。回校后我彻夜难眠，经过苦思冥想才下定决心写这封信，我是想亲口告诉你，我不找对象是因为我心有所属。

亲爱的嫂子，自打你进了家门，你在我心目中就如神仙下凡一般。娘去世后，你毅然决然地担起了家庭的重担，那时我就想，等我长大能挣钱养家了我娶你，这个念头至今从未断绝过，所以我不会去另找对象。如今我已经27岁，马上就要毕业可以挣钱养家了，因此郑重地向你求爱，希望你能够答应我。

这不是我一时的头脑发热，这是我深思熟虑的结果。在学校里也多次有女生向我示爱，我都断然拒绝了，因为她们和你相比除了年龄优势外，没有任何可比之处，因此我坚信我内心中真正爱的是你，只不过是以前共同生活中的敬和尊掩盖了这份爱。如今我决定不再掩盖，这让我十分兴奋，我已经好几天吃不好睡不着，满脑子都是你的形象。因此，我期盼着你的回信，期盼着你答应我的请求并给我带来好消息。真的，雨燕，请你答应我嫁给我吧！我将以此为荣，我保证你后半生不再受苦，我会尽心尽力地呵护你！爱你！请你相信我，给我爱你、照顾你的机会吧！

书不尽言，跪求你的答复。

文龙亲笔

嫂 娘

信的后半截，字写得很大也很潦草，看得出当时文龙是在兴奋和狂热中挥笔而就。雨燕一目十行地看完，面无表情，眉头紧锁，心事重重，手拿着信纸眼盯着墙角发呆。还是文凤叫她吃饭才醒过神来，赶紧把信装进信封折叠一下放进衣服口袋里，然后张罗吃饭。

这一夜雨燕失眠了。到老郝家十年来所经历的一切就像电影胶片一样一帧帧地在脑海中闪过，文龙对她有意她是明白的，自打文龙第一个暑假返家时扑向她想拥抱她那一刻起雨燕就已经意识到了这个问题，但七八年过去文龙一直尊她敬她，雨燕已经把他视为自己的亲弟弟，再也没往那方面去想。因此文龙突然之间的这封来信让她疑惑，她反复思忖着文龙写这封信的原因和目的，幻想着各种可能出现的结果，然后又一次次地加以否定，因为任何一种幻想最终都会回到文勇大哥身上，她反复问自己：我走了文勇大哥怎么办？无数次的反复思忖之后，她终于明白，自己已经离不开这个小山村，离不开这里的一草一木，特别是离不开文勇大哥了。

第二天一早，雨燕打发走文彪、文凤上学，自己决定不去地里劳作，而是留在家里给文龙写回信。自打土地承包责任制以后，农民们终于有了自己做主支配时间的自由。她铺展开信纸，沉思片刻，提笔写道：

郝文龙：

你小子是昏了头还是喝醉了酒？竟然满嘴胡说

八道!

我告诉你郝文龙,在我的心目中,你是我的亲弟弟,我是你的亲姐姐,你小子醒醒,有亲姐姐嫁给亲弟弟的吗?

另外,在这封信中,我没有看出你的爱情,而是满纸对我的怜悯和同情。告诉你郝文龙,选择留下和坚守,是我个人的选择和决定,我无怨无悔,我不需要任何人的怜悯和同情,当然也包括你郝文龙在内。

还有,我比你大八岁,你二十七我三十五,你现在头脑发昏觉得年龄不是问题,但十年、二十年后你做何感想?其实你信中"除了年龄优势"一句话就已经暴露了你自己的真实思想,别再骗自己了,你是在乎年龄的,只是怜悯和报恩的思想支配着你,强迫自己去爱而已,这样的爱我不需要。

再有,你小子现实一点吧!我嫁给你,是你回老家来还是我到你工作的地方去?你回家来,那我当初何必耗心费力供你上学?我去你工作的地方,弟妹们放在哪里?吃什么住在哪?在哪里上学?恋爱可以浪漫,可婚姻是现实的,没有现实生活的婚姻只能是水中月镜中花而已,你一个研究生,难道连这个道理都不懂?

当然,我也知道你是发自内心地心疼我,希望我幸福。但幸福不是你这种给法,这种方法让我感觉自己是一个乞丐,在等待老爷的施舍,我真的不需

嫂娘

要这样的爱情，郝文龙你立马给我断了这个念头吧！

如果你是真心地心疼嫂子，最好的报答就是少让我为你操心，赶紧找个心仪的姑娘爱你照顾你，了却我的挂念和惦记，那才是真正的孝心。

至于我自己，诚如你所言："我早已心有所属。"今天不妨直接告诉你，他就是文勇大哥。我们两情相悦深爱对方，只是现在他照顾着两位老人我带着两个孩子，我们感觉时机未到所以才没有说破，希望你也能够帮我们保守这个秘密。人是需要有一点盼头的，我期盼着那一天的到来，请为我们祝福吧！

最后，我严厉警告你，此事到此为止，今后不得再提及半个字。你的信我已经烧掉了，此信也希望你阅后即焚，而且要从内心和记忆里彻底抹去，否则我即视你为不孝，让你此生不得再进家门，你知道我说话算话，请你自重。

限你半年内谈个对象并向我报告，如再推脱搪塞，看我怎么收拾你。

嫂子亲笔

文龙读过雨燕的回信，知道嫂子是动了真怒，翻来覆去地想过几天，不得不承认嫂子是正确的，于是待心情平复后，给嫂子写了一封情真意切的信，向嫂子道歉并保证听嫂子的话。雨燕看过文龙的回信，心里方才松了一口气，借烧火之机把两封信一同塞进灶膛，眼看着变成一缕青烟方才作罢。

这边是为文龙不找对象着急,另一边也为文虎找到对象又吹掉闹情绪而着急。

端午节前后,雨燕收到了文虎的来信,从字里行间可以看出,文虎的情绪十分低落。

由于文虎身材颀长,一表人才,在学校里学习好、体育也很棒,自小练就的高超语言表达能力更是让他在全校演讲比赛中拔得头筹。这些出头露脸的事情一多,自然而然地惹女孩子注意,大三的时候就和自己的同班同学好上了。但到去年毕业一分配工作,由于两个人不是一个省的生源,所以按照哪儿来回哪儿的分配原则就没有分在一起。这样一来,女孩子的父母就坚决不同意两个人继续好下去,女孩子没有主意就向文虎提出了分手。文虎受此打击,情绪低落,工作上又出了差错受到了领导批评。因此,心情烦闷,写信给嫂子倾诉自己的不如意。

雨燕读过文虎的信后,不顾一天的劳累,铺开信纸就给文虎写回信。她先是肯定了文虎的爱情,继而分析了女孩提出分手的客观理由,随后批评了文虎因为一点挫折就影响情绪甚至是影响了工作。此后,她写下了这样一段话:

> 爱情是美好的,但结婚并不一定是恋爱的必然结局。两个人的恋爱可以不顾一切感情至上,而结婚就要考虑诸多的客观条件和现实情况。现在你们已经分手,你就必须尽快振作起来,发奋努力做好本职工作。至于爱情,须知天涯何处无芳草,只要你努力往前走,

在你的人生旅程上，总有一个姑娘会在前面等你，你没有遇到，那是你还没有走到她的面前。请你摒弃一切的不快和疑虑勇敢前行，嫂子期盼着你收获美好爱情的好消息。

文虎看着嫂子娟秀俊美的字体，读着暖人心脾的话语，想象着嫂子为自己焦虑的样子，内心里升腾起一股深深的愧疚。给嫂子回了一封长信，信中一改此前的颓废和消极，充满了一个男子汉绝不服输的血性，并一再向嫂子表示，他一定会做出成绩来，绝不会辜负嫂子的期望。

看到文虎的这封回信，雨燕终于放心地笑了。

六十

1985年夏天，文彪不负众望，考入了东北工学院，这是全国著名的八大工科院校之一。一时间小小山村里沸腾了，一家兄弟四人全部考上大学，此前不但没见到过，也没听说过，这已经不仅仅是这个家庭的骄傲，而是整个小山村的骄傲了。

此后，这个家庭捷报频传，成为这个小山村喜讯的主要来源。

当年，文龙研究生毕业，留校任教。

1986年，文龙喜结良缘，姑娘是哈尔滨当地人，也是大学毕业生，长相和人品都很出众。是当年文龙春节回家请假的老师做的大媒，女孩子是他的表妹，他的极力推崇为貌不惊人的文龙加分不少。

1987年，文虎也找到了中意的对象结婚成家。

两个弟弟结婚，都没有大操大办，而是用了一个十分简单的办法，回到家里向亲朋好友们介绍说已经在单位举办了婚礼，在老家就不办了。等回到单位，就向领导和同事们说在老家办了婚礼，这样节省了婚礼的应酬和花销。

雨燕知道弟弟们是为了给她减轻负担，但她是个争强好胜的性格，生怕委屈了弟媳妇们，提前给弟弟们每人做了两床新婚被褥，等弟弟带着弟媳妇回家，张罗了一桌饭菜，请来近亲围坐在一起，给一对新人贺喜。虽说简单了点，但老郝家娶媳妇的喜庆劲儿却一点不少。

1988年，老郝家最小的一个孩子，小妹文凤也通过自己的努力拼搏，考入了山东工业大学。

至此，雨燕把负心丈夫遗留给她的五个弟弟妹妹，全部送入了大学。一个弱女子以一己之力，挺过了一个完整家庭都很难挺过的艰难困苦，创造了这个小山村历史上从未有过的辉煌。雨燕也就成为了全村佩服、敬重、尊崇的偶像，她不管走到哪里都会赢得人们敬重的目光。

1989年夏天，五弟文彪大学毕业后参加工作。

1989年秋天，四弟文豹在天津结婚成家，弟媳妇是个地地道道的天津人，与雨燕一见如故，两个人用天津话聊起天来，旁人根本插不上话，家里到处洋溢着喜庆的气氛。

嫂 娘

六十一

　　1990年1月是农历1989年末，刚一进入腊月，文龙就给弟弟妹妹们写信，要求弟妹们一定要全家人回家过年。而且必须在1月19日也就是农历的腊月二十三小年那天前赶回家。因为，腊月二十四日是嫂子金雨燕的40岁生日，他们要全家人聚在一起，热热闹闹地给嫂子祝寿。

　　得知弟妹们要全部回家过年，雨燕清瘦的面孔上泛起了红晕，整天笑呵呵的合不拢嘴。

　　她提前请二大爷和文勇大哥帮忙杀猪宰羊，请二大妈和李芳妈帮忙收拾了院子，又花钱请来工匠重新裱糊了屋子。门框上贴上了新对联，屋墙上贴上了新年画。买来炕毡铺在炕上，上面再铺上新炕单，这样一收拾使得家里里外一新，到处洋溢着喜庆气氛。

　　小年前几天，文彪和文凤两个提前回家的小弟、小妹代表嫂子负责迎接，文龙带着媳妇和儿子，文虎带着媳妇和女儿，文豹带着媳妇陆续回到了这个让他们魂牵梦绕的家乡小院。随着一男一女两个下一代的到来，家里更增添了无穷的欢乐和喜庆。喜得二大妈和李芳妈合不拢嘴，一人抱一个小家伙摇着、晃着、逗着，根本不给雨燕亲近的机会。

　　腊月二十四这天，三个弟媳妇不约而同地阻挡住雨燕，不让她动手操持家务，雨燕只得一边抱着小侄子逗着玩，一边和抱着小侄女的李芳妈聊着天。

文龙以下的弟妹们负责打下手,在二大妈的直接指挥之下,准备嫂子的生日宴。

雨燕洋溢着笑脸,看着亲人们里里外外地忙活。

这次文龙做主把爷爷和爹爹去世后孤零零一个人生活的文勇大哥也请了过来,再加上多出来三个媳妇两个孩子,队伍明显扩大许多。好在雨燕得知弟弟妹妹们都回来的消息后,知道弟媳妇们不习惯骗腿儿上炕吃饭,就提前买了一个可以坐下十个人的餐桌。文虎带着文豹又从邻居家借来一个大餐桌,两个餐桌都摆在嫂子住的东屋地上。仍然是老规矩,以二大爷和李芳爹为首的男人坐一桌,女人和孩子们围坐一桌,一大家子人热热闹闹地聚在一起,给雨燕过40大寿。

寿宴开始,文龙先端着酒杯站起身来,使劲呼出一口气以平静一下自己的心情,然后语气凝重深沉地说道:"今天我们一大家子人欢聚一堂,是为了给嫂子庆祝40岁生日。在嫂子的40岁人生里有十五年是在我们老郝家度过的,这十五年里嫂子含辛茹苦,既当爹又当妈还要当嫂子,抚育我们兄妹五人长大成人。抚今追昔,往事不堪回首。如果没有嫂子毅然决然地留下撑起这个家,那我们五兄弟不知会流落在何方,不知今生能否再聚首,更不用想上大学、干工作……"

"文龙啊!今天是高兴的日子,就不要说这些丧气的话啦!"雨燕打断文龙说道。

"嫂子啊!你别打断我好吗?我今天就想说说这些,说说这些一直存在我心里没机会说出来的话。"文龙的眼里溢满了泪花,他仰头望着天棚,看得出他是在硬生生地控制自己,不

嫂 娘

想让眼泪流出来。

"你常常教导我们,做人不可忘本。我今天说这些也是提醒我们自己不要忘本,也想告诉我们的下一代不要忘本。这个本在哪里?就在嫂子你这里啊!"

"我在谈对象的时候,见人家的第一句话就是:我将来要奉养我的嫂子;我对女方的唯一要求就是'我怎么对待你的父母,希望你怎么对待我的嫂子'。好多女孩子不理解这句话的含义,有的干脆告诉我:'那你和你嫂子过去吧!'她们连我为什么说这句话都懒得去问,那还有什么好谈的啊!"

"文龙,菜都凉了,你简短点说吧!"文龙媳妇小声提醒道。

"你让他说吧!今天都是家里人,他说说心里痛快一些。"二大妈对着文龙媳妇说道。

"唉!不说了,喝酒。这第一杯酒……"

"要敬大爷大妈和叔婶。"雨燕提醒道。

文龙眼含热泪,端着酒杯看了嫂子一眼,朦胧之中看到嫂子在赞赏地点头。他双手捧杯躬下身向二大爷和李叔以及二大妈和李婶恭敬地敬酒,雨燕、文勇大哥,几个弟弟和弟媳妇以及文凤也都站起身来向老人举杯敬酒。几位老人端起酒杯,二大爷看着雨燕语重心长地说道:"雨燕啊!这杯酒我们喝。"说罢一仰而尽,把酒杯重重地蹾在桌面上高声赞叹道:"好酒!"

在场的一家人除去文豹媳妇因怀孕沾了沾唇,其余的人不管会喝不会喝的,全都一饮而尽,在他们看来,这已经不是在喝酒,这是在表达自己的心意。文龙、文虎媳妇的表现更加明显,她们是怀着无比崇敬的心情来给嫂子过生日的,当语言无法表达内心感情的时候,她们就把这份情感倾注在每一杯酒中,所以是酒来就满,端杯就干,杯杯见底,喝得是豪放无比。

等晚辈们轮流敬完四位老人后,已经是酒酣耳热,人们的话多了起来。文豹提议,兄弟姐妹们每人说一句祝酒词,祝贺嫂子四十大寿。

场面一下子热闹起来,弟弟、弟媳妇们有"祝嫂子福寿安康的",也有"祝嫂子美丽永远的",还有"祝嫂子长命百岁的"。文豹最是特别,他"祝嫂子万寿无疆"。

雨燕笑着回应道:"这个不咋地,把我比作慈禧太后啦,那个老太太好像不算是好人吧!"惹得大家哄堂大笑。

小妹文凤的祝福别出心裁,她"祝嫂子尽早找到心上人",说话的同时还用眼角瞥向文勇。

话一出口,大家全都静了下来。因为文凤陪伴嫂子时间最长,女孩家又是心细,文勇大哥对嫂子的无比尊敬、嫂子对文勇大哥的无比敬重,她是看在眼里记在心头。此时此刻,她感觉嫂子已经把他们兄妹五人全部拉扯成人,嫂子已经尽到了责任。随着自己也离家去上大学,嫂子一个人孤零零地连个说话的人都没有。同时,文勇大哥的爷爷和爹爹也已经先后离世,他现在也是孤身一人。所以她心里万分期盼文勇大哥和嫂子两个相爱的人终成眷属。

这一点又何尝不是文龙的心愿?否则他也不会邀请文勇大哥来参加今天的寿宴了。文凤心中所思,借助酒劲催动,一下子就说了出来,并没有考虑当时现场有这么多人,突然说出来是否合适。

嫂娘

雨燕脸色一下子变得凝重起来。是的,她的确十分敬重文勇,在她的心目中文勇是个十全十美的男子汉,闲暇时也的确想过,如果有一天能够和文勇结合,那将是她此生最为幸福的事情,她也憧憬过两个人的美好未来。只是当时自己带着孩子生活,文勇也有爷爷和爹爹,诸多的不便和顾虑才一拖再拖。不过,他们两个人之间就好像有着默契一般,虽然从未说破,但彼此心有灵犀,也都期盼着这一天的到来。雨燕甚至还想过,如果真的有这一天,她还要把婚期定在农历的四月初,虽然迟到了15年,她仍然希望有一个完美的婚礼。不过,好面子的她在这个场合还是不愿公开承认这份恋情。

此刻文勇的内心里也像打翻了五味瓶一般,有一股说不出的滋味。他爱雨燕,却又宿命地认为任何一个女人只要跟他就会倒霉,所以他把浓浓的爱深深地埋在心底里,他不敢越雷池半步,甚至到了刻意压抑的地步。在他的内心里,只要能够天天见到雨燕就心满意足了。

十五年来,他们两个人就这样苦恋着。但当此时此刻文凤说出这份发自内心的祝愿时,他二人却都没有直接表白的勇气。相反却皱起眉头,在脸上表现出与内心完全相反的表情。

李芳妈担心雨燕面嫩下不来台,马上见风使舵,接口道:"我也祝雨燕一下子。祝你,祝你和我天天聚在一起,另外你别再用大斧子砍我啦!"一句话出口,全屋人哄然大笑,把文凤祝福带来的尴尬氛围化解开来。

文勇一句话也不说,面带微笑看着这一大家子人。雨燕见此,担心文勇大哥多心和不快,提醒文龙道:"你们也该好好地敬文勇大哥一杯,这么多年来,大哥没少照应你们,你们可不能忘了大哥的恩情。"

此刻文虎站起身来,给文勇的酒杯里续满酒,然后对着文豹、文彪说道:"咱们三个敬大哥,想当年大哥带着咱们去逮獾子,当时的场景至今历历在目,哪承想一晃就是几年过去,今天借此机会咱们和大哥好好喝三杯。"

文勇也不接话,笑着站起身来,端起酒杯一饮而尽,兄弟三人赶紧喝掉自己杯中酒。文虎马上又给文勇满上,文勇又端杯就干。如此豪爽地和三兄弟喝了三杯酒,直到喝完坐下,文勇始终没有说话,一直微笑着。

文龙一看也马上站起身来,要敬大哥三杯酒。如此一热闹,弟媳妇们也开始闹酒,文勇是来者不拒,举杯就干,不知不觉间差不多喝了将近一斤的高度白酒。二大妈生怕文勇喝多后露丑,在弟媳妇面前没有深浅影响气氛,赶紧打圆场说道:"今天是给你嫂子过生日,你们哥几个相聚高兴,酒喝了不少,听我的,不许再闹啦!准备上饭!"

"好,听大妈的,不喝了。"文勇这样说着,却站起身来,抄起酒瓶子往自己的酒杯里倒满了酒。

然后双手捧杯说道:"这杯酒敬雨燕,千言万语的祝福都在这杯酒里,干啦!"

说罢一仰而尽。虽然脸上仍挂着笑容,可大家全都看见,泪水顺着他的脸颊流到了腮边……

第二天一早,文龙兄妹五人来到二大妈家,郑重地请二大妈帮忙撮合嫂子和文勇大哥的婚事,二大妈满口答应,说道:"你们能有这个心思,说明你们有良心,你嫂子是该有个人疼她照应她了。"

二大妈找个借口把雨燕叫到自己家里,比长道短地劝说雨燕,希望她和文勇俩好并一好。雨燕始终微笑着倾听,没有像以往直接打断。最后二大妈拉着雨燕的手,诚心实意地说道:"孩子啊!以前你们有各种各样的顾虑,现如今你们都还单着,凑到一起好歹有个照应,不为别的,也好让五个孩子在外工作学习放心啊!"

雨燕似乎听进了二大妈的劝解,嘘了一口长气,悠悠地说道:"等等吧!等到农历四月初。"

二大妈一听,知道她心结还没有全解开,只得接口道:"那我就跟文勇说了,农历四月初,你们就把事儿办了,你什么都不用管,我来张罗。"雨燕咧嘴一笑,没有接话。

六十二

兴许是生日那天喝了几杯酒的缘故,雨燕胃疼的老毛病又犯了。

这几年,雨燕的胃病发作得越来越厉害,越来越频繁。好在现在市面上多了许多的好药,弟弟们到处打听,一发现有新药上市,不问价钱,马上买来给嫂子邮寄回家,所以家里治胃病的药有好几种。

雨燕还跟以前一样,马上按照自己的症状感觉,找出自己觉得对路的药吃下。不过这次服药后基本没效，而且除了以前的左腹部疼痛，又增加了右腹部的疼痛。

雨燕生怕弟弟妹妹们知道后大惊小怪，所以开始时自己找些药对付。过了几天实在是疼痛难忍，就自己悄悄地蹭到乡卫生院，让大夫给自己开些药劲大的止痛药。

陆大夫提出要给她检查一下，她一方面觉得自己这是老毛病不会有大事，另一方面也是担心春节临近，真的查出毛病来让一大家子人过不好这个年。因此坚决拒绝，逼着大夫给自己开止痛药。

陆大夫无奈，看在老熟人的面子上，给雨燕开了一种进口的强力止痛药品，雨燕服下后止痛效果很好。就这样用药片顶着忙里忙外，一大家子人快快乐乐地过了一个团圆年。

过了正月初五，文龙、文虎、文豹就告别雨燕，带着媳妇和孩子返回岳父母家看望老人。这是人情大礼，雨燕自然支持，虽然舍不得两个小侄子、小侄女，还是高高兴兴地送他们返城。

正月十三，是文彪原定出发返回单位的日子。早晨起来一看，天空黑沉沉的阴得可怕，听天气预报说这两天要下大雪，文彪和文凤开始担心真的下起大雪来。因为在这样的深山区里，道路崎岖狭窄不说，还要翻山越岭，仅仅去县城就要翻越两座大岭，冬天里遇到大雪封山交通阻断，十天半月出不了门那是再正常不过的事了。所以文凤和雨燕商量准备当天和文彪一起出发，免得到了正月十七开学时到不了学校。雨燕一看天气这样恶劣，也有同样的担心，自然支持弟弟妹妹的想法，马上为

嫂 娘

弟妹打点行装，送他们返城返校。

送走文彪和文凤，家里只剩下雨燕一个人，身体和心情一下子就放松了下来。

正月十五早晨，到了平时该起床的时间醒了过来，雨燕感觉自己浑身乏力，头重脚轻。索性自己给自己放假，赖在被窝里想睡一个回笼觉。

朦朦胧胧中感觉不太对劲，因为此刻的窗户纸太过发白，映得屋里很亮。她一下子清醒过来，马上意识到这肯定是下雪了，不知道弟弟妹妹到单位和学校没有？

她一骨碌爬起身来，穿上棉衣下炕，打开房门一看，倒吸了一口凉气，雪已经下了有半尺厚。原来从凌晨开始，天空中飘起了鹅毛大雪，一夜大雪漫天皆白，天地间混混沌沌已经分不出哪是天哪是地。

都说"瑞雪兆丰年"，那是蹲在家里的农民心愿，可雨燕此刻却因为这场大雪而担心文彪、文凤旅途是否顺利，此时到了哪里？小妹提前到校会不会没有暖气？那份担心一下子提到了嗓子眼。

担心生疑虑，疑虑过后就是胡思乱想，转而就是焦虑了。这样一焦虑，雨燕也就茶饭不思。原本就闹胃病，全靠止痛药顶着，再加上焦虑和不吃饭，这胃病就发作起来，这次是恶心想吐，但胃里没有东西也就什么都吐不出来。这样更是难受，浑身上下出了一身的大汗，感觉自己马上就要虚脱一般，勉强关上门挪回屋里，穿着棉衣钻进被窝，头一沾枕头就迷迷糊糊

地睡了过去。

醒来时已经是中午时分，感觉好了一些，只是觉得腹部的疼痛又要开始，正要吃止痛药，方才想到自己从昨晚到现在还水米未进。陆大夫专门嘱咐过，这种止痛药副作用很大，决不能空腹服用，挣扎着起来准备热些饭菜吃过饭后再服药。

刚准备好柴火，就听见有人敲大门，雨燕应了一声，踩着近尺深的积雪打开大门，原来是李芳妈站在门外，笑盈盈地说道："今个儿这雪也忒大了，正好我准备做元宵，你一个人在家挺没意思的，你李叔说不如叫上你一起做元宵，咱们一块儿过节。走吧，上我家过节去。"说完就拉着雨燕的衣袖要走。

雨燕身上不舒服，发自内心不想去。可李芳妈不依不饶拽着衣袖不放手。自己转念一想，叔婶如此热情，不去怕驳了老人家面子。再者说，自己正懒得动，去蹭口饭吃也省得自己点火麻烦。如此一想就对李芳妈说道："婶你先回去，我拾掇一下马上就到。"

"那你可快点啊！"李芳妈乐呵呵地边往回走边嘱咐道。

雨燕回到屋里，把柴火又抱回了柴棚，然后回屋擦了一把脸。想到自己到了中午才洗脸，觉得好笑，用梳子把头发梳理整齐，找出文龙给自己买的雨伞打上，顶风冒雪往李婶家而去。

这顿饭李婶准备得丰盛，雨燕也确实吃了不少。一则没吃早饭确实饿了，二来李婶的饭菜的确诱人。特别是她用黍子做的元宵，里面是红糖馅，黏黏糯糯甜甜的很是好吃，雨燕吃了多半碗，今天这顿饭是这段时间以来她吃得最多的一次。

傍晚时分，雨燕告别二位老人回到家里插上大门，看到雪

嫂娘

下得小了一些，就拿来铁锹铲雪，准备铲出一条路来。她是个闲不住的人，又好干净，即便自己一个人生活也绝不肯马虎。

眼看再有两米左右就铲到大门口了，突然胃痛起来，而且发作得十分厉害，痛得她弯腰蹲在地上直不起身来，感觉躺在雪地上打滚可能会好一些。可直觉告诉她必须撑住，赶紧回屋服止痛药才是正确选择。她强忍疼痛，手扶锹把慢慢站起身来，佝偻着身体一步一挪地返回屋里，还不忘记插上屋门。

找出止痛药，再拿起暖瓶才发现今天早晨至今没有点火，所以没有热水。疼痛实在难忍，只得用暖瓶中的凉水服下两片止痛药。这种强力止痛药副作用很大，陆大夫原本嘱咐她每次只能服一片，可这次的疼痛太过厉害，她感觉像往常那样服一片恐怕止不住，所以擅自做主服下两片。

她如此严重的胃病，拖延时间太长没有检查和治疗，全靠止痛药顶着，加上今天又吃了极不好消化的黏米元宵，再有止痛药的副作用和凉水一夹击，她原本虚弱的身体瞬间崩溃。服药后不到半个小时，她感觉恶心想吐，喉头一甜，一大口鲜血从嘴里喷了出来，瞬间天旋地转感觉马上就要摔倒。她强撑着扶住炕沿，又转身取过脸盆把第二口血吐到里面，然后随手将脸盆放到炕上，低头看了一眼脸盆里的鲜血，再也支撑不住，一头栽倒在被子上。

也不知道过了多长时间，雨燕感觉胃里翻江倒海般难受，就想挪动一下身子好让自己躺得舒服一些。这一动不要紧，觉得胃里的东西一下子顶到了嗓子眼。她感觉要吐，拉过脸盆一张嘴，一大口紫黑色的血就吐了出来，随后连连呕吐不止。不大一会儿，连吃下的晚饭和乌血就吐出小半盆，她清晰地意识到，这样吐下去不行，但已经到了自己不能控制的地步。

等到把胃里的东西吐干净，她才觉得不像开始那样难受了。但感觉浑身发冷，转过头看看才发现自己趴在被子上。家里已经一天一宿没有烟火，外面下这样大的雪气温已经到了零下二十几度，屋子里就和冰窖没有两样。她有心想爬起来点把火，或者叫人来给自己帮把忙，无奈身体虚弱到了极点，连话都好像说不出口，更别说喊人帮忙了。

她只得挪动身体，钻进被窝，就这样和衣而卧，在昏沉沉中合上了眼睛。

六十三

第二天是正月十六，吃过早饭，二大妈顶着小雪花来找雨燕串门子。一推大门还死死地关着，觉得有些诧异，雨燕可不是个懒鬼，都这个时候了还不开门，这可是十几年来不曾有过的事情，用手拍着叫起门来。

连叫几声，雨燕没有反应。二大妈心里想着这必是到谁家串门子去了，再转念一想，雨燕平时很少串门子，不会去别人家，要去也是去李芳妈家了。这样想着，转身奔李芳家而去。两家斜对门住着，转眼就到。一看雨燕没在，自己嘟囔道："这死丫头上哪里去了？家里没人，这里也没人。"

"这一大早你进门一句话不说，左瞅瞅右看看，嘟嘟囔囔的你这是干什么呢？"李芳妈露出满脸疑惑地问道。

嫂娘

"我找雨燕这个死丫头呗!家里门关着没人,也不知道这大雪天跑哪里去了。"

"门关着?是上着锁还是挂着锁?"

"她门外面没有锁,可是推不动……哎呀不好,她人在里面却叫不应声,怕是出事了。"二大妈拍手打掌高声叫道。

李芳爹听见此话,从里屋跨了出来,一下子冲进了雪地里,二大妈和李芳妈一愣,急急地跟在后面奔雨燕家而去。

转眼就到了雨燕家大门口,李芳爹使劲拍门高叫,却没有回声。李芳爹沿着院墙左看右看,最后找了离大门较远的一处院墙试着往上爬。二大妈和李芳妈一看赶紧过来帮忙,托着李芳爹的大腿往上送。一来下雪天墙面湿滑,二来李芳爹年龄大了腿脚不灵活,三位老人费了好大劲才让李芳爹翻过院墙。李芳爹先是从里面打开了大门,三人急忙忙地来到屋门前,用手一推,里面插着,知道雨燕就在里面。二大妈扒着雨燕住的东屋窗台,使劲拍着窗户高声呼叫,无奈屋里没有任何的动静。

还是李芳爹有些主见,转过头对着李芳妈说道:"你去找二哥,最好把文勇也找来。我去找个工具把门打开。"又回头对着二大妈说道:"二嫂子你别离开这里,继续叫雨燕。"

不大一会儿,李芳爹拿着一把杀猪刀返回,吓了二大妈一跳:"让你开门,你拿把大刀干什么?真真地是老糊涂了。"

李芳爹也不分辩,把拿着的刀刃口朝上插进门缝,往一边一拨一拨地移动门闩,只听哐当一声门闩落下,用手一推房门大开。

二大妈一见门已打开,用手一扒拉直接从李芳爹的腋下钻进屋子,匆忙地往东屋而去。东屋门虚掩着一推就开,二大妈三步并作两步抢进屋去，边走边喊雨燕。见雨燕毫不应声，心里慌急声音变调，已经带出了哭腔："雨燕啊雨燕，孩子你这是怎么啦？你可别吓唬你大妈，啊？你好歹答个声。"

二大妈冲到雨燕的被窝前把手放到了雨燕的额头上，此刻李芳爹也已经进屋，随手打开了电灯。只见雨燕脸色煞白，双目紧闭，对来人和呼喊声已没有任何的反应。二大妈把手往下移动探了探鼻息，转头说道："还有呼吸，赶快去找大夫。"

李芳爹一见雨燕如此这般模样，早已经是手颤腿软挪不动步了。二大妈回头一看他还没动窝，立马火起，吼叫道："还不快去，你磨蹭个啥？"

李芳爹一惊怔，好似刚从睡梦中清醒过来一样，转身朝外走去，刚到堂屋恰好和闯进来的文勇撞了个满怀，他往后一趔趄差点一屁股坐在地上，好在文勇手疾眼快，一把拉住才没有摔倒。李芳爹一见到文勇，好似见到救星一般拉住文勇，带着哭腔说道："雨燕快不行了，你赶紧去找大夫。"

文勇忽地一下掀开门帘就要往东屋里闯，只听二大妈厉声喝道："你别进来，快去请大夫要紧。"

文勇闻言转身就往外跑去，到大门口碰上二大爷也顾不上说话，在雪地里一溜烟儿地奔跑而去，期间也数不清摔了多少个跟头。

等到文勇提着药箱陪陆大夫赶来，李芳爹和二大爷已经点起了锅灶，正在烧水，屋子里稍微增加了一丝的暖意。二大妈在使劲地给雨燕搓手心，见到大夫进来赶紧让到一边，急切地说："谢天谢地，你可来了，赶紧给看看，这孩子是怎么地啦？"

嫂娘

陆大夫看了一眼雨燕的脸色,转眼看见了炕上的脸盆,赶忙拿起来凑到眼前仔细查看,又转身到堂屋拿起烧火棍走到门外亮堂的地方,用烧火棍敲开上面结成的冰,扒拉着看了雨燕的呕吐物,然后放下脸盆,边往屋里走边说:"这病凶险,她吐了不少的血,而且血呈紫黑色,她得的不是好病。"

"你可得瞧仔细喽,可别瞎说呀!"二大妈带着哭腔说道。

大夫也不搭话,拿出听筒开始听诊。

这时,屋子里陆陆续续进来好多人,周边左邻右舍人家的媳妇差不多都来了,也有的全家人都跑了过来。这是李芳妈匆忙找人的结果,她见人就说,大家一听雨燕病了,那自然是头等大事,不管家里有事没事都放下,赶紧赶过来看看。结果是别人都到了,李芳妈才匆忙返回来。大家一看大夫正在听诊,都自觉地放低声音,静静地等着大夫的消息。

陆大夫摘下听诊器,对着雨燕小声说道:"雨燕啊!雨燕,你听得见我说话吗?如果听得见你就点点头好吗?"

大家屏住呼吸看着雨燕,只见雨燕微微地点了点头。大夫马上高兴起来,口气和刚才相比明显轻松一些,问道:

"你心里清醒,是吗?"

雨燕微微点头。

"你现在特别难受,是吗?"

微微点头。

"说不出话来是吗?"

微微点头。

"浑身疼是吗?"

没有动静。

"心慌是吗？"

微微点头。

"胃不舒服是吗？"

微微点头。

"脸盆里的血是你吐出来的是吗？"

微微点头，而且皱了皱眉头。

二大妈一见哭着说道："你倒是赶紧想法子治啊！怎么净扯这些个没用的呀？"

陆大夫直起身，对周边人说道："雨燕这是胃内大出血，她失血过多，十分危重，我只能采取临时措施，要想保命必须立即送县医院。"说完马上打开药箱开方子。

大夫话音一落，屋内一下子炸开了锅，虽然声音不大，却七嘴八舌地议论起来，主要内容集中在这样的大雪天如何往县医院送这个难题上。

恰好此时老支书听到消息也已经赶了过来，听到了陆大夫刚说的话。七十多岁的人了，一边咳嗽一边说道："这样的大雪天救护车根本来不了，这可如何是好？"说着竟然老泪纵横。

文勇扶着老支书坐在炕沿上，对着老支书说道："大爷啊！这里太乱，这样可不行，你让大家都听我说一句中不？"

老支书年老心不老，一听文勇这话立马觉得有理，又拄着手里的拐棍站起身来，高声说道："大家听着，家有千口主事一人，这里不能打乱仗。从现在开始，这里的一切事情由文勇一个人做主，一来他是村干部代表村里，二来他是雨燕的大伯

325

哥代表老郝家。"

文勇赶紧接话道："我和二大爷商量着办。"

"这都什么时候了你还推磨，你就说吧，你说咋办就咋办。"旁边有人不耐烦地说道。

恰此时大夫开好了药方递了过来，文勇接过对着一个年轻小伙子说道："你去取药，快去快回。"小伙子接过药方转身就要跑。

"等一下，你顺便拿两个用过的空输液瓶来，有用。"大夫嘱咐道。小伙子答应一声跑出门去。

这里文勇开始分派任务，只听他声音不高，却带着巨大的威严："这样的大雪，除了我们绑担架抬着雨燕去县医院没有别的办法。从现在起，二嫂、三嫂、六妹你们几个分头挨家去找青壮小伙子，就说雨燕病了要抬担架送县医院，愿帮忙的带上扁担和绳子来此集合，不愿去的不勉强。对了，最好找三十人以上，雪太大容易摔跤，我们绑十六人抬的大杠，一组倒了还有另一组撑着，上大岭的时候不至于全摔下来。"

又转过头对着李芳的叔叔李明、李东说道："二叔、三叔你们带人找四根椽子和一副门板来。"李明、李东应声而出。

"去县医院不能没人照顾，二大妈你安排人跟着一起去。住院需要的东西，大妈你和李婶一起准备一下。"

"我和二嫂子一起去，我娘家侄女在县医院当护士长，好歹有个照应。另外她就住在医院家属院，我们在她家落脚，汤汤水水的也方便一些。"李芳妈怕不让她去，急急地说出了一堆理由。

文勇点了点头，转身继续说道："二大爷你想法子筹一些钱，到县里人生地不熟的不好筹集。这里谁家有钱都先拿出来，二大爷给记个账，将来文龙兄弟们会一分不少地还给大家。"

"都这时候了还说什么还不还的，村子里谁没受过雨燕的恩啊！白用都应该。"有人小声嘟囔道。

"我想起来了，雨燕有钱，她跟我说过，组织上补发了他父母的工资，等我找找看。"

二大妈说完从雨燕身边摸出钥匙下炕，麻利地打开柜子，拿出一个铁盒子打开，翻出几个存折递给身边的李芳妈。李芳妈挨个看了一遍放声大哭，边哭边说："这个傻孩子啊！一点都不替自己着想，钱全都用在了弟妹身上，没给自己留一分，你们看看这哪里还有钱了。"哭着把存折递给了文勇。

文勇一看一共是五个存折，分别写着五个弟弟妹妹的名字，文龙、文虎和文豹名下的存折余额已经是零，文彪存折上已经所剩无几，文凤的存折上还有四百多块钱。

文勇拿着这些存折的手颤抖着，大滴的眼泪滴在了存折上，挑出文彪和文凤名下的存折递给李芳妈，哽咽着说道："现在是救命，一分钱也要，婶子你跑一趟信用社取出来吧！"闻听此言，在场的人无不落泪。

文勇擦了一下泪眼又分派道："这里再去一个人到卫生院要些空的输液瓶来，最少八个以上，天太冷，李叔你多烧一些水，一会儿灌到输液瓶里放在雨燕身边好保暖。"

这时取药的人已经回来，陆大夫马上给雨燕输上液体，用于补充能量、止血和补水。

嫂娘

怕屋子里冷液体太凉，大夫把输液管绕在用毛巾裹着的灌满热水的输液瓶上。李芳爹此刻扒出一大盆火炭放在屋里，再加上一屋子的人气，屋子里已经不像原来那样冷如冰窖。

文勇看这里安排妥帖，转身回家去取钱和绑担架用的铁丝和工具。

六十四

人多力量大，大约半个小时后担架准备完毕。

文勇一看周边，集合了大约有六七十号男劳力，有父子同来的，也有兄弟联袂的，文勇从中挑选出四十来人。有几个穿着大头鞋的没有被选上，其中一个小伙子竟然哭了起来，文勇没好气地吼道："你穿着这么重的破鞋怎么走远路，有什么好哭的？"

"雨燕嫂子对我们家有大恩情，我妈如果知道我没选上还不得骂死我。"

"那还不赶紧回家换鞋，跟着走。"

小伙子一听扔下扁担撒腿就跑，却独独忘记了自己穿着笨重的大头鞋，所以还没跑出几步就一个趔趄摔了一个大马趴，匆忙爬起来，顾不得满身满脸是雪，闪身而去。

外面担架准备完毕，屋内陆大夫却犯起愁来。他已经给雨燕输上液体，希望能够给雨燕增加一些能量，以确保坚持到县城。但刚输到半瓶不到，如果现在就走，那必须马上拔下输液管，否则外面如此天寒地冻输液管有可能被冻住，即便不冻住那液体也一定很凉，雨燕目前状况根本承受不了。可现在拔下

328

SAO NIANG

329

嫂娘

输液管，雨燕能否坚持到县城很难说。

思前想后，最后还是拔管马上走占了上风，他看了一眼围在周边的乡亲们说道："现在看只能拔管。这样吧！我跟着去，路上万一有个好歹也好处置一下。还有，文勇你派人去给县医院打个电话，好好求一下情，争取让救护车迎着咱们接一下。如果大岭上不来，最好接到岭根下等着咱们，这样一来速度快一些，二来到车上就可马上输液，还有车上总比担架上暖和一些。"

"这事儿我去办，我找乡长给院长打电话求情，保准办成，你们别耽搁了马上出发。"老支书咳嗽着说道。

文勇闻言跳上炕，先把灌满热水的输液瓶用旧衣服破毛巾之类的裹好塞在雨燕身边，然后用铺在炕上的毛毡把雨燕连褥子带被子地包裹起来用绳子捆牢固。他自己先抱稳雨燕的头部，然后一声呼唤，六个精壮小伙子上来分两侧平端着雨燕向担架而去。

把雨燕放在担架上用绳子固定牢固，文勇蹲下身淌着眼泪轻声对雨燕说道："雨燕啊，你可要挺住啊！咱们这就出发去县医院，你可千万千万要挺住啊！"

说完摘下头上的狗皮帽子给雨燕戴上，二大妈用一条毛线织成的围巾仔细地系在雨燕的脖子上，既固定帽子，又要保证雨燕不吸入冷空气，还要离嘴有一定的距离不影响呼吸。

看一切准备妥当，文勇刚想下令起杠，就听见老支书大喊起来："等等，你们掉一下头，让雨燕的脚朝前，她……她好回来呀！"说到此处已经是哭腔。闻听此言，周边的女人们已经是哭声一片。

原来，农村人迷信，只有去世的人才会头朝前抬着。老支书深爱雨燕,恐怕不吉利,所以才会提醒一句。

李明叔年龄大了不能抬杠,就摘下自己的棉帽扣到了文勇的头上。文勇也不客气,自己抄起头杠的扁担,高喝一声"起",十六个青壮年动作整齐如一,稳稳当当地抬起担架急速而去。

后面紧跟着背着药箱的陆大夫、二大妈、二大爷、李芳妈和准备替换抬担架的二十几位壮劳力。

家里诸事全交给李芳爹和诸位亲朋好友处置。

走在街上,还有刚知道消息的村民们匆匆赶来,把家里仅有的一点现金塞到二大爷的手里,有三块五块的,有十块八块的,也有几十上百的。

这些普通的村民们以自己的善良回报着善良……

六十五

县医院立即进行了抢救,并下了病危通知单,雨燕的身上插满了各种管子。

输血时血浆不够,文勇撸起袖子说道:"我是 O 型血,在部队验过,抽我的!"文勇 400CC 鲜血输到了雨燕体内,同时各项检查也同时展开。

正月十七,也就是雨燕到县医院的第二天一早,医院组织了专家会诊,陆大夫也一起参加,得出的结论是:胃癌晚期伴肝脾等多脏器转移,已无手术价值;胃内穿孔伴大出血;极危重,第二次下病危通知单。

会诊结束后,主治大夫来到病房,通知留一人照顾雨燕,

嫂娘

其他家属到会诊室。李芳妈留下照顾雨燕，二大妈、二大爷和文勇跟随主治大夫来到会诊室。当专家组把会诊结果告知大伙后，二大妈一屁股坐在地上哭道："这怎么可能，她虽然瘦了不少，可从没听她说过哪里不舒服，怎么会一下子病得这么重？你们骗人，我不信！"

"二嫂子啊！你不信也得信啊！雨燕这病是耽误了呀！她这胃病也不是一天两天了，这你是知道的，她怕影响弟妹们，只是自己硬撑着，到现在是真的没救了。"陆大夫流着泪说道。

"大夫，大夫，你们无论如何也要救救她，她可是个好人啊！她一辈子受苦一天福没享过。大夫你们救救她，我给你们跪下了。"一向勇武刚强的文勇痛哭流涕，屈膝就要下跪。

慌得主治大夫和陆大夫忙伸手搀住："你别这样，我们一定会尽全力抢救的，但我们也得告诉你们实话，好让你们思想上有个准备，她随时都有过去的可能。"

"多长时间？大夫,她还有多长时间？"二大爷急切地问道。

"这不好说。我们尽力抢救，抢救过来也许再坚持一段时间，也许现在就挺不过去，这实在不好说。有些该准备的你们提前准备吧！"一位被其他大夫称为林主任的老大夫说道。

"打电报，马上给文龙兄弟们打电报，一定要让他们见上最后一面，有些事情还需要他们做主。"二大爷喃喃自语道。

"怎么？你们不是病人的直系亲属？"林主任诧异地问道。

"他们都不是直系亲属。病人没有直系亲属，她最亲近的人就是五个小叔子小姑子，全都在外地工作和上学。"陆大夫流着眼泪，简短地介绍了雨燕的传奇经历和抚孤育孤的艰难以及五个弟妹取得的成就。

听完介绍，在场的医务人员全都沉默了，有的悄悄地抹去了眼角的泪水。他们中的一些人曾听说过本县一个弱女子以一己之力抚养小叔子小姑子长大成才的奇迹，但当时只是当做故事来听，觉得主人公十分伟大值得敬佩。却再也想不到，这个人正以一个病人的身份躺在他们面前的病床上，而且正在经历生死大关。

林主任鼻腔壅塞眼圈发红，只见他使劲眨了眨眼睛，睫毛上已带出了泪花，环顾一下在场的同事们，轻声而又沉重地说道："这是一个值得敬重的人，我们尽力吧！我把情况向院长报告一下。"

话音一落，全体医务人员起身、行动，立即投入到抢救生命的战斗中。

二大爷让二大妈去帮李芳妈一起照看雨燕，然后把文勇和陆大夫叫到楼道里商量如何通知雨燕的五个弟弟妹妹们。

最后商定由文勇去邮局，先用长途电话通知，也好把事情讲得清楚一些，如果电话联系不上就不要等，马上拍电报通知。另外也要给村里打个电话报告情况，那些关心雨燕的人们一定在翘首期盼着这里的消息。

文勇按照商量的意见，先是给文龙打电话，结果打了两个多小时也没有找到人，眼看已到晌午时分却连一个也没有联系上。文勇发现这个办法不行，立即改为发电报联系，电报上没法细说，只得写上："嫂子病危，速来县医院。"

给村部打电话倒是十分顺利,不大一会儿就接通了,而且是老支书亲自接的电话,想必是老人家放心不下在亲自守着电话。

文勇一听到老支书的声音就哭出了声,急得电话那头的老人家吼叫着发问:"雨燕到底怎么样了?你倒是说话呀!"

文勇简短截说,把医院会诊的结果告诉了老人家。只听电话里传来一声长叹:"如此对待雨燕,老天爷没长眼啊!"电话就此挂断。

这天下午,林主任陪着院长带着好多大夫又来查了一遍房。院长肯定了治疗方案,并且特意嘱咐把雨燕调到单间病房,一方面她病情太过危重,抢救和治疗方便一些,另一方面也好少打搅其他病人。没有说出的含义是,医院也很敬佩雨燕的为人,含有特殊照顾的意思。

六十六

晚饭后,文勇和李芳妈来替换二大爷和二大妈值夜班。二位老人经过两天的折腾已经筋疲力尽,临走时还不忘再三嘱咐文勇,雨燕这里一有情况一定要马上通知他们,二大妈还特意整理好被子才一步三回头地离去。

文勇坐在病床前,目不转睛地看着雨燕。

经过抢救和大量输血输液,雨燕的脸色不再煞白,在颧骨处还出现了一点红晕。她一直处于昏迷之中,身上插满了各种管子,一动不动地躺着。

这是文勇和雨燕相识十五年来的第二次近距离相处。第一次是那个暗夜里文勇救了雨燕,初识时的雨燕聪慧、美丽、刚毅,让文勇一见就再也没有忘记过。

十五年来,两人彼此相知却不敢相爱,互相帮助却不敢谈情;他们太顾及家人的感受,太顾忌世俗的议论;他们发自内心地关心对方、眷恋对方,却从不曾有过任何的表白。到如今,文勇送走了两位老人,雨燕也把弟妹培养成人,已经没有任何其他牵挂的两个人原本可以像那些关心他们的人们所希望的那样生活在一起,可好梦难圆,造化弄人,雨燕她却要就此离己而去,怎不让人肝肠寸断、痛不欲生?

想到此,文勇直想向苍天呼唤:老天爷,你开开眼吧!让这个善良的人苏醒过来,享受一点人间的快乐再走吧!

在冥冥之中,就好像听到了文勇的呼唤一般,雨燕哼了一声,眼睫毛也跟着抖动了一下。文勇一见大喜,赶紧呼喊一旁收拾的李芳妈,那声音都已经变调了。

李芳妈赶过来一看,雨燕已经睁开了眼睛,只是没什么力气,似睁似不睁地挣扎着。

文勇和李芳妈赶紧轻声呼唤。听到文勇的声音,雨燕睁大了眼睛,慢慢地左右寻找着,当她终于看清文勇时,嘴角微微一动似乎要笑的样子却没有笑出来。

她使劲呼出一口气,声音微弱地问道:"我这是在哪儿啊?"

"这是在县医院。好孩子,你已经在鬼门关闯过一回啦!"李芳妈轻声说道。

文勇一见雨燕醒来,就想赶紧跑去找大夫。刚一移动,自己的左手腕就被雨燕的右手轻轻地握住，再看雨燕，正看着他轻轻地摇头，他明白这是不愿意让他走。

　　文勇向前移动了一下身体，用自己的右手握住雨燕的右手，然后放在自己的左手心里轻轻地摩挲着。这是他俩相识十五年来的第一次肌肤相亲。四目相对，雨燕竟然抿着嘴微微笑了，脸上立刻泛起了一层红晕，就像一个初恋少女般的娇羞。

　　文勇强忍住泪水，也咧开嘴笑了笑，温馨地说道："你终于醒过来了，我真怕你再也醒不过来……"

　　雨燕努了努嘴想开口说话，却张不开口。李芳妈一见赶紧拿起棉签沾上温水轻轻地擦着雨燕的嘴唇，雨燕用舌头舔了舔嘴唇张开嘴笑了。

　　"大哥，对不起，让你跟着受累了！"雨燕断断续续地说。

　　文勇泪眼迷离没有接话，李芳妈带着哭腔说道："傻孩子，一家人还说什么两家话。"

　　"大哥，我这次是真的不行了，今后你自己多保重。"

　　文勇再也抑制不住，呜的一声哭出了声，他把雨燕的手贴在自己的脸上，任涕泪横流，痛哭失声。

　　雨燕用手轻轻抹去文勇左脸颊上的泪水，就再也没有力气抹另一侧了。她喘息着慢慢说道："原本盼着弟妹们都走了，我能照顾你，回报你照顾我的恩情。可我现在不行了，我坚持不了啦，你的恩情我下辈子再报吧！"

　　"好妹子，你别说了，别说了！我心里知道你对我的好。"

　　停下喘息一会儿，雨燕继续说道："大哥。"

　　"啊？我在这儿。"

"我求你个事。"

"你说吧!"

"我死之后,能不能把我埋在后山的五棵松下,那里地势高看得见全村,看得见家里,弟弟妹妹们回家我第一眼就能看见。还有你坐在松树下的时候,我能陪着你,给你做个伴,听你吹箫。"文勇强忍悲伤泪如雨下,重重地点着头,算是回答。

雨燕断断续续地接着说道:"那箫声可真好听啊!我睡不着觉,听见箫声我安心地睡着啦!"

"等你好了,我天天吹给你听。"文勇哽咽着轻声说道。

"好不了啦!这次好不了啦!"

……

"你能——再——吹———次吗?我——想睡——觉,可——身上——疼,睡——不着,我——想——听……"

也许是太累,也许是困了!雨燕语音越来越低,话没说完,就慢慢合上了眼睛,脸上带着幸福的微笑,呼吸轻柔缓慢。

文勇点着头轻轻地拍了拍雨燕的手背,然后把雨燕的手慢慢地放回被子里,擦了一把眼泪,回头说道:"李婶,你照看一下,我去去就来。"

文勇跑着先去找二大爷和二大妈,告诉雨燕已经醒过来。二位老人顾不上刚刚躺下,披衣起床就去病房,李婶的侄女一听马上陪着赶了过去。

李芳妈一见他们赶过来了,轻声说道:"刚和文勇说了一阵子话,累了,睡了。"

"说了一阵子话？怎么可能？别是回光返照吧！"李婶的侄女一听此话立马紧张起来，马上右手号脉，用左手探了探鼻息，感觉不好，跑去叫大夫。

值班的大夫和护士跑过来，用听诊器一听也紧张起来，立即口授由输液管直接推送强心剂，其他急救措施也一并用上。

等文勇手拿从县歌舞团好说歹说才借来的洞箫兴冲冲地赶回病房时，这里刚刚恢复平静，雨燕也刚从鬼门关绕了一圈回来。

"你这是跑哪儿野去啦？雨燕差点过去。"二大妈埋怨文勇道。一低头看见文勇手里拿着的洞箫，不满地接着说道："都啥时候了，你还有心思玩这个？"

"是雨燕想听。"李婶轻声替文勇辩解道。

文勇也不接话，走到雨燕跟前看了看，见雨燕呼吸虽轻还算平稳，只是脸色比刚才苍白了许多，轻声说道："你安心睡吧！我给你吹箫。"

说完退后两步，郑重地举起洞箫，眼含热泪吹奏起来。

委婉舒缓的箫声弥漫开来，如怨如慕、如泣如诉，在柔和圆润中透着凄美和悠长，就像一首安魂曲，抚慰着雨燕的灵魂，正是雨燕深爱的那首——《梁祝》……

六十七

正月十八一早，距离最近的文豹先赶到了医院。当天下午文龙赶到。当天夜里文虎、文彪、文凤也全部到齐。由于没想到雨燕会病成这个样子，再加上这漫天大雪交通十分不便，而文龙和文虎的孩子还小,文豹的妻子正在孕中,因此他们都没带妻子和孩子。

他们一见嫂子病成这样,无不痛哭失声,特别是小妹文凤竟哭得晕厥过去。他们怎么也没有想到,分别仅仅几天,最长的也不过十几天时间,他们尊敬爱戴的好嫂子竟然病得连睁开眼看一眼他们都成了奢望。他们不停地呼唤着痛哭着,他们是多么多么地期盼嫂子能睁开眼再看他们一眼啊!

可雨燕再也没有睁开眼,看一看她亲手抚育成人的五个弟弟妹妹们,给深爱她的亲人们留下了永久的遗憾。

夜半时分,雨燕停止了呼吸,静静地离开了她眷恋的爱人、深爱的土地和不舍的亲人们……

雨燕去世时,天空中又飘起了雪花,是那种一团一团的絮状雪花,就好像一朵朵白色的小花从天而降,飘飘洒洒。

看着漫天飞舞的雪花,二大妈喃喃地说:"这是老天爷在哭啊!"

六十八

雨燕的灵柩停放在街心的正中。

灵柩上搭建着黑布灵棚,上面覆满了白雪。灵棚的前面是一座高大的松柏牌坊,这是文勇带着几个弟弟,上山砍来松柏树枝亲手布置而成,苍翠的松柏上挂满了白雪。那雪仿佛也有灵性一般,越下越大,铺排得天地皆白,一派肃穆。

牌楼的左右和上方悬挂着黑布挽幛,挽幛上是文豹亲自撰

嫂 娘

写的挽联。这黑色挽幛在苍松翠柏和漫天白雪的映衬之下，更显得哀婉沉痛。

全村的人都来给雨燕烧纸守灵。五兄妹守在灵前，陪伴着嫂子的灵柩，片刻不愿离开。

家里，老支书和亲朋好友们正在商议雨燕的出殡事宜。其他事项都已经安排妥当，只有一件事让老人为难，那就是雨燕自己无子嗣，本应该由子孙扛的领魂幡却无人去扛，这让雨燕魂归何处？

正在为难之际，得知讯息的文彪闯了进来，朗声说道："不用商量了，我来扛。"

这让一屋子人惊怔不已，因为按照老规矩这领魂幡都是子孙后人来扛，弟弟给嫂子扛幡在这个村里还从来没有过。可不让文彪扛也没有其他人可替代，再加上文彪异常坚持，也只得这样定了下来。

出殡这天全村出动，老老少少来送雨燕的乡亲们塞满了本就不宽敞的街道，人们肃穆哀戚，站立灵前，等着那庄严时刻的到来。此刻，灵棚已经撤去，只留下高大的松柏牌楼在风雪中巍然屹立。

扛着领魂幡痛哭流涕的小弟文彪跪在最前排，文龙以下四兄妹身披重孝跪在其后。文勇瞪着已经哭得红肿的眼睛，正在组织十六个抬杠人做最后的检查准备，等他们站立到位，风雪中传来老支书苍老喑哑低沉的声音："起灵……"

在场的人们放声大哭……

SAO NIANG

嫂娘

突然，哭声中传来文彪一声惊心动魄声嘶力竭的呼喊："娘……啊呵呵！"

其他四兄妹泪如倾盆、磕头如捣，哀恸中伴随着声声呼唤："娘啊！嫂子！娘……"

在场的人们被这撕心裂肺的哭喊声所感染，又感念雨燕多年来的恩情，无不恸哭失声挥泪如雨，高声呼唤着："雨燕啊！"哀伤悲戚的氛围伴随着灵柩缓缓而去……

风雪中，牌楼上文豹亲自撰写的挽联格外醒目：

山河涕泣披缟素
松柏呜咽鸣涛声

横批是：

嫂娘千古

2017 年 9 月 12 日初稿
伫立窗前
看月色朦胧，听秋虫唧唧
心中哀戚，夜不能寐
2017 年 10 月~2018 年 11 月修改七稿
2019 年 4 月定稿

后记

致读到本书的朋友们

我尊敬的朋友：

您阅读此书，是我莫大的荣幸！为此，向您致以深深的敬意和衷心的感谢。

我写此书的起因是，2001年我在一张报纸上（至于是哪家报纸我回想不起来了）无意之中读到了转载的毕永波先生的报告文学《嫂娘》。读过后竟让我泪流满面，因为我想到了我的母亲和岳母。我的母亲生了四男二女六个孩子，先是上世纪60年代初三年困难时期的饥饿夺走了刚7岁的三哥生命，急性肾炎又使23岁的大哥在1976年离世。白发人送黑发人的打击让母亲迅速白了头，生活的窘迫让她操碎了心。给大哥治病欠下的近3000元钱债务，直到1988年前后才还清。即便如此，母亲也从未在我们面前叫过一声的苦和累，而是毅然决然地把我的二哥送到内蒙古当兵直到连职转业；同时坚决送我到县一中读高中直至考上中专并参加工作。其中甘苦自知，不足为外人道。而我岳母则更加时运不济、命运多舛。我岳父去世时岳母才39岁，带着一男五女六个孩子艰难度日，岳母一字不识

嫂娘

甚至连自己的名字都不会写，辨认人民币只靠纸张大小和颜色区分，但却把儿子培养成家乡青龙满族自治县的第二任县长，女儿全部参加工作并生活幸福。她们与报告文学中主人公非常相似的人生经历，引起了我的强烈共鸣。

此后不久，我的连襟王金龙先生来看我，我在车上向他讲述了这个故事，他是我尊崇备至的男子汉，却也几度哽咽，以手拭泪。我们就这样哽咽、讲述，再哽咽、再讲述，断断续续地聊了一路，感慨了一路。

从那一刻起我意识到，感人的故事可以经久不衰。这也让我想起了传诵千古的"孟母三迁""岳母刺字"等故事，我想"嫂娘育孤"的故事同样也可以感动世人，流传后世。

我对毕先生能写出这样动人心弦的作品十分敬佩。敬佩之余也隐约地感到一丝不足，因为翻来覆去地读过几遍后，我发现了一个问题，即毕先生没有阐述出是什么原因让主人公十几年如一日，殚精竭虑，无怨无悔地抚孤育孤，以至于最终奉献出了自己的生命！我想一定有一个内在的动力在支撑着她羸弱的身躯，才做出了感天动地的善举。

我决心找出这背后的动力。

此后我搜集了大量的贤良嫂子孝老敬亲、抚孤育孤、诚实守信的资料，想通过对这些资料的分析和比对找到答案。期间，我曾把这种背后的、看不见的动力归纳为人格的力量，或者是爱的力量。我失败了，我发现人格的力量和爱的力量有，但还不足以支撑一个没有任何血缘关系的弱女子历经十几年艰难困苦而决不放弃。我还思考过理想、信念、信仰等众多的动因，好像均似是而非，不能完整地、清晰地、让人信服地概括出这种付出和奉献背后的真实原因。

那么，究竟是什么东西在支撑着这样一个饱受爱情打击和生活磨难的弱女子，历艰辛而不倒、经困苦而不垮呢？

十几年找寻不到答案是痛苦的。

2014年，我步入了知天命之年，内心里逐渐地少了浮躁、功利和虚慕，多了宁静、淡泊和诚朴。求道由宽泛变得专注，悟道的能力似有所增强。

奇迹发生在2015年的一个周日下午，当我漫无目的地打开电视机时，电视里正在播放一个动物节目，讲述的是动物园里诞生了一对小老虎，苦于母虎是头胎没有奶水，也不会照顾小虎崽，于是工作人员找来了一头宠物狗做它们的奶妈，我当时的第一反应是：胡扯，这怎么可能！

结果是我大错特错了。镜头里的画面和解说告诉我，那头狗妈妈不但接受了两只小老虎而且"母性十足"，把虎崽当成自己的亲生孩子一般照顾得无微不至。

灵光一闪，"母性"这个伟大的字眼一下子在我的心目中灿烂起来。是的，就是这个词，只有这个表述母爱本能的词语，才能深切地表达出大千世界中异类相哺、热锅中泥鳅弓背、危难中母亲舍身护子等让我们唏嘘不已的故事的核心内涵。

我像发现新大陆一般欣喜若狂。

可发现是一回事，把它完整地表达出来则是另一回事。我发现，我缺少一个载体。

有了，写一本书，用故事作载体，讲出"母性"的伟大来。

嫂 娘

决心就这样下定了。

可说起来容易做起来难。我才气中平，能力有限，完全靠自己的力量构思一本有思想内涵、有艺术性、有可读性的书，是个很难完成的任务。

于是，在转了一大圈之后，我想起了搜集的那些素材，也理所当然地想起了毕先生的报告文学《嫂娘》。很显然，我回到了原点。

那就从原点起步吧。

我借鉴《嫂娘》的书名和主人公，结合各种素材重新书写故事情节，力求表达出支撑主人公坚忍不拔的那份"母性"的力量和光辉来。同时我还想告诉读者：教育可以改变命运，不同的教育会出现不同的结果。就如婆婆和雨燕，对同一个家庭的孩子施以不同的教育而产生不同的结果一样。

因此，才会有这本长篇小说呈现在您的面前。

您能读这本书是天大的缘分，因此再致深深的感谢。

此书修改期间，我听取了三十多位朋友的意见，在出版过程中，也得到了诸位编辑的大力帮助，在此一并致谢！

最后，怀着深深的敬意，将此书献给：我87岁的母亲王彩平女士，我88岁的岳母吕桂兰女士，衷心祝愿二位老人幸福安康。

作　者

2019年4月